中华经典诗话

李笠翁曲话

〔清〕李渔 撰

杜书瀛 评注

中华书局

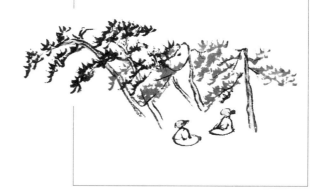

图书在版编目（CIP）数据

李笠翁曲话/（清）李渔撰；杜书瀛评注. —北京：中华书局，2019.1
（中华经典诗话）
ISBN 978-7-101-12544-3

Ⅰ.李…　Ⅱ.①李…②杜…　Ⅲ.古代戏曲-文学研究-中国
Ⅳ.I207.37

中国版本图书馆 CIP 数据核字（2017）第 117249 号

书　　　名	李笠翁曲话
撰　　　者	〔清〕李　渔
评 注 者	杜书瀛
丛 书 名	中华经典诗话
责任编辑	舒　琴
出版发行	中华书局
	（北京市丰台区太平桥西里 38 号　100073）
	http://www.zhbc.com.cn
	E-mail:zhbc@ zhbc.com.cn
印　　　刷	北京市白帆印务有限公司
版　　　次	2019 年 1 月北京第 1 版
	2019 年 1 月北京第 1 次印刷
规　　　格	开本/710×1000 毫米　1/16
	印张 17　插页 2　字数 140 千字
印　　　数	1-8000 册
国际书号	ISBN 978-7-101-12544-3
定　　　价	35.00 元

前　言

一　《李笠翁曲话》的由来

　　《李笠翁曲话》本是后人对李渔《闲情偶寄》中论述戏曲的《词曲部》《演习部》之辑录，并单独印行，遂以《曲话》之名流传开来。其始作俑者，据我所知乃是现代著名学者曹聚仁（1900—1972）。

　　曹聚仁与李渔都是浙江兰溪人，而这"同乡之谊"使得曹氏对他的前辈乡贤李渔敬爱有加，推崇备至。曹聚仁有一篇文章《兰溪——李笠翁的家乡》，其中充满自豪地写道："兰溪，我特地指出，它是李渔（笠翁）的家乡。近四五十年中，东方的中国人，介绍给西方去的，有沈三白（复）和李笠翁。三白便是《浮生六记》的主人公。李笠翁的一家言，一种以道家老庄哲学为主的人生哲学。林语堂是把它当作美国闪电人生的清凉剂来推介的，译为《生活的艺术》；因此，西方人知道了三百年前，有这么一个兰溪人。其实，李笠翁乃是三百年前的戏曲家，他的《闲情偶寄》，其中《词曲部》和《演习部》，可说是戏曲史上最有系统最深刻的理论批评著作之一。他的十种曲，以《蜃中楼》（即《柳毅传书》）《怜香伴》《凤求凰》为最著称，还有《玉搔头》，便是近代盛行的《游龙戏凤》。他的传奇、布局往往出奇装巧，非人所及。前人称其词为'桃源啸傲，别存天地'……在金华、兰溪、义乌一带流行的婺剧，乃是在弋阳腔、宜黄腔的底子上，加上了昆腔的新风格，李笠翁正是这一戏曲的保姆。"又说："在近代戏曲家之中，李笠翁不仅是剧作家，而且是最好的剧评家和导演。明清二代，赣东、浙东、皖南原是南曲的摇篮，汤若士、蒋士铨、李笠翁三大作家，先后继作，他们都是唯情主义的倡导者。"（见曹聚仁《万里行记》，香港三育图书文具公司 1966 年版；《兰溪——李笠翁的家乡》乃该书之一章。该书又有三联书店 2000 年版）

　　1925 年，曹聚仁正是以这种景仰的心态为李渔《闲情偶寄》句读，并将其《词曲部》《演习部》摘取出来独自成册，加以新式标点，题曰《李笠翁曲话》，由上海梁溪图书馆印行。此后，以《李笠翁曲话》或《笠翁曲话》为书名的著作纷纷出笼，成为坊间一道新风景。仅以我有限的阅读所知，除曹聚仁所辑这本《李笠翁曲话》之外，还有以下数种：

　　《李笠翁曲话》，上海大中书店 1930 年版；

　　《李笠翁曲话》，新文化书社 1933 年版；

　　《李笠翁曲话》，上海启智书局 1933 年版；

　　《笠翁剧论》（《新曲苑》本），上海中华书局 1940 年版；

　　《李笠翁曲话》，《戏剧研究》编辑部编，中国戏剧出版社 1959 年版；

　　《笠翁曲话》，台北广文书局 1970 年版；

　　《李笠翁曲话》，陈多注释，湖南人民出版社 1980 年版；

　　《李笠翁曲话注释》，徐寿凯，安徽人民出版社 1981 年版；

　　《李笠翁曲话译注》，李德原，天津古籍出版社 1988 年版；

《人间词话·笠翁曲话》，岳麓书社 1999 年版；

《李笠翁曲话拔萃论释》，董每戡著，广东高等教育出版社 2004 年版。

二　李渔其人其书

李渔原名仙侣，字谪凡，号天徒，后改名渔，字笠鸿，号笠翁。其著作上常署名随庵主人、觉世稗官、湖上笠翁、伊园主人、觉道人、笠道人等等。他生于明万历三十九年（1611），卒于清康熙十九年（1680），一生跨明清两代，饱受时代动荡和战乱之苦。中年家道败落，穷愁坎坷半世，靠卖诗文和带领家庭剧团到处演戏维持生计。他一生著述甚丰，作为文学家、戏曲理论家和美学家，主要著作有《笠翁一家言全集》，包括文集四卷，诗集三卷，词集一卷，史论两卷，《闲情偶寄》六卷；作为戏剧作家，李渔著有传奇十几种，常见的有《笠翁十种曲》（又名《笠翁传奇十种》）传世；作为小说家，他写过评话小说《无声戏》《十二楼》，长篇小说《肉蒲团》；有人认为，长篇小说《回文传》也可能是他的手笔，但被多数学者否定。而他自己则把《闲情偶寄》视为得意之作。

《闲情偶寄》包括《词曲部》《演习部》《声容部》《居室部》《器玩部》《饮馔部》《种植部》《颐养部》等八个部分，内容丰富，涉及面很广。其中相当大的篇幅论述了戏曲、歌舞、服饰、修容、园林、建筑、花卉、器玩、颐养、饮食等艺术和生活中的美学现象和美学规律。他写此书确实下了很大功夫，运用了大半生的生活积累和学识库存。他在《与龚芝麓大宗伯》的信中有这样一段话："庙堂智虑，百无一能。泉石经纶，则绰有余裕。惜乎不得自展，而人又不能用之。他年赍志以没，俾造物虚生此人，亦古今一大恨事。故不得已而著为《闲情偶寄》一书，托之空言，稍舒蓄积。"《闲情偶寄》不但是一部内容厚实的书，而且是一部力戒陈言、追求独创的书。在《闲情偶寄》的卷首《凡例》中，李渔说："不佞半世操觚，不攘他人一字。空疏自愧者有之，诞妄贻讥者有之。至于剿窦袭臼，嚼前人唾余，而谬谓舌花新发者，则不特自信其无，而海内名贤，亦尽知其不屑有也。"对于李渔这部倾半生心血的力作，他的朋友们评价甚高，并且预计此书的出版，必将受到人们的欢迎。余澹心（怀）在为《闲情偶寄》所作的序中说："今李子《偶寄》一书，事在耳目之内，思出风云之表，前人所欲发而未竟发者，李子尽发之；今人所欲言而不能言者，李子尽言之；其言近，其旨远，其取情多而用物阔。滠滠乎，俪俪乎，汶者读之旷，塞者读之通，悲者读之愉，拙者读之巧，愁者读之怅且舞，病者读之霍然兴。此非李子偶寄之书，而天下雅人韵士家弦户诵之书也。吾知此书出将不胫而走，百济之使维舟而求，鸡林之贾辇金而购矣。"此书出版后的情况，恰如余澹心所料，世人争相阅读，广为流传。不但求购者大有人在，而且盗版翻刻也时有发生。可以说，这部书的出版，在当时逗起了一个小小的热潮，各个阶层的人都从自己的角度发生阅读兴趣，有的甚至到李渔府上来借阅。

《闲情偶寄》作为一部用生动活泼的小品形式、以轻松愉快的笔调写就的艺术美学和生活美学著作，其精华和最有价值的部分是他的戏曲美学理论，即论戏曲创作和舞台表演、导演之《词曲部》和《演习部》（即所谓《李笠翁曲话》）。把李渔看作中国古代最杰出的戏剧美学家之一，是符合实际的，这一称号他当之无愧。

三　《李笠翁曲话》：中国古典戏曲美学的集大成者

我要特别强调李渔在中国古典戏曲美学史上的突出地位。《闲情偶寄》的论戏曲部分，即通常人们所谓《李笠翁曲话》，是我国古典戏曲美学的集大成者，是第一部从戏剧创作到戏剧导演和表演全面系统地总结我国古典戏剧特殊规律（即"登场之道"）的美学著作，是第一部特别重视戏曲之"以叙事为中心"（区别于诗文等"以抒情为中心"）的艺术特点并给以理论总结的美学著作。

我国古典戏曲萌芽于周秦乐舞，而十一至十二世纪正式形成。戏剧界人士一般以成文剧本的产生作为我国戏剧正式形成的标志。据明徐渭《南词叙录》中说："南戏始于宋光宗朝，永嘉人所作《赵贞女》《王魁》二种实首之，故刘后村有'死后是非谁管得，满村听唱蔡中郎'之句。或云：宣和间已滥觞，其盛行则自南渡，号曰'永嘉杂剧'，又曰'鹘伶声嗽'。"（《中国古典戏曲论著集成》三，第239页，北京，中国戏剧出版社1959年版）按宋光宗于公元1190—1194年在位；而所谓"宣和间"即公元1119—1125年间。倘如是，则《赵贞女》和《王魁》是由书会先生所作的最早的成文剧本，那么中国戏剧正式形成当在此时。但近来不断有新的考古材料被发现，如2009年3月3日，陕西省考古研究院在韩城市新城区盘乐村发现一北宋壁画墓，其墓室西壁有宋杂剧壁画，绘制着十七人组成的北宋杂剧演出场景，其中演员五个脚色末泥、引戏、副净、副末、装孤居于中央表演杂剧节目，乐队十二人分列左右两边。这说明在北宋时中国戏剧已基本形成。

戏剧正式形成之后，经过了元杂剧和明清传奇两次大繁荣，获得了辉煌的发展；与此同时，戏剧导演和表演艺术也有了长足的进步，逐渐形成了富有民族特点的表演体系。随之而来的，是对戏剧创作和戏剧导演、表演规律的不断深化的理论总结。如果从唐代崔令钦《教坊记》算起，到李渔所生活的清初，大约有二十四部戏曲理论著作问世，其中百分之八十以上是明代和清初的作品。可以说，中国戏曲美学理论到明代已经成熟了。特别是明中叶以后，戏曲理论更获得迅速发展，提出了很多精彩的观点，特别是王骥德的《曲律》，较全面地论述了戏剧艺术的一系列问题，是李渔之前的剧论的高峰；但总的说来，这些论著存在着明显的不足之处。第一，它们大多过于注意词采和音律，把戏剧作品当作诗、词或曲即古典诗歌的一种特殊样式来把玩、品味，沉溺于中国艺术传统的"抒情情结"而往往忽略了戏剧艺术的叙事性特点，因此，这样的剧论与以往的诗话、词话无大差别。第二，有些论著也涉及戏剧创作本身的许多问题，并且很有见地，然而多属评点式的片言只语，零零碎碎，不成系统，更构不成完整的体系。第三，很少有人把戏剧创作和舞台表演结合起来加以考察，往往忽略舞台上的艺术实践，忽视戏曲的舞台性特点。如李渔在《词曲部·填词余论》中感慨金圣叹之评《西厢》，"乃文人把玩之《西厢》，非优人搬弄之《西厢》也"，批评金圣叹不懂"优人搬弄之三昧"。真正对戏曲艺术的本质和主要特征，特别是戏曲艺术的叙事性特征和舞台性特征（戏剧表演和导演，如选择和分析剧本、角色扮演、音响效果、音乐伴奏、服装道具、舞台设计等等），做深入的研究和全面的阐述，并相当深刻地把握到了戏曲艺术的特殊规律的，应首推李渔。在读者所看到的这本《李笠翁曲话》中，李渔实现了对他前辈的超越。甚至可以说，李渔所阐发的戏曲美学理论，是他那个时代的高峰，甚至可以说是中国古典戏曲美学理论史上的一个里程碑。

四　细论李渔的超越

或问：说李渔戏曲美学是"他那个时代的高峰"，"高"在哪里？

答曰：高就高在他超越了先辈甚至也超出同辈，十分清醒、十分自觉地把戏曲当作戏曲，而不是把戏曲当作诗文（将戏曲的叙事性特点与诗文的抒情性特点区别开来），也不是把戏曲当作小说（将戏曲的舞台性特点与小说的案头性特点区别开来）。而他的同辈和前辈，大都没有对戏曲与诗文、以及戏曲与小说的不同特点做过认真的有意识的区分。

中国是诗的国度。中国古典艺术最突出的特点即在于它鲜明的抒情性。这种抒情性是诗的本性自不待言，同时它也深深渗透进以叙事性为主的艺术种类包括小说、戏曲等等之中去。熟悉中国戏曲的人不难发现，与西方戏剧相比，重写意、重抒情（诗性、诗化）、散点透视、程式化等等，的确是中国古典戏曲最突出的地方，是它最根本的民族特点，对此我们绝不可忽视、更不可取消，而是应该保持、继承和发扬。中国的古典艺术美学，也特别发展了抒情性理论，大量的诗话、词话、文话等等都表现了这个特点，曲论亦如是。

然而，重抒情性虽是中国古典戏曲美学理论的特点，若仅仅关注这一点而看不到或不重视戏曲的更为本质的叙事性特征，把戏曲等同于诗文，则成了其局限性和弱点。据我的考察，李渔之前以及和李渔同时的戏曲理论家，大都囿于传统的世俗的视野，或者把戏曲视为末流（此处姑且不论），或者把戏曲与诗文等量齐观，眼睛着重盯在戏曲的抒情性因素上，而对戏曲的叙事性则重视不够或干脆视而不见。他们不但大都把"曲"视为诗词之一种，而且一些曲论家还专从抒情性角度对曲进行赞扬，认为曲比诗和词具有更好的抒情功能，如明代王骥德《曲律·杂论三十九下》说："诗不如词，词不如曲，故是渐入人情。夫诗之限于律与绝也，即不尽于意，欲为一字之益，不可得也；词之限于调也，即不尽于吻，欲为一语之益，不可得也。若曲，则调可累用，字可衬增，诗与词不得以谐语、方言入，而曲则惟吾意之欲至，口之欲言，纵横出入，无之而无不可也。故吾谓：快人情者，要无过于曲也。"（《中国古典戏曲论著集成》四，第 160 页，中国戏剧出版社 1959 年版）

此外，这些理论家更把舞台演出性的戏曲与文字阅读性的小说混为一谈，忽视了"填词之设，专为登场"的根本性质，把本来是场上搬演的"舞台剧"只当作文字把玩的"案头剧"。如李渔同时代的戏曲作家尤侗在为自己所撰杂剧《读离骚》写的自序中说："古调自爱，雅不欲使潦倒乐工斟酌，吾辈只藏簏中，与二三知己浮白歌呼，可消块垒。"（清尤侗《〈读离骚〉自序》，载《西堂曲腋六种·读离骚》，见《全清戏曲》，学苑出版社 2005 年版）这代表了当时一般文人、特别是曲界人士的典型观点和心态，连金圣叹也不能免俗。

李渔做出了超越。李渔自己是戏曲作家、戏曲教师（"优师"）、戏曲导演、家庭戏班的班主，自称"曲中之老奴"。恐怕他的前辈和同代人中，没有一个像他那样对戏曲知根儿、知底儿，深得其中三昧。因此笠翁曲论能够准确把握戏曲的特性。

李渔对戏曲特性的把握是从比较中来的；而且通过比较，戏曲的特点益发鲜明。

首先，是拿戏曲同诗文做比较，突出戏曲的叙事性。

诗文重抒情，文字可长可短，只要达到抒情目的即可；戏曲重叙事，所以一般而言，文字往往较长、较繁。《闲情偶寄·词采第二》前言中就从长短的角度对戏曲与诗余（词）做了比较："诗余最短，每篇不过数十字"，"曲文最长，每折必须数曲，每部必须数十折，非八斗长才，不能始终如一"。而这种比较做得更精彩的是《窥词管见》，它处处将诗、词、曲三者比较，新见迭出。《窥词管见》是由词立论，以词为中心谈词与诗、曲的区别。这样一比较，诗、词、曲的不同特点，历历在目、了了分明。《闲情偶寄》则是由曲立论，以戏曲为中心谈曲与诗、词的区别。《闲情偶寄·词采第二》中，李渔就抓住戏曲不同于诗和词的特点，对戏曲语言提出要求。这些论述中肯、实在，没有花架子，便于操作。

抒情性之诗文多为文化素养高的文人案头体味情韵，故文字常常深奥；叙事性之戏曲多为平头百姓戏场观赏故事，故文字贵显浅。就此，李渔《词曲部·词采第二·贵显浅》一再指出："诗文之词采，贵典雅而贱粗俗，宜蕴藉而忌分明。词曲不然，话则本之街谈巷议，事则取其直说明言。"

尤其值得注意的是，李渔之所以特别重视戏曲的"结构"、特别讲究戏曲的"格局"，也是因为注意到了戏曲不同于诗文的叙事性特点。戏曲与诗文相区别的最显著的一点是，它要讲故事，要有情节，要以故事情节吸引人，所以"结构"是必须加倍重视的。正是基于此，李渔首创"结构第一"，即必须"在引商刻羽之先、拈韵抽毫之始"就先考虑结构："如造物之赋形，当其精血初凝，胞胎未就，先为制定全形，使点血而具五官百骸之势。倘先无成局，而由顶及踵，逐段滋生，则人之一身，当有无数断续之痕，而血气为之中阻矣……尝读时髦所撰，惜其惨淡经营，用心良苦，而不得被管弦、副优孟者，非审音协律之难，而结构全部规模之未善也。"而结构中许多关节，如"立主脑""减头绪""密针线""脱窠臼""戒荒唐"等等，就要特别予以考量。至于"格局"（"家门""冲场""出脚色""小收煞""大收煞"等等），如"开场数语，包括通篇，冲场一出，蕴酿全部，此一定不可移者。开手宜静不宜喧，终场忌冷不忌热""有名脚色，不宜出之太迟"，小收煞"宜紧忌宽，宜热忌冷，宜作郑五歇后，令人揣摩下文，不知此事如何结果"，大收煞要"无包括之痕，而有团圆之趣""终篇之际，当以媚语摄魂，使之执卷留连，若难遽别"等等，也完全是戏曲不同于诗文的叙事特点所必然要求的。

其次，是拿戏曲同小说相比，突出戏曲的舞台性。李渔在醉耕堂刻本《四大奇书第一种〈三国演义〉序》中有一段很重要的话："愚谓书之奇当从其类。《水浒》在小说家，与经史不类；《西厢》系词曲，与小说又不类。"这段话的前一句，是说虚构的叙事（小说《水浒》）与纪实的叙事（经史）不同；这段话的后一句，是说案头阅读的叙事（小说《水浒》）与舞台演出的叙事（戏曲《西厢》）又不同。这后一句话乃石破天惊之语，特别可贵。这显示出李渔作为"曲中之老奴"和天才曲论家的深刻洞察力和出色悟性。将以案头阅读为主的小说同以舞台演出为主的戏曲明确地区别开来，这在当时确实是个重大的理论发现。

仔细研读《李笠翁曲话》的读者会发现，该书论戏曲，都围绕着戏曲的"舞台演出性"这个中心，即李渔自己一再强调的"填词之设，专为登场"。在《词曲部》中，他论"结构"，说的是作为舞台艺术的戏曲的结构，而不是诗文也不是小说的结构；他论"词采"，说的是作为舞台艺术的戏曲的词采，而不是诗文也不是小说的词采；而"音律""科诨""格局"等等更明显只属于舞台表演范畴。至于《演习部》的"选剧""变调""授曲""教白""脱套"等等，讲的完全是导演理论和表演理论；《声容部》中"习技"和"选姿"则涉及戏曲教育、演员人才选拔等等问题。总之，戏曲要演给人看，唱给人听，而且是由优人扮演角色在舞台上给观众叙说故事。笠翁曲论的一切着眼点和立足点，都集中于此。

我还要特别说说宾白。因为关于宾白的论述，是笠翁特别重视戏曲叙事性和舞台表演性的标志之一，故这里先谈宾白与舞台叙事性的关系；至于宾白本身种种问题，后面将专门讨论。《词曲部·宾白第四》说："自来作传奇者，止重填词，视宾白为末着。"这是事实。元杂剧不重宾白，许多杂剧剧本中曲词丰腴漂亮，而宾白则残缺不全。元代音韵学家兼戏曲作家周德清《中原音韵》谈"作词"时根本不谈宾白。明代大多数戏曲作家和曲论家也不重视宾白，徐渭《南词叙录》解释"宾白"曰："唱为主，白为宾，故曰宾白。"可见一般人心目中宾白地位之低；直到清初，李渔同辈戏曲作家和曲论家也大都如此。这种重曲词而轻宾白的现象反映了这样一种理论状况：重抒情而轻叙事。中国古代很长时间里把曲词看作诗词之一种（现代有人称之为"剧诗"），而诗词重在抒情，所以其视曲词为诗词即重戏曲的抒情性；宾白，犹如说话，重在叙事，所以轻宾白即轻戏曲的叙事性。

李渔则反其道而行之，特别重视宾白，把宾白的地位提到从来未有的高度，《宾白第四》又说："尝谓曲之有白，就文字论之，则犹经文之于传注；就物理论之，则如栋梁之于榱桷；就人身论之，则如肢体之于血脉，非但不可相无，且觉稍有不称，即因此贱彼，竟作无用观者。故知宾白一道，当与曲文等视，有最得意之曲文，即当有最得意之宾白，但使笔酣墨饱，其势自能相生。"何以如此？这与李渔特别看重戏曲的舞台叙事性相关。因为戏曲的故事情节要由演员表现和叙述出来，而舞台叙事功能则主要通过宾白来承担。李渔对此看得很清楚："词曲一道，止能传声，不能传情。欲观者悉其颠末，洞其幽微，单靠宾白一着。"

对宾白做这样的定位，把宾白提到如此高的地位，这是李渔的功劳。李渔《词曲部·宾白第四·词别繁减》中说："传奇中宾白之繁，实自予始。海内知我者与罪我者半。知我者曰：从来宾白作说话观，随口出之即是，笠翁宾白当文章作，字字俱费推敲。从来宾白只要纸上分明，不顾口中顺逆，常有观刻本极其透彻，奏之场上便觉糊涂者，岂一人之耳目，有聪明、聋聩之分乎？因作者只顾挥毫，并未设身处地，既以口代优人，复以耳当听者，心口相维，询其好说不好说，中听不中听，此其所以判然之故也。"

李渔对宾白的重视，是朱东润教授在 1934 年发表的《李渔戏剧论综述》一文中最先点明的，并且认为李渔此举"开前人剧本所未有，启后人话剧之先声"；1996年黄强教授《李渔的戏剧理论体系》又加以发挥，进一步阐述了宾白对于戏剧叙事性的意义，说"宾白之所以在李渔的戏剧理论和创作实践中大张其势，地位极高，实在是因为非宾白丰富不足以铺排李渔剧作曲折丰富、波澜起伏的故事情节"。他认为古典戏剧多"抒情中心"，曲论多"抒情中心论"；而宾白的比例大、地位高，则会量变引起质变，会出现"叙事中心"。

总之，笠翁曲论的超越和突破性贡献，概括说来有两点：一是表现出从抒情中心向叙事中心转变的迹象，二是自觉追求和推进从"案头性"向"舞台性"的转变。《李笠翁曲话》作为我国第一部富有民族特点并构成自己完整体系的古典戏曲美学著作，在中国古典戏剧美学史上，很少有人能够和他比肩；李渔之后直到大清帝国覆亡，也鲜有出其右者。

五　关于本书的编选和评注

本书与曹聚仁《李笠翁曲话》不同的地方在于，除了摘取《闲情偶寄》之《词曲部》和《演习部》全篇之外，还节选了《声容部》中与戏曲问题相关的论述——即其《习技第四》之"文艺""丝竹""歌舞"三款，也即其阐发演员的选拔和教育以及演员自身修养等内容。这是李渔曲论的重要组成部分，理应放在《李笠翁曲话》之中。

本书所据版本，是我在中华书局出版的中华经典名著全本全注全译丛书之《闲情偶寄》（2014年版）——该书融合翼圣堂本（藏国家图书馆）与芥子园本（藏国家图书馆）之长，并参阅其他各本进行比较对照而取优；对文中个别刊刻相异或舛错字句之校勘，在注释中予以说明，不出校记。

为了便于读者阅读和理解，本书对有关人名、地名、掌故、术语、难懂的字句以及有关诗词作品，作了尽量详细的注释；对个别不太常见的字，作了注音。同时，对各个章节的内容，也根据自己的阅读体会作了评析。不当之处，欢迎广大读者批评指正。

杜书瀛

于北京安华桥寓所

目　录

词曲部

结构第一

　　填词一道①，文人之末技也。然能抑而为此，犹觉愈于驰马试剑，纵酒呼卢②。孔子有言："不有博弈者乎？为之犹贤乎已③。"博弈虽戏具，犹贤于"饱食终日，无所用心"；填词虽小道，不又贤于博弈乎？吾谓技无大小，贵在能精；才乏纤洪，利于善用；能精善用，虽寸长尺短亦可成名。否则才夸八斗，胸号五车④，为文仅称点鬼之谈⑤，著书惟供覆瓿之用⑥，虽多亦奚以为？填词一道，非特文人工此者足以成名，即前代帝王，亦有以本朝词曲擅长，遂能不泯其国事者。请历言之：高则诚、王实甫诸人⑦，元之名士也，舍填词一无表见；使两人不撰《琵琶》《西厢》，则沿至今日，谁复知其姓字？是则诚、实甫之传，《琵琶》《西厢》传之也。汤若士⑧，明之才人也，诗、文、尺牍，尽有可观，而其脍炙人口者，不在尺牍、诗文，而在《还魂》一剧。使若士不草《还魂》，则当日之若士，已虽有而若无，况后代乎？是若士之传，《还魂》传之也。此人以填词而得名者也。历朝文字之盛，其名各有所归，"汉史""唐诗""宋文""元曲"，此世人口头语也。《汉书》《史记》，千古不磨，尚矣⑨。唐则诗人济济，宋有文士跄跄⑩，宜其鼎足文坛，为三代后之三代也⑪。元有天下，非特政刑礼乐一无可宗，即语言文学之末，图书翰墨之微，亦少概见；使非崇尚词曲，得《琵琶》《西厢》以及《元人百种》诸书传于后代⑫，则当日之元，亦与五代、金、辽同其泯灭，焉能附三朝骥尾⑬，而挂学士文人之齿颊哉？此帝王国事以填词而得名者也。由是观之，填词非末技，乃与史、传、诗、文同源而异派者也。

【注释】

①填词：词本为中国古典诗歌的体裁之一，又称诗余或长短句；作词要求按词调所规定的字数、声韵和节拍填上文字，谓之填词。但在本书中词则是指戏曲而言，填词指编写戏曲剧本，词人或词家指戏曲作家。

②呼卢：赌博。古人掷骰子赌博时，常常口呼"卢、卢"，后人即以呼卢为赌博。

③"不有博弈"二句：语见《论语·阳货》："子曰：饱食终日，无所用心，难矣哉！不有博弈者乎？为之犹贤乎已。"是说玩游戏（下棋等等）也比什么事儿都不干强。

④"否则才夸八斗"二句：形容才华横溢，学识渊博。谢灵运曾说"天下才有一石，曹子建独占八斗"；《庄子·天下》有"惠施多方，其书五车"句。

⑤点鬼之谈：指堆砌人名。人们讥笑唐代杨炯作文好引古人姓名，称之为点鬼簿。

⑥覆瓿（bù）之用：用之盖罐子。瓿，盛酱醋的罐子。此处是说，所写的书无人看，只能用来盖罐子。《汉书·扬雄传》中引刘歆的话说，扬雄的书难懂，"吾恐后人用覆酱瓿也"。

⑦高则诚（1305？—1370？）：即高明，字则诚，一字晦叔，号菜根道人，人称为东嘉先生，浙江瑞安人，一云永嘉人。元末南戏作家，元至正五年（1345）进士。主要作品《琵琶记》写汉代书生蔡伯喈与赵五娘悲欢离合的故事。王实甫（约1260—1336）：

名德信，大都（今北京）人。元代前期杂剧作家，他一生写作了14种剧本，其代表作品《西厢记》在中国文学史和戏剧史上有重要地位。

⑧汤若士：汤显祖（1550—1616），字义仍，号若士，临川（今属江西）人。明代戏曲作家，代表作《还魂记》（即《牡丹亭》）等，历来被人们称道；

其诗、文、尺牍亦精。有《汤显祖集》。

⑨尚：久远。

⑩跄跄（qiàng）：形容人才众多。

⑪三代后之三代：儒家称赞夏、商、周三代为文化"盛世"。李渔认为"汉史、唐诗、宋文"亦文坛"盛世"，故说"三代后之三代也"。

⑫《元人百种》：明臧懋循编《元曲选》收杂剧百种，被称为《元人百种》或《百种》。

⑬附三朝骥尾：附骥尾，意谓"苍蝇附骥尾而致千里"，沾了千里马的光。骥尾，千里马的尾巴。

　　近日雅慕此道，刻欲追踪元人、配飨若士者尽多①，而究竟作者寥寥，未闻绝唱。其故维何？止因词曲一道，但有前书堪读，并无成法可宗。暗室无灯，有眼皆同瞽目，无怪乎觅途不得，问津无人，半途而废者居多，差毫厘而谬千里者，亦复不少也。尝怪天地之间有一种文字，即有一种文字之法脉准绳载之于书者，不异耳提面命；独于填词制曲之事，非但略而未详，亦且置之不道。揣摩其故，殆有三焉：一则为此理甚难，非可言传，止堪意会；想入云霄之际，作者神魂飞越，如在梦中，不至终篇，不能返魂收魄；谈真则易，说梦为难，非不欲传，不能传也。若是，则诚异诚难，诚为不可道矣。吾谓此等至理，皆言最上一乘，非填词之学节节皆如是也，岂可为精者难言，而粗者亦置弗道乎？

【注释】

①配飨（xiǎng）：指后死的人附于先祖接受祭献。飨，祭献。

　　一则为填词之理变幻不常，言当如是，又有不当如是者。如填生、旦之词贵于庄雅，制净、丑之曲务带诙谐，此理之常也；乃忽遇风流放佚之生、旦反觉庄雅为非，作迂腐不情之净、丑转以诙谐为忌。诸如此类者，悉难胶柱①。恐以一定之陈言，误泥古拘方之作者，是以宁为阙疑，不生蛇足②。若是，则此种变幻之理，不独词曲为然，帖括诗文皆若是也③，岂有执死法为文而能见赏于人、相传于后者乎？

【注释】

①胶柱："胶柱鼓瑟"的省语，典出《史记·廉颇蔺相如列传》。

②蛇足："画蛇添足"的省语。

③帖括：科举考试文体之名，创之于唐，《资治通鉴·代宗广德元年》载杨绾议科举改革，云："其明经则诵帖括以求侥幸。"胡三省注："帖括者，举人应试帖，遂括取稡会为一书，相传习诵之，以应试，谓之帖括。"唐宋科举士子以"帖括"形式读书来应付科举考试；明清八股文也称之。

　　一则为从来名士以诗赋见重者十之九，以词曲相传者犹不及什一，盖千百人一见者也。凡有能此者，悉皆剖腹藏珠①，务求自秘，谓此法无人授我，我岂独肯传人。使家家制曲，户户填词，则无论《白雪》盈车，《阳春》遍世②，淘金选玉者未必不使后来居上，而觉糠粃在前③；且使周郎渐出，顾曲者多④，攻出瑕疵，令前人无可藏拙，是自为后羿而教出无数逢蒙⑤，环执干戈而害我也，不如仍仿前人，缄口不提之为是。吴梅村评：真金不畏火。凡虑此者，必其金质有亏。吾揣摩不传之故，虽三者并列，窃恐此意居多。以我论之：文章者，天下之公器，非我之所能私；是非者，千古之定评，岂人之所能倒？不若出我所有，公之于人，收天下后世之名贤悉为同调，胜我者我师之，仍不失为起予之高足⑥；类我者我友之，亦不愧为攻玉之他山⑦。持此为心，遂不觉以生平底里，和盘托出，并前人已传之书，亦为取长弃短，别出瑕瑜，使人知所从违，而不为诵读所误。知我，罪我，怜我，杀我，悉听世人，不复能顾其后矣。但恐我所言者，自以为是而未必果是；人所趋者，我以为非而未必尽非。但矢一字之公，可谢千秋之罚。噫！元人可作，当必赏予⑧。

【注释】

①剖腹藏珠：剖开肚子珍藏宝珠。《资治通鉴·唐太宗贞观元年》："上谓

侍臣曰：'吾闻西域贾胡得美珠，剖身而藏之，有诸？'"李渔借此形容某些人"自秘"其戏曲经验和方法。

②《阳春》：同《白雪》一样，俱为古代楚国的高雅歌曲（与此相对，《巴人》《下里》为古代楚国的通俗歌曲）。宋玉《对楚王问》："客有歌于郢中者，其始曰《下里》《巴人》，国中属而和者数千人……其为《阳春》《白雪》，国中属而和者不过数十人。"

③糠秕在前：比喻微末无用的人物在前面。《晋书·孙绰传》："尝与习凿齿（人名）共行，绰在前，顾谓凿齿曰：'沙之汰之，瓦石在后。'凿齿曰：'簸之扬之，糠秕在前。'"

④"且使周郎"二句：古谚云："曲有误，周郎顾。"顾，回视。据《三国志·吴书·周瑜传》，周瑜精通音乐，演奏有错，"瑜必知之，知之必顾"。后以"顾曲"为鉴赏音乐和戏曲的代称。

⑤后羿：传说中夏之善射者。逢（páng）蒙：后羿的学生，学成后，为了成为天下第一而射杀了老师后羿（见《孟子·离娄下》）。

⑥起予之高足：这里指启发自己的人。起予，启发了我。高足，得意门生。《论语·八佾》："子曰：起予者商（子夏）也，始可与言诗已矣。"

⑦攻玉之他山：这里指自己也可以给予别人以启发。《诗经·小雅·鹤鸣》："它山之石，可以攻玉。"借助外力，改善自己。

⑧贳（shì）：宽容，原谅。

填词首重音律，而予独先结构者，以音律有书可考，其理彰明较著。自《中原音韵》一出^①，则阴阳平仄画有塍区^②，如舟行水中，车推岸上，稍知率由者^③，虽欲故犯而不能矣。《啸余》《九宫》二谱一出^④，则葫芦有样，粉本昭然。前人呼制曲为填词，填者，布也，犹棋枰之中画有定格，见一格，布一子，止有黑白之分，从无出入之弊，彼用韵而我叶之^⑤，彼不用韵而我纵横流荡之。至于引商刻羽，戛玉敲金^⑥，虽曰神而明之，匪可言喻，亦由勉强而臻自然，盖遵守成法之化境也。至于结构二字，则在引商刻羽之先、拈韵抽毫之始。如造物之赋形，当其精血初凝，胞胎未就，先为制定全形，使点血而具五官百骸之势。倘先无成局，而由顶及踵，逐段滋生，则人之一身，当有无数断续之痕，而血气为之中阻矣。工师之建宅亦然。基址初平，间架未立，先筹何处建厅，何方开户，栋需何木，梁用何材，必俟成局了然，始可挥斤运斧。倘造成一架而后再筹一架，则便于前者，不便于后，势必改而就之，未成先毁，犹之筑舍道旁，兼数宅之匠资，不足供一厅一堂之用矣。故作传奇者^⑦，不宜卒急拈毫，袖手于前，始能疾书于后。有奇事，方有奇文，未有命题不佳，而能出其锦心、扬为绣口者也。尝读时髦所撰，惜其惨淡经营，用心良苦，而不得被管弦、副优孟者^⑧，非审音协律之难，而结构全部规模之未善也。陆丽京评：此等妙喻，惟心花、笔花合二为一，开成并蒂者能之。他人即具此锦心，亦不能为此绣口。

【注释】

①《中原音韵》：我国第一部专讲戏曲音韵的著作，元周德清著。

②画有塍（chéng）区：指画出分明的界路，有所遵循。塍，田间的土埂。

③率由：意思是照成规行事。《诗经·大雅·假乐》："不愆不忘，率由旧章。"

④《啸余》：戏曲、音乐论著，明程明善所辑。《九宫》：《南九宫十三调曲谱》，明沈璟所编。

⑤叶（xié）：即协韵，押韵。

⑥"至于引商"二句：指讲求音韵、协调声律。商、羽，我国古代五声音阶中的两个音阶名。玉、金，指磬和钟等石属和金属乐器。

⑦传奇：唐宋文言短篇小说和明清的南曲等戏曲作品，都称传奇。本书指后者。

⑧优孟：本是春秋时楚国的乐人。此处指演员。

　　词采似属可缓，而亦置音律之前者，以有才、技之分也。文词稍胜者即号才人，音律极精者终为艺士。师旷止能审乐①，不能作乐；龟年但能度词②，不能制词；使与作乐制词者同堂，吾知必居末席矣。事有极细而亦不可不严者，此类是也。尤展成云：此论极允。不则张打油塞满世界矣。

【注释】

①师旷：字子野，春秋时晋国的乐师，目盲而善辨音乐。

②龟年：李龟年，唐玄宗时的宫廷音乐家。

【评析】

《词曲部》是《闲情偶寄》专论传奇创作问题的文字，是李渔戏曲美学中理论性最强的部分。李渔在继承前人特别是明代王骥德《曲律》等理论思想的基础上，加以创造性的发展、深化和系统化，形成独具特色的中国古典戏曲美学的完整体系，功莫大焉。《闲情偶寄》原书卷一是《词曲部》上，包括《结构第一》《词采第二》《音律第三》，分别论述了传奇的"结构""词采"和"音律"等最基本的理论问题；卷二是《词曲部》下，包括《宾白第四》《科诨第五》《格局第六》以及《填词余论》。《词曲部》乃李渔"曲论"的主干，一向被学者所重。

传奇的结构问题，在李渔戏曲美学体系中占有十分重要的地位，他花了大

量篇幅加以论述。打开《李笠翁曲话》的《词曲部》，首先看到的便是《结构第一》，其中包括"戒讽刺""立主脑""脱窠臼""密针线""减头绪""戒荒唐""审虚实"七款；而《格局第六》那一部分，着重谈戏剧的开端、结尾等问题，也是属于戏剧结构范围里的问题。李渔总

结我国古典戏剧创作的实践经验，第一个提出"结构第一"的观点，说："至于结构二字，则在引商刻羽之先、拈韵抽毫之始。如造物之赋形，当其精血初凝，胞胎未就，先为制定全形，使点血而具五官百骸之势。倘先无成局，而由顶及踵，逐段滋生，则人之一身，当有无数断续之痕，而血气为之中阻矣。"在李渔看来，戏剧结构，不论是就其在组成戏剧的各种基本成分（除结构之外，其他如词采、音律、科诨、宾白等等）之中所占位置的重要性来说，还是就其在创作过程中一定阶段上的先后次序而言，都应该是"第一"。这一思想，是他整个戏曲美学理论中最精彩的部分之一，是李渔戏曲美学的华彩篇章。

开头这段文字是《结构第一》的小序，所谈内容分两个部分。第一部分（自"填词一道"至"必当贳予"约一千五百字）是全书劈头第一段文字，其实可看作全书的总序。在这里，李渔首先要为戏曲争得一席地位。大家知道，在那些正统文人眼里，戏曲、小说始终只是"小道末技"，上不得大雅之堂。而李渔则反其道而行之，把"元曲"同"汉史""唐诗""宋文"并列，提出"填词"（戏曲创作）也可名垂千古，"帝王国事以填词而得名"，实际上也把戏曲归入"经国之大业，不朽之盛事"（曹丕《典论·论文》）的范畴。就此而言，他与金圣叹之把《西厢记》《水浒传》同《离骚》《庄子》《史记》、杜诗并称"六才子书"，异曲同工，可谓志同道合的盟友。

其次，李渔提出，必须寻求戏曲艺术的特殊规律，即他所谓戏曲之"法脉准绳"。一谈到这个问题，马上就显出李渔作为艺术理论家和美学家的深刻洞察力和出色悟性。李渔所说"填词之理变幻不常，言当如是，又有不当如是者"这几句话，表明他是一个真正了解艺术奥秘的人。世上一切事物中，艺术的规律的确是最难把握的。"言当如是"而又不如是者，在艺术中比比皆是。譬如说，在《水浒传》和许多水浒戏中，李逵是一个大家非常熟悉的具有鲜明性格的形象。一提李逵，人们首先想到的是他的"粗"；可他有时偏偏"粗中有细"：在某种场合他也会耍点儿小计谋，有时也要酸溜溜地唱几句"正是清明时候，却言风雨替花愁。和风渐起，暮雨初收。俺则见杨柳半藏沽酒市，桃花深映钓鱼舟"（见元康进之杂剧《李逵负荆》），欣赏良辰美景——这是他性格中的"细"处。当作家把他这"粗"中之"细"写出来时，往往令人拍案叫绝。

再譬如，英雄一般总是有胆有识、机智伶俐。可美国电影《阿甘正传》中却偏偏写了一个既不聪明也不伶俐、傻乎乎、出尽洋相的英雄。当阿甘作为英雄受到总统接见的时候，一般人期望他说出几句豪言壮语，可在那个庄严的场合，阿甘却冒出一句石破天惊的话："我要撒尿！"看过这部电影的人会觉得这是片中最精彩的台词和场面之一。于此，阿甘这个形象获得了巨大成功。这就是艺术。艺术也并非完全无"法"（规律）可寻，只是没有"死法"，却有"活法"。艺术之"法"是"无法之法"。艺术家说："无法之法，是为至法。"艺术有规律而无模式，一旦有了固定的模式，将丰富多彩、千变万化、不可重复的审美经验和艺术创造活动模式化，那也就从"活法"变成了"死法"，艺术也就不存在了。在一定意义上说，"无法之法"乃艺术的真正法则，最高法则。

第二部分（自"填词首重音律，而余独先结构"至前言终了约七百字），才专谈结构问题。李渔是一个喜欢"自我作古"、敢于反传统的人。这段文字比较突出地表现了李渔的理论独创性。当然，反传统不是不要传统，独创不是瞎创。在李渔之前，也有人谈到戏曲结构。最著名的就是明代王骥德《曲律》之《论章法》中的一段话："作曲犹造宫室者然。工师之在室也，必先定规式，自前门而厅、而堂、而楼，或三进、或五进、或七进，又自两厢而及轩寮，以至廪庾、庖湢、藩垣、苑榭之类，前后、左右、高低、远近，尺寸无不了然胸中，而后可施斤斫。作曲者，亦必先分段数，以何意起，何意接，何意作中段敷衍，何意作后段收煞，整整在目，而后可施结撰。"还有凌濛初《谭曲杂札》："戏曲搭架（即指结构、布局——引者），亦是要事，不妥则全传可憎矣。"祁彪佳《曲品》："作南传奇者，构局为难，曲白次之。"但他们谈的，一是比较简略，一是往往把戏曲当作诗文，以诗文例解戏曲，而不把戏曲作为一门独立的艺术看待，没有突出戏曲的特点。李渔显然吸收了他的前辈的某些优秀论点而加以发展、创造。李渔的"独先结构"，不是像前人那样摆脱不掉诗文"情结"，而是高举着戏曲独立（不同于诗文）的大旗，自觉而充分地考虑到戏曲作为舞台叙事艺术的特点。因为戏曲不是或主要不是案头文字，它重在演出。演员要面对着观众，当场表演给他们看，唱给他们听。所以戏曲结构既要紧凑、简练，又要曲折动人，总之，要具有能够抓住人的手段和魅力。这就要求戏曲作家从立意、构思的时候起即煞费苦心，在考虑词采、音律等问题之前首先就特别讲究结构、布局，即李渔所谓"如造物之赋形，当其经血初凝，胞胎未就，先为制定全形，使点血而具五官百骸之势"；"袖手于前，始能疾书于后"；"有奇事，方有奇文"，"命题"佳，才能"扬为绣口"。钱塘陆圻（字丽京，一字景宣，号讲山）对李渔"独先结构"这一段文字作眉批赞道：

"此等妙喻，惟心花、笔花合二为一，开成并蒂者能之。他人即具此锦心，亦不能为此绣口。"

紧接着"独先结构"，李渔又对"词采"与"音律"做了比较，说了一番词采应"置音律之前"的道理，认为二者"有才、技之分"："文词稍胜者即号才人，音律极精者终为艺士。"尤侗（展成）眉批："此论极允。不则张打油塞满世界矣。"但我认为"结构""词采""音律"之排列，更应视为指时间的先后和程序的次第，而不是价值的高低——关于这一点，我将在谈"词采第二"时详论。

戒讽刺

武人之刀，文士之笔，皆杀人之具也。刀能杀人，人尽知之；笔能杀人，人则未尽知也。然笔能杀人，犹有或知之者；至笔之杀人较刀之杀人，其快其凶更加百倍，则未有能知之而明言以戒世者。予请深言其故。何以知之？知之于刑人之际。杀之与剐①，同是一死，而轻重别焉者，以杀止一刀，为时不久，头落而事毕矣；剐必数十百刀，为时必经数刻，死而不死，痛而复痛，求为头落事毕而不可得者，只在久与暂之分耳。然则笔之杀人，其为痛也，岂止数刻而已哉！窃怪传奇一书，昔人以代木铎②，因愚夫愚妇识字知书者少，劝使为善，诫使勿恶，其道无由，故设此种文词，借优人说法，与大众齐听。谓善者如此收场，不善者如此结果，使人知所趋避，是药人寿世之方、救苦弭灾之具也③。余澹心云：文人笔舌，菩萨心肠，直欲以填词作《太上感应篇》矣。后世刻薄之流，以此意倒行逆施，借此文报仇泄怨。心之所喜者，处以生、旦之位，意之所怒者，变以净、丑之形，且举千百年未闻之丑行，幻设而加于一人之身，使梨园习而传之④，几为定案，虽有孝子慈孙，不能改也。噫，岂千古文章，止为杀人而设？一生诵读，徒备行凶造孽之需乎？苍颉造字而鬼夜哭⑤，造物之心，未必非逆料至此也。凡作传奇者，先要涤去此种肺肠，务存忠厚之心，勿为残毒之事。以之报恩则可，以之报怨则不可；以之劝善惩恶则可，以之欺善作恶则不可。

【注释】

①剐（guǎ）：古代的一种酷刑，即凌迟。

②木铎：古代传布命令、施行政教时使用的一种木舌铃。后来以之为宣扬教化的代称。

③弭（mǐ）灾：消灾。

④梨园：唐玄宗曾在"梨园"教乐工、宫女演习乐、舞，后称戏院或演艺界为梨园。

⑤苍颉造字而鬼夜哭：《淮南子·本经训》："苍颉作书而天雨粟，鬼夜哭。"传说苍颉是黄帝时造字的人。

人谓《琵琶》一书，为讥王四而设。因其不孝于亲，故加以入赘豪门，致亲饿死之事。何以知之？因"琵琶"二字，有四"王"字冒于其上，则其寓意可知也。噫！此非君子之言，齐东野人之语也①。尤展成云：《杜甫游春》一剧，终是文人轻薄。凡作传世之文者，必先有可以传世之心，而后鬼神效灵，予以生花之笔②，撰为倒峡之词③，使人人赞美，百世流芬。传非文字之传，一念之正气使传也。五经、四书、《左》《国》《史》《汉》诸书④，与大地山河同其不朽，试问当年作者有一不肖之人、轻薄之子厕于其间乎？曹顾庵云：盛名必由盛德。千古至论，有功名教不浅！但观《琵琶》得传至今，则高则诚之为人，必有善行可予，是以天寿其名，使不与身俱没，岂残忍刻薄之徒哉！即使当日与王四有隙，故以不孝加之，然则彼与蔡邕未必有隙⑤，何以有隙之人，止暗寓其姓，不明叱其名，而以未必有隙之人，反蒙李代桃僵之实乎⑥？此显而易见之事，从无一人辩之。创为是说者，其不学无术可知矣。

【注释】

①齐东野人之语：乡下人的无稽之谈。《孟子·万章上》："此非君子之言，齐东野人之语也。"

②生花之笔：五代后周王仁裕《开元天宝遗事·梦笔头生花》："李太白少时，梦所用之笔头上生花，后天才赡逸，名闻天下。"

③倒峡之词：唐杜甫《醉歌行》有"词源倒倾三峡水，笔阵横扫千人军"句。

④五经：汉后以《易》《诗》《书》《礼记》《春秋》为五经。四书：宋朱熹把《大学》《中庸》《论语》《孟子》编在一起为四书。《左》：《左传》。《国》：《国语》（《战国策》亦可称之）。《史》：《史记》。《汉》：《汉书》。

⑤蔡邕（132—192）：字伯喈（jiē），汉末文学家、书法家，《琵琶记》主人公假名于他。

⑥李代桃僵：相互替代。古乐府《鸡鸣》中有"李树代桃僵"句。

予向梓传奇①，尝埒誓词于首②，其略云：加生、旦以美名，原非市恩于有托；抹净、丑以花面，亦属调笑于无心；凡以点缀词场，使不岑寂而已。但虑七情之内，无境不生，六合之中，何所不有？幻设一事，即有一事之偶同；乔命一名③，即有一名之巧合。焉知不以无基之楼阁，认为有样之葫芦？是用沥血鸣神，剖心告世，倘有一毫所指，甘为三世之喑，即漏显诛，难逭阴罚④。此种血忱，业已沁入梨枣⑤，印政寰中久矣。而好事之家，犹有不尽相谅者，每观一剧，必问所指何人。噫！如其尽有所指，则誓词之设，已经二十余年，上帝有赫，实式临之⑥，胡不降之以罚？兹以身后之事，且置勿论，论其现在者：年将六十，即旦夕就木，不为夭矣。向忧伯道之忧⑦，今且五其男，二其女，孕而未诞、诞而待孕者，尚不一其人，虽尽属景升豚犬⑧，然得此以慰桑榆⑨，不忧穷民之无告矣⑩。年虽迈而筋力未衰，涉水登山，少年场往往追予弗及；貌虽癯而精血未耗，寻花觅柳，儿女事犹然自觉情长。所患在贫，贫也，非病也；所少在贵，贵岂人人可幸致乎？是造物之悯予，亦云至矣。非悯其才，非悯其德，悯其方寸之无他也。生平所著之书，虽无裨于人心世道，若止论等身，几与曹交食粟之躯等其高下⑪。使其间稍伏机心，略藏匕首，造物且诛之夺之不暇，肯容自作孽者老而不死，犹得佯狂自肆于笔墨之林哉？吾于发端之始，即以讽刺戒人，且若嚣嚣自鸣得意者，非敢故作夜郎⑫，窃恐词人不究立言初意，谬信"琵琶王四"之说，因谬成真。谁无恩怨？谁乏牢骚？悉以填词泄愤，是此一书者，非阐明词学之书，乃教人行险播恶之书也。上帝讨无礼，予其首诛乎？现身说法，盖为此耳。

【注释】

①梓：在木板上刻字。此处指印行书籍。

②埒（liè）誓词于首：此处可当"镌刻誓词于书卷之首"讲。

③乔命：假命。乔，假。

④逋（bū）：逃逸。

⑤梨枣：书板之代称。古代多用梨木和枣木刻书。

⑥"上帝有赫"二句：意谓显赫的上帝有眼，时时在监视着。《诗经·大雅·皇矣》："皇矣上帝，临下有赫。"赫，显赫，权威。

⑦伯道之忧：无子之忧。晋代邓攸，字伯道，战乱中为保全侄子而丢弃了儿子，终老无子（见《晋书·邓攸传》）。

⑧景升豚犬：汉末刘表，字景升，死后，儿子降曹。曹操曾说"刘景升儿子若豚犬耳"。后"景升豚犬"指没出息的儿子，多为谦辞。

⑨桑榆：落日的余晖照在桑榆树梢，比喻老年的时光。

⑩穷民之无告：《孟子·梁惠王下》："老而无妻曰鳏，老而无夫曰寡，老而无子曰独，幼而无父曰孤。此四者，天下之穷民而无告者。"

⑪"几与曹交"句：著作之多，几乎与曹交之身等高。战国时人曹交曾说"交九尺四寸以长，食粟而已"（语见《孟子·告子下》）。

⑫夜郎：夜郎国人，妄自尊大。有"夜郎自大"的成语。

【评析】

这一款的主旨是谈"文德"。

中华民族是一个道德文明特别发达的民族。如果说古代西方文明最突出的是一个"真"字，那么，古代中国文明最突出的则是一个"善"（道德）字。我们的古人，特别是儒家，尤其讲究"内圣外王"。所谓"内圣"，其中一个重要因子甚至可以说核心因子就是道德修养。圣人必然是道德修养极高的人。自身道德修养高（再加上才、胆、识等其他条件），威望就高，便能一呼百应，成就一番"王"业。倘"内"不"圣"（无德、缺德），那么，"外"也就"王"不起来。

所以，按照中华民族的传统，无论哪行哪业，为人处事首先要讲的就是"德"。除了"王者"要有"为王之德"以外；其他如写史的，要有"史德"；作文的，要有"文德"；唱戏的，要有"戏德"；经商的，要有"商德"；为官的，要有"政德"……甚至，连很难同道德二字联系起来的小偷，都有他们那个"行业"的"道德"规范。关于"史德"，中国古代就有董狐、南史这样非常光辉的样板。春秋时晋国史官董狐不怕威胁直书"赵盾弑其君"，一直被人们称道；春秋时齐国史官南史，在听到大夫崔杼弑君（庄公）、而太史兄弟数人前仆后继直书"崔杼弑其君"先后被杀后，仍然执简前往，准备冒死书写，也是历代史家的典范。这就是不畏强暴而"秉笔直书"的"史德"。

李渔倡导的是"文德"。他反对以"文"（包括戏曲）为手段来"报仇泄怨"，达到私人目的："心之所喜者，处以生、旦之位，意之所怒者，变以净、丑之形，且举千百年未闻之丑行，幻设而加于一人之身，使梨园习而传之，几为定案，虽有孝子慈孙，不能改也。"他提出，"凡作传奇者，先要涤去此种肺肠，务存忠厚之心，勿为残毒之事"；"以之劝善惩恶则可，以之欺善作恶则不可"。这就是"文德"。中国古代历来将"道德"与"文章"连在一起，并称为"道德文章"，这实际上也意味着对"文德"的提倡和遵从。写文章的第一要务是"修德"，至于"练意""练句""练字"，当在其次。道德好是文章好的必要条件。德高才会文高，有至德才会有至文。屈原的《离骚》之所以成为千古绝唱，文天祥的《正气歌》之所以感人肺腑……中国文学史和世界文学史上那些光辉篇章之所以历久而弥新，根本原因就在于这些诗词文章是其作者道德人格的化身。未有其人缺德败行，而其文能流传千古者。鲁迅的文章之最使我感动者，在于他的文中能令人见出其真诚的人格，特别是他无情地解剖自己（看到自己"皮袍下面的小"）。巴金的可敬，也特别在于他敢于讲真话（有"讲真话的大书"五集《随想录》为证）。对于巴老来说，讲真话不只是"敢不敢"的胆量问题，而是他的道德人格的真实流露问题，所谓"君子坦荡荡"是也；正如李渔在《覆瓿草序》中谈到人品与文品的关系时所说："未读其文，先视其人……其人为君子，则君子之言矣。"巴金，真君子也。李渔说："凡作传世之文者，必先有可以传世之心，而后鬼神效灵，予以生花之笔，撰为倒峡之词，使人人赞美，百世流芬。传非文字之传，一念之正气使传也。五经、四书、《左》《国》《史》《汉》诸书，与大地山河同其不朽，试问当年作者有一不肖之人、轻薄之子厕于其间乎？"的确如此。李渔这些观点，也得到他的朋友们的赞同，余怀（澹心）眉批："文人笔舌，菩萨心肠，直欲以填词作《太上感应篇》矣。"曹顾庵眉批："盛名必由盛德。千古至论，有功名教不浅！"尤侗则在眉批中批评"《杜甫游春》一剧，终是文人轻薄"。

　　当然，"文德"是历史的、具体的；时代不同，"文德"的标准不会完全相同。我们今天的作家应当继承历代作家优秀的"文德"传统，不欺世、不媚俗、不粉饰、不诽谤、不为美言所诱惑、不为恫吓所动摇，富贵不淫、贫贱不移、威武不屈，以彻底的唯物主义精神做人和为文。

立主脑

古人作文一篇，定有一篇之主脑。主脑非他，即作者立言之本意也。传奇亦然。一本戏中，有无数人名，究竟俱属陪宾，原其初心，止为一人而设。即此一人之身，自始至终，离合悲欢，中具无限情由，无穷关目，究竟俱属衍文①，原其初心，又止为一事而设。此一人一事，即作传奇之主脑也。然必此一人一事果然奇特，实在可传而后传之，则不愧传奇之目，而其人其事与作者姓名皆千古矣。如一部《琵琶》，止为蔡伯喈一人，而蔡伯喈一人又止为"重婚牛府"一事，其余枝节皆从此一事而生。二亲之遭凶，五娘之尽孝，拐儿之骗财匿书，张大公之疏财仗义，皆由于此。是"重婚牛府"四字，即作《琵琶记》之主脑也。一部《西厢》，止为张君瑞一人，而张君瑞一人，又止为"白马解围"一事，其余枝节皆从此一事而生。夫人之许婚，张生之望配，红娘之勇于作合，莺莺之敢于失身，与郑恒之力争原配而不得，皆由于此。是"白马解围"四字，即作《西厢记》之主脑也。余剧皆然，不能悉指。后人作传奇，但知为一人而作，不知为一事而作。尽此一人所行之事，逐节铺陈，有如散金碎玉，以作零出则可，谓之全本，则为断线之珠，无梁之屋。作者茫然无绪，观者寂然无声，无怪乎有识梨园，望之而却走也。此语未经提破，故犯者孔多，而今而后，吾知鲜矣。

【注释】

①衍文：多余的文字。

【评析】

"主脑"这个术语，在中国古典剧论中为李渔第一个使用（明王骥德《曲律》、徐复祚《三家村老委谈》中有"头脑"一词，与笠翁之"主脑"虽有联系而不相同），创建之功，不可磨灭。前面我们曾讲到，李笠翁就是喜欢"自我作古"。此处"古"者，"祖"也。所以，"作古"的意思就是"当老祖宗"。笠翁不过活了70岁，"以我为祖"的梦做了一辈子；而且他也的确时时把这个梦变成现实，创造了不少"老子天下第一"。这是十分可贵的精神，也是人之本性。正是赖此，人类才能繁衍、发展。若是人人都像老子（老聃，姓李名耳）那样"不为天下先"，人类大约仍在茹毛饮血。

李渔之"主脑"，有两个意思：一是"作者立言之本意"（今之所谓"主题""主旨"）；一是选择"一人一事"（今之所谓中心人物、中心事件）作为主干。这符合戏曲艺术的本性。众所周知，中国戏曲和外国戏剧都要受舞台空间和表演时间的双重限制，单就这一点而言，远不如小说那般自由。正如狄德罗在《论戏剧诗》中所说："小说家有的是时间和空间，而戏剧作家正缺乏这些

东西。"而中国戏曲咿咿呀呀一唱就是半天，费时更多，也就更要惜时。所以，戏曲作家个个都是"吝啬鬼"，他们总是以寸时寸金的态度，在有限的时空里，在小小的舞台上，十分节省、十分有效地运用自己的艺术手段，最大限度地发挥自己的艺术魅力。在戏曲结构上，就要求比小说更加单纯、洗练、凝聚、紧缩。李渔"立主脑""一人一事"的主张于是应运而生。

李渔此论，真真是"中国特色"。西方古典剧论也有自己的主张，与中国可谓异曲同工，这就是"古典主义"的"三一律"。曹禺在1979年第3期《人民戏剧》上《曹禺谈〈雷雨〉》中说："'三一律'不是完全没有道理。《雷雨》这个戏的时间，发生在不到二十四小时之内，时间统一，可以写得很集中。故事发生的地点是在一个城市里，这样容易写一些，而且显得紧张。还有一个动作统一，就是在几个人物当中同时挖一个动作、一种结构，动作在统一的结构里头，不乱搞一套，东一句、西一句弄得人家不爱看。"

我建议读者诸君把"立主脑"一款与后面的"减头绪"一款参照阅读。"立主脑"与"减头绪"实为一体两面：从正面说是"立主脑"，从反面说则是"减头绪"。李渔说："头绪繁多，传奇之大病也。《荆》《刘》《拜》《杀》（《荆钗记》《刘知远》《拜月亭》《杀狗记》）之得传于后，止为一线到底，并无旁见侧出之情。三尺童子观演此剧，皆能了了于心，便便于口，以其始终无二事，贯串只一人也。"显然，"减头绪"是"立主脑"的必要条件，不减头绪，无以立主脑。

当然，立主脑、减头绪，也不能绝对化。一绝对化，变成公式，则成谬误。

我还想指出一点，李渔的"立主脑""减头绪"及其他有关戏曲结构的主张，与他之前传统文论的重大不同在于，这是地地道道的戏曲叙事理论。说到这里，我想顺便提及中国古典文论的三个发展阶段：明中叶以前，主要是以诗文为主体的抒情文学理论，此为第一阶段；明中叶以后，自李贽、叶昼起到清初的金圣叹诸人，建立并发展了叙事艺术理论，但那主要是叙事文学（小说）理论，此为第二阶段；至李渔，才真正建立和发展了叙事戏曲理论，此为第三阶段。此后，这三者同时发展，并互相影响。

脱窠臼

"人惟求旧，物惟求新①。"新也者，天下事物之美称也。而文章一道，较之他物，尤加倍焉。戛戛乎陈言务去②，求新之谓也。至于填词一道，较之诗赋古文，又加倍焉。非特前人所作，于今为旧，即出我一人之手，今之视昨，亦有间焉。昨已见而今未见也，知未见之为新，即知已见之为旧矣。古人呼剧本为"传奇"者，因其事甚奇特，未经人见而传之，是以得名，可见非奇不传。"新"即"奇"之别名也。若此等情节业已见之戏场，则千人共见，万人共见，绝无奇矣，焉用传之？是以填词之家，务解"传奇"二字。欲为此剧，先问古今院本中③，曾有此等情节与否？如其未有，则急急传之，否则枉费辛勤，徒作效颦之妇④。东施之貌未必丑于西施，止为效颦于人，遂蒙千古之诮。使当日逆料至此，即劝之捧心，知不屑矣。吾谓填词之难，莫难于洗涤窠臼，而填词之陋，亦莫陋于盗袭窠臼。吾观近日之新剧，非新剧也，皆老僧碎补之衲衣，医士合成之汤药。取众剧之所有，彼割一段，此割一段，合而成之，即是一种"传奇"。但有耳所未闻之姓名，从无目不经见之事实。语云"千金之裘，非一狐之腋"⑤，以此赞时人新剧，可谓定评。但不知前人所作，又从何处集来？岂《西厢》以前，别有跳墙之张珙？《琵琶》以上，另有剪发之赵五娘乎？若是，则何以原本不传，而传其抄本也？窠臼不脱，难语填词，凡我同心，急宜参酌。

【注释】
　①"人惟求旧"二句：语见《尚书·商书·盘庚上》："人惟求旧，器非求旧，惟新。"

②戛戛（jiá）乎陈言务去：戛戛，困难状。唐韩愈《答李翊书》："惟陈言之务去，戛戛乎其难哉！"

③院本：宋金元南戏、杂剧演剧的脚本。

④效颦：模仿。颦，皱眉。

⑤"千金之裘"二句：语见《史记·刘敬叔孙通列传》，意思是说千金之裘，不是一只狐狸腋下皮毛所能制成。

【评析】

"窠臼不脱，难语填词！"说得多好啊！

其实，何止填词（戏曲创作）如此，一切艺术创造活动皆然。窠臼就是老俗套，旧公式，陈芝麻，烂谷子，用人家用了八百遍的比喻，讲一个令人耳朵起茧的老掉牙的故事。人们常说，第一个用花比喻女人的是天才，第二个是庸才，第三个是蠢材。那"第二个"和"第三个"（庸才和蠢材）的问题，就在于蹈袭窠臼，向为真正的艺术家所不为。艺术家应该是"第一个"（天才），在艺术大旗上写着的，永远是"第一"！德国古典美学第一人康德在《判断力批判》上卷第 46 节至第 50 节中，关于天才说了许多惊世骇俗（今天看来也许有点极端）的话，但我认为十分精彩。他给天才下的定义是："天才就是：一个主体在他的认识诸机能的自由运用里表现着他的天赋才能的典范式的独创性。"又说，"独创性必须是它的第一特性"，"天才是和摹仿的精神完全对立着的"。这就是说，真正的艺术家（天才），创造性、独创性是他的"第一特性"、本性；而"摹仿"（更甭说蹈袭窠臼了）同他"完全对立"，是他的天敌。艺术家必须不断创新，不但不能重复别人，而且也不能重复自己。在艺术家的眼里，已经存在的作品，不论是别人的还是自己的，都是旧的。李渔说："非特前人所作，于今为旧，即出我一人之手，今之视昨亦有间焉。"于是，艺术创作就要"弃旧图新"。

在《闲情偶寄》中，李渔作为传奇作家特别强调传奇尤其要创新（卖"瓜"的王婆总离不开"瓜"乎？），他认为"传奇"之名，就是"非奇不传"的意思（在他之前已有"非奇不传"之说，如明代倪卓《二奇缘小引》"传奇，纪异之书也，无传不奇，无奇不传"），而且一有机会李渔必张扬创新。在《宾白第四》中他又倡"意取尖新"："同一话也，以尖新出之，则令人眉扬目展，有如闻所未闻；以老实出之，则令人意懒心灰，有如听所不必听。白有尖新之文，文有尖新之句，句有尖新之字，则列之案头，不观则已，观则欲罢不能；奏之场上，不听则已，听则求归不得。"当然，创新也不是不要传统，而是继承中的革新。李渔在《格局第六》的前言中批评了"近日传奇，一味趋新，无论可变者变，即断断当仍者，亦加改窜，以示新奇"的不良倾向，将创新与继承联系起来。

但是，新奇又绝非"荒唐怪异"，而须"新而妥，奇而确"，即符合"人情物理"。关于这一点，李渔在"戒荒唐"一款中有相当透辟的论述。

密针线

编戏有如缝衣，其初则以完全者剪碎，其后又以剪碎者凑成。剪碎易，凑成难，凑成之工，全在针线紧密。一节偶疏，全篇之破绽出矣。每编一折，必须前顾数折，后顾数折。顾前者，欲其照映；顾后者，便于埋伏。照映埋伏，不止照映一人、埋伏一事，凡是此剧中有名之人、关涉之事，与前此后此所说之话，节节俱要想到。宁使想到而不用，勿使有用而忽之。吾观今日之传奇，事事皆逊元人，独于埋伏照映处，胜彼一筹。非今人之太工，以元人所长全不在此也。若以针线论，元曲之最疏者，莫过于《琵琶》。无论大关节目背谬甚多，如子中状元三载，而家人不知；身赘相府，享尽荣华，不能自遣一仆，而附家报于路人；赵五娘千里寻夫，只身无伴，未审果能全节与否，其谁证之？诸如此类，皆背理妨伦之甚者。再取小节论之，如五娘之剪发，乃作者自为之，当日必无其事。以有疏财仗义之张大公在，受人之托，必能终人之事，未有坐视不顾，而致其剪发者也。然不剪发，不足以见五娘之孝。以我作《琵琶》，《剪发》一折亦必不能少，但须回护张大公，使之自留地步。吾读《剪发》之曲，并无一字照管大公，且若有心讥刺者。宋澹仙云：余向读《琵琶》，曾作此论，不意被笠翁拈出，真堪折服则诚。据五娘云，"前日婆婆没了，亏大公周济。如今公公又死，无钱资送，不好再去求他，只得剪发"云云。若是，则剪发一事乃自愿为之，非时势迫之使然也，奈何曲中云："非奴苦要孝名传，只为上山擒虎易，开口告人难。"此二语虽属恒言，人人可道，独不宜出五娘之口。彼自不肯告人，何以言其难也？观此二语，不似怼怨大公之词乎^①？然此犹属背后私言，或可免于照顾。迨其哭倒在地^②，大公见之，许送钱米相资，以备衣衾棺椁，则感之颂之，当有不啻口出者矣^③，奈何曲中又云："只恐奴身死也，兀自没人埋^④，谁还你恩债？"试问公死而埋者何人？姑死而埋者何人？对埋殓公姑之人而自言暴露，将置大公于何地乎？宋澹仙云：一经点破，便觉拂情。则诚复生，何词以辩？且大公之相资，尚义也，非图利也，"谁还恩债"一语，不几抹倒大公，将一片热肠付之冷水乎？此等词曲，幸而出自元人，若出我辈，则群口讪之，不识置身何地矣。

【注释】

①怼（duì）：怨恨。

②迨（dài）：等到。

③啻（chì）：止于，限于。

④兀自：仍然，还是。

予非敢于仇古，既为词曲立言，必使人知取法，若扭于世俗之见，谓事事当法元人，吾恐未得其瑜，先有其瑕。人或非之，即举元人借口，乌知圣人千虑，必有一失；圣人之事，犹有不可尽法者，况其他乎？《琵琶》之可法者原多，请举所长以盖短。如《中秋赏月》一折，同一月也，出于牛氏之口者，言言欢悦；出于伯喈之口者，字字凄凉。一座两情，两情一事，此其针线之最密者。瑕不掩瑜，何妨并举其略？然传奇一事也，其中义理分为三项：曲也[1]，白也[2]，穿插联络之关目也[3]。元人所长止居其一，曲是也，白与关目皆其所短。吾于元人，但守其词中绳墨而已矣。

【注释】

①曲：戏曲的演唱部分。

②白：宾白，或曰念白。

③关目：戏曲中关键情节的连接、处理，结构、布局的巧妙安排。

【评析】

"密针线"是一个极妙的比喻。君不见那些笨裁缝做的针线活乎？粗针大线，歪歪扭扭，裂裂邪邪，针脚忽大忽小，裤腿一长一短，袖口一肥一瘦，肩膀一高一低，顾了前襟忘了后腰，顾了肥瘦忘了身高。再看那些精心制作的高档服装则不同：不但纵观整体，裁剪得体，随体附形；而且每一个细部也极为精致考究。即使针脚，也有严格规定。

进行戏曲创作乃至一切艺术创作，也是如此。特别是叙事艺术作品，其结构得精不精，布局得巧不巧，情节发展转换是否自然，人物相互关系是否入理……最终表现在针线是否紧密上。按照李渔的说法，"编戏有如缝衣"，其间有一个"剪碎""凑成"的过程，"凑成之工，全在针线紧密"，不然"一节偶疏，全篇之破绽出矣"；"一笔稍差便虑神情不似，一针偶缺即防花鸟变形"。这里还需要"前顾""后顾"："顾前者，欲其照映；顾后者，便于埋伏。"其实，这个道理，古今中外普遍适用。亚里士多德《诗学》中就批评卡耳喀诺斯的剧本"有失照顾"，"剧本因此失败了"。狄德罗《论戏剧诗》中要求戏剧作家："更要注意，切勿安排没有着落的线索：你对我暗示一个关键而它终不出现，结果你会分散我的注意力。"还有一位戏剧理论家说，如果开始时你在舞台上放上一支枪，剧终前你一定要让它放响。李渔也对戏曲创作提出明确要求："一出接一出，一人顶一人，务使承上接下，血脉相连；即于情事截然绝不相关之处，亦有连环细笋伏于其中，看到后来方知其妙，如藕于未切之时，先长暗丝以待，丝于络成之后，才知作茧之精。"李渔自己的传奇作品，就很注意照映、埋伏。《风筝误》第三出，爱娟挖苦淑娟："妹子，你聪明似我，我丑陋似你。你明日做了夫人皇后，带挈我些就是了。"到第三十出，淑娟的一段台词还照映前面那段话："你当初说我做了夫人须要带挈你带挈，谁想我还不曾做夫人，你倒先做了夫人，我还不曾带挈你，你倒带挈我陶了那一夜好气。"针线紧密的另一个例子是后于李渔的清代传奇作家孔尚任的名剧《桃花扇》。作者要"借离合之情，写兴亡之感"，他以李香君、侯方域爱情上的悲欢离合为主线，苦心运筹，精巧安排，细针密线，将众多的人物、纷沓的事件、繁多的头绪、错杂的矛盾，组织成一个井井有条、错落有致的有机艺术整体，恍若天成，不见斧迹，表现了作者卓越的结构布局、穿针引线的才能。

　　元杂剧的成就，被公认在中国古典戏曲史上是最高的。但，李渔指出，元剧"独于埋伏照映处"粗疏，无论"大关"还是"小节"，纰漏甚多。他以《琵

琶记》为例作了详尽分析，指出其
穿插联络的悖谬。并且为了弥补其
不足，还亲自改写了《琵琶记·寻
夫》和《明珠记·煎茶》，附于《演
习部·变调第二》之中。然而，李
渔只指出其然而没说出其所以然。
在二百六十余年以后，王国维在
《宋元戏曲史》第十二章《元剧之文
章》中，对"元剧关目之拙"及其
原因作了中肯的分析。他说："元剧

之佳处何在？一言以蔽之，曰：自然而已矣。古今之大文学，无不以自然胜，
而莫著于元曲。盖元剧之作者，其人均非有名位学问也。其作剧也，非有藏之
名山、传之其人之意也。彼以意兴之所至为之，以自娱娱人。关目之拙劣，所
不问也；思想之卑陋，所不讳也；人物之矛盾，所不顾也。彼但摹写其胸中之
感想与时代之情状，而真挚之理与秀杰之气，时流露于其间。故谓元曲为中国
最自然之文学，无不可也。若其文字之自然，则又为其必然之结果，抑其次
也。"这就是说，元剧率意而为，不精心于关目，故其疏也。

减头绪

　　头绪繁多，传奇之大病也。《荆》《刘》《拜》《杀》之得
传于后[①]，止为一线到底，并无旁见侧出之情。三尺童子观

演此剧，皆能了了于心，便便于口，以其始终无二事，贯串只一人也。陆丽京云：说得病透，下得药真，笠翁诚医国手！后来作者不讲根源，单筹枝节，谓多一人可增一人之事。事多则关目亦多，令观场者如入山阴道中，人人应接不暇②。殊不知戏场脚色，止此数人，便换千百个姓名，也只此数人装扮，止在上场之勤不勤，不在姓名之换不换。与其忽张忽李，令人莫识从来，何如只扮数人，使之频上频下，易其事而不易其人，使观者各畅怀来③，如逢故物之为愈乎？作传奇者，能以"头绪忌繁"四字，刻刻关心，则思路不分，文情专一，其为词也，如孤桐劲竹，直上无枝，虽难保其必传，然已有《荆》《刘》《拜》《杀》之势矣。

【注释】

①《荆》《刘》《拜》《杀》：宋元时的四大南戏。《荆》即《荆钗记》，传为柯丹丘作。《刘》即《刘知远》，又名《白兔记》，作者待考。《拜》即《拜月亭》，又名《幽闺记》，传为施惠作。《杀》即《杀狗记》，传为徐畋作。

②"令观场者"二句：《世说新语·言语》王羲之语："从山阴道上行，山川自相映发，使人应接不暇。"

③各畅怀来：怀来，有所怀而来。畅其怀来，是说畅快地满足观者的初衷。《史记·司马相如列传》有"于是诸大夫茫然丧其所怀来，而失厥所以进"的话，此处变换用之，意思是使怀着不同兴趣而来看戏的观众得到各自的满足。

【评析】

李渔强调"头绪忌繁",认为只有"减头绪"才能"立主脑",而贪枝节之"多"必然造成病患。精通医道的陆丽京对此作如下眉批:"说得病透,下得药真,笠翁诚医国手!"

"减头绪"就是要求作品必须"单纯"和"简练",这正是许多大艺术家一贯的艺术追求。譬如契诃夫——他在 1886 年 10 月 29 日给基塞列娃的信中就强调"情节越单纯,那就越逼真,越诚恳,因而也就越好",在别的地方他还一再强调"简洁是才力的姊妹","写作的艺术就是提炼的艺术","写得有才华就是写得短"等等,而这种"单纯""简练""简洁"总是通过删改而取得的,许多朋友回忆契诃夫艺术创作的名言:"写作的技巧,其实并不是写作的技巧,而是删掉写得不好的地方的技巧。""您知道应当怎样写才能写出好小说吗?在小说里不要有多余的东西,就像在战舰甲板上一样。"

"减头绪"就是淘沙成金,就是通过"减少"而达到"增多"——世间往往只看到"加"是"增多"的手段,而没有看到"减"在某种情况下同样亦是"增多"的手段。沙里淘金即是如此:金在沙中,人们只见沙,不见金。按照常识,这时"只有"沙,"没有"金。淘金,就是不断"减",减掉了沙子,"增加"了金;沙逐渐减少,金逐渐增多。炼铁也是如此。铁矿石在炉里通过冶炼,最后"减"去了渣子,"增加"了铁。有成就的大艺术家每每谈到自己如何删改作品、淘沙成金的体会。列夫·托尔斯泰在 1852 年 3 月 27 日的《日记》中写道:"应该毫不惋惜地删去一切含糊、冗长、不恰当的地方,总之,删去一切不能令人满意的地方,即使它们本身是很不错的。"在 1853—1854

年写的《文学的规则》中又说："写好作品的草稿后一再修改它，删去它的一切赘余而不增加分毫……誊写一次，删去一切赘余并给予每一思想以真正的位置。"

雕刻家把大理石中多余的部分去掉（"减"），形象就显现了，美就被创造出来了（"加"）。而且，这里简直不是从少到多，而是从无到有。在艺术中，常常是"加"了反而贫乏，"减"了反而丰富。

这就是艺术的"加""减"辩证法。"减头绪"中的"减"，应作如是观。

戒荒唐

昔人云："画鬼魅易，画狗马难①。"以鬼魅无形，画之不似，难于稽考；狗马为人所习见，一笔稍乖，是人得以指摘。可见事涉荒唐，即文人藏拙之具也。而近日传奇，独工于为此。尤展成云：昔人传奇，今则传怪矣。笠翁此论，真斩蛟手！噫！活人见鬼，其兆不祥，矧有吉事之家，动出魑魅魍魉为寿乎？移风易俗，当自此始。吾谓剧本非他，即三代以后之《韶》《濩》也②。殷俗尚鬼，犹不闻以怪诞不经之事被诸声乐、奏于庙堂，矧辟谬崇真之盛世乎③？王道本乎人情，凡作传奇，只当求于耳目之前，不当索诸闻见之外。无论词曲，古今文字皆然。凡说人情物理者，千古相传；凡涉荒唐怪异者，当日即朽。五经、四书、《左》《国》《史》《汉》，以及唐宋诸大家，何一不说人情？何一不关物理？及今家传户颂，有怪其平易而废之者乎?《齐谐》④,志怪之书也,当日仅存其名,后世未见其实。此非平易可久、怪诞不传之明验欤?人谓家常日用之事,已被前人做尽,穷微极隐,纤芥无遗,非好奇也,求为平而不可得也。予曰:不然。世间奇事无多,常事为多;物理易尽,人情难尽。有一日之君臣父子,即有一日之忠孝节义。性之所发,愈出愈奇,尽有前人未作之事,留之以待后人,后人猛发之心,较之胜于先辈者。

【注释】

① "画鬼魅易"二句:语见《韩非子·外储说左上》。

②《韶》《濩》:传为虞舜和商汤时的乐舞。

③ 矧(shěn):何况。

④《齐谐》:齐国人专门记录神奇怪异事情的笔记小说,最早见于《庄子·逍遥游》:"齐谐者,志怪者也;谐之言曰:'鹏之徙于南冥也,水击三千里,抟扶摇而上者九万里,去以六月息者也。'"成玄英疏:"姓齐名谐,人姓名也;亦言书名也。"古时志怪之书多以"齐谐"为名。

即就妇人女子言之,女德莫过于贞,妇愆无甚于妒①。古来贞女守节之事,自剪发、断臂、刺面、毁身,以至刎颈而止矣。近日矢贞之妇②,竟有刳肠剖腹③,自涂肝脑于贵人之庭以鸣不屈者;又有不持利器,谈笑而终其身,若老衲高僧之坐化者④。岂非五伦以内⑤，自有变化不穷之事乎？王安节云：近日人情世故，总以翻案见奇，刑之于化，倒行逆施，其一端也。古来妒妇制夫之条，自罚跪、戒眠、捧灯、戴水，以至扑臀而止矣。近日妒悍之流，竟有锁门绝食，迁怒于人，使族党避祸难前，坐视其死而莫之救者；又有鞭扑不加，囹圄不设，宽仁大度，若有刑措之风⑥，而其夫慑于不怒之威，自遣其妾而归化者？岂非闺闼以内，便有日异月新之事乎？此类繁多，不能枚举。此言前人未见之事，后人见之，可备填词制曲之用者也。即前人已见之事，尽有摹写未尽之情，描画不全之态。若能设身处地，伐隐攻微，彼泉下之人，自能效灵于我，授以生花之笔，假以蕴绣之肠，制为杂剧，使人但赏极新极艳之词，而竟忘其为极腐极陈之事者。此为最上一乘，予有志焉，而未之逮也。

【注释】

①愆（qiān）：罪过。

②矢贞：芥子园本为"失贞"；翼圣堂本为"矢贞"，是。

③刲（kuī）：割。

④坐化：高僧临终，端坐而逝，称为"坐化"或"坐脱"。

⑤五伦：封建宗法社会以君臣、父子、夫妇、兄弟、朋友为五伦。

⑥刑措：刑罚废弃不用。措，废置。

【评析】

李渔在为他朋友的《香草亭传奇》作序时提出，创作传奇必须"既出寻常视听之外，又在人情物理之中"。在"戒荒唐"中又说："凡作传奇，只当求于耳目之前，不当索诸闻见之外。"李渔坚决反对以荒诞不经的材料创作传奇。尤侗眉批："昔人传奇，今则传怪矣。笠翁此论，真斩蛟手！"

的确，李渔所言，可谓至理名言！

在艺术创作中，新奇与寻常、"耳目之前"与"闻见之外"，既是对立的，又是统一的。因为"世间奇事无多，常事为多；物理易尽，人情难尽"。而那"奇事"就包含在"常事"之中；那"难尽"的"人情"就包含在"易尽"的"物理"之中。若在"常事"之外去寻求"奇事"，在"易尽"的"物理"之外去寻求"难尽"的"人情"，就必然走上"荒唐怪异"的邪路。真真切切实实在在的寻常生活本身永远会有"变化不穷""日新月异"的奇事。戏曲作家就应该寻找那些"寻常"的"奇事"、"真实"的"新奇"。

300 年前李渔对新奇与真实的关系有如此辩证的认识，难得、难得。

明末清初在戏曲创作和理论上存在着要么蹈袭窠臼、要么"一味趋新"的两种偏向。陈多先生在 1980 年湖南人民出版社注释本《李笠翁曲话》中解释"脱窠臼"时，引述了明末清初倪卓《二奇缘小引》、茅瑛《题牡丹亭记》、张岱《答袁箨庵书》、周裕度《天马媒题辞》、朴斋主人《风筝误·总评》中的有关材料，介绍了他们对这两种倾向、特别是"一味趋新"的看法。有些人的意见与李渔相近。例如，张岱批评说，某些传奇"怪幻极矣，生甫登场，即思易姓；且方出色，便要改装。兼以非想非因，无头无绪。只求热闹，不论根由；

但要出奇，不顾文理"；他认为"布帛菽粟之中，自有许多滋味，咀嚼不尽，传之久远。愈久愈新，愈淡愈远"。周裕度说："尝谬论天下，有愈奇则愈传者，有愈实则愈奇者。奇而传者，不出之事是也；实而奇者，传事之情是也。"朴斋主人指出，"近来牛鬼蛇神之剧，充塞宇内，使庆贺宴集之家，终日见鬼遇怪，谓非此不足以悚夫观听"；"讵知家中常事，尽有绝好戏文未经做到"。他认为，传奇之"所谓奇者，皆理之极平；新者，皆事之常有"。可以参考。

审虚实

传奇所用之事，或古或今，有虚有实，随人拈取。古者，书籍所载，古人现成之事也；今者，耳目传闻，当时仅见之事也；实者，就事敷陈，不假造作，有根有据之谓也；虚者，空中楼阁，随意构成，无影无形之谓也。人谓古事多实，近事多虚。予曰不然。传奇无实，大半皆寓言耳。欲劝人为孝，则举一孝子出名，但有一行可纪，则不必尽有其事，凡属孝亲所应有者，悉取而加之，亦犹纣之不善，不如是之甚也，一居下流，天下之恶皆归焉①。其余表忠表节，与种种劝人为善之剧，率同于此。若谓古事皆实，则《西厢》《琵琶》推为曲中之祖，莺莺果嫁君瑞乎？蔡邕之饿莩其亲②，五娘之干蛊其夫③，见于何书？果有实据乎？孟子云："尽信书，不如无书④。"盖指《武成》而言也。

【注释】

①"亦犹纣之不善"四句：《论语·子张》："子贡曰：纣之不善，不如是之甚也。是以君子恶居下流，天下之恶皆归矣。"纣，商（殷）末代君主，相传为暴君。

②饿莩（piǎo）其亲：让亲人成为饿殍。饿莩，即饿死的人。莩，通"殍"。

③干蛊：原为担当应做之事。《周易·蛊卦》："干父之蛊。"王弼注曰："干父之事，能承先轨，堪其任者也。"此处干蛊，似指五娘干预、冒犯她丈夫。干，触犯，冒犯，冲犯。蛊，事。

④"尽信书"二句：《孟子·尽心下》："孟子曰：'尽信书，则不如无书。吾于《武成》，取二三策而已矣。'"孟子认为《尚书·周书·武成》记武王伐纣，流血漂杵，不实。

　　经史且然，矧杂剧乎？凡阅传奇而必考其事从何来、人居何地者，皆说梦之痴人，可以不答者也。然作者秉笔，又不宜尽作是观。若纪目前之事，无所考究，则非特事迹可以幻生，并其人之姓名亦可以凭空捏造，是谓虚则虚到底也。若用往事为题，以一古人出名，则满场脚色皆用古人，捏一姓名不得；其人所行之事，又必本于载籍，班班可考，创一事实不得。非用古人姓字为难，使与满场脚色同时共事之为难也；非查古人事实为难，使与本等情由贯串合一之为难也。予既谓传奇无实，大半寓言，何以又云姓名事实必须有本？要知古人填古事易，今人填古事难。古人填古事，犹之今人填今事，非其不虑人考，无可考也；传至于今，则其人其事，观者烂熟于胸中，欺之不得，罔之不能①，所以必求可据，是谓实则实到底也。若用一二古人作主，因无陪客，幻设姓名以代之，则虚不似虚，实不成实，词家之丑态也，切忌犯之。

【注释】

①罔：蒙蔽。

【评析】

"传奇无实，大半皆寓言耳"，一语道破传奇的"天机"！这是李笠翁这个老头儿的慧眼独具之处。古人常云"慧眼识英雄"，笠翁乃"慧眼识传奇"。

世间偏偏慧眼无多。

传奇，"戏"也。"戏"，古书上有时把它作"角力"（竞赛体力）讲。《国语·晋语九》："少室周为赵简子之右，闻牛谈有力，请与之戏，弗胜，致右焉。"这里的"戏"是竞赛体力，比一比谁的力气大。虽然比赛者还是蛮较真儿的，但究竟不是真打仗，所以带点"游戏"的味道。《说文解字》上把"戏"解作"三军之偏也"。"偏"与"正"相对。"正"当然是很严肃的，相对而言，"偏"是否可以"轻松"一点，甭老那么"正襟危坐"、一本正经呢？所以，"戏"总包含着游戏、玩笑、逸乐，有时还带点嘲弄；而且既然是游戏、玩笑甚至嘲弄，那就不能那么认真，常常是"无实"的"寓言"，带点假定性、虚幻性、想象性。中国古代弄"戏"的，大多是些优人。他们常常在君主面前开开玩笑。据唐高彦休《唐阙史》（卷下）记载，咸通（唐懿宗年号）年间，有一个叫李可及的优人，在皇帝面前与人有一段滑稽对话："……问曰：'即言博通三教，释迦如来是何人？'对曰：'是妇人。'问者惊曰：'何也？'对曰：'《金刚经》云：敷座而坐。或非妇人，何烦夫坐，然后儿坐也？'上为之启齿。又问曰：'太上老君，何人也？'对曰：'亦妇人也。'问者益所不喻。乃曰：'《道德经》云：吾有大患，是吾有身，及吾无身，吾复何患？倘非妇人，何患乎有娠乎？'上大悦。又问：'文宣王何人也？'对曰：'妇人也。'问者曰：'何以知？'对曰：'《论语》云：沽之哉！沽之哉！吾待贾者也。向非妇人，待嫁奚为？'上意极欢，宠锡甚厚。翌日，授环卫之员外职。"（参见王国维《宋元戏曲史》第五章）李可及在皇帝面前说的这些不正经的话，惹得皇帝开怀大笑，实在有趣。

传奇，作为戏，总有它不"真实"、不"正经"的一面，即"无实"性、

"寓言"性、游戏性、玩笑性、愉悦性、虚幻性、假定性、想象性。倘若把传奇中所写的人和事，都看作实有其人、实有其事，那真是愚不可及，至少他于传奇、于戏曲、于艺术是擀面杖吹火——一窍不通。可中外古今，却偏偏有不少这样的人，即李渔当年所说"凡阅传奇而必考其事从何来、人居何地者，皆说梦之痴人"。李渔在前面"戒讽刺"中所说的那个把《琵琶记》当作讽刺真人"王四"（"因琵琶二字有四王字冒于其上"）的人，就是这样的"痴人"。还有《音律第三》中提到的那个手中拿着"崔郑合葬墓志铭"、要李渔修改《西厢记》的魏贞庵相国，也是不折不扣的"痴人"。外国也有此类"痴人"。德国美学家莱辛《汉堡剧评》第24篇就曾说到这种人："手里拿着历史年表来研究诗人的作品，把诗人引到历史的法庭面前，让他对作品中每一个日期、每一个偶然提到的事物，甚至那些连历史本身也对之抱怀疑态度的人物提出证据来，那就是误解了诗人和诗人的职务。"世间此类痴人如此之多，所以弄得戏剧家、作家常常不得不声明"本剧（或本小说）纯属虚构"云云。李渔也要在自己的传奇之首刻上誓词："加生、旦以美名，原非市恩于有托；抹净、丑以花面，亦属调笑于无心；凡以点缀词场，使不岑寂而已。但虑七情之内，无境不生，六合之中，何所不有？幻设一事，即有一事之偶同；乔命一名，即有一名之巧合。焉知不以无基之楼阁，认为有样之葫芦？是用沥血鸣神，剖心告世，倘有一毫所指，甘为三世之喑，即漏显诛，难逭阴罚。"其实，何必如此信誓旦旦地表白？对这种痴人，不予理睬可矣。

　　然而，我们在看到传奇的不"正经"、不"真实"的一面的同时，还必须看到传奇的十分正经、严肃，十分真实、可信的一面。原来，传奇的不"正经"中包含着正经，不"真实"中包含着真实。传奇的正经是艺术的正经，传奇的真实是艺术的真实。这艺术的正经，往往比生活的正经还正经；这艺术的真实，往往比生活的真实还真实。你看关汉卿《窦娥冤》中那社会恶势力使窦娥所遭受的冤屈，简直是天理难容。剧作家通过窦娥呼天号地所唱出来的那些冤情，真个是感天地、泣鬼神！虽然戏中所写，并不一定是现实中"曾有的实事"，但却是生活中必然"会有的实情"。这就是艺术的真实。你再看王实甫《西厢记》中莺莺、张生在红娘帮助下那段曲折的爱情，天底下凡是娘

胎肉身、具有七情六欲者，无不受其感动、为之动情。历来封建腐儒骂《西厢记》是淫书，金圣叹出来打抱不平："有人来说《西厢记》是淫书，此人后日定堕拔舌地狱。何也？《西厢记》不同小可，乃是天地妙文。自从有此天地，他中间便定然有此妙文。不是何人做得出来，是他天地直会自己劈空结撰而出。若定要说是一个人做出来，圣叹便说，此一个人即是天地现身。"还说："人说《西厢记》是淫书，他止为中间有此一事（指男女之事——引者）耳。细思此一事，何日无之？何地无之？不成天地中间有此一事，便废却天地耶？细思此身自何而来，便废却此身耶？一部书有如许洒洒洋洋无数文字，便须看其如许洒洒洋洋是何文字？从何处来？到何处去？"爱情乃人间之至情。《西厢记》成功地写了这种至情，乃是天底下最正经的事。某些人视为不"正经"，其实正如金圣叹所说，"文者见之为之文，淫者见之为之淫耳"，它比那些视它不"正经"的正人君子心目中的"正经"还要正经。如此而已，岂有他哉！

　　为什么艺术的真实比生活的真实还要真实？这是因为艺术的真实是经过批沙淘金所淘出来的黄金，是经过冶炼锻打所造出来的钢铁，是生活真实之精。艺术真实的这种创造、生成过程，就是现代美学、特别是现实主义美学所讲的典型化过程。李渔当年还不懂典型化这个词，但他所说的一些话，却颇合今天我们所谓典型化之意。"欲劝人为孝，则举一孝子出名，但有一行可纪，则不必尽有其事，凡属孝亲所应有者，悉取而加之，亦犹纣之不善，不如是之甚也，一居下流，天下之恶皆归焉。其余表忠表节，与种种劝人为善之剧，率同于此。"今天的现实主义艺术家在创造人物的时候，不也是这样吗？

李渔《闲情偶寄》可谓一部"生活小百科"。尽管有的人出于自私的计虑，"剖腹藏珠，务求自秘"，不肯把自己的心得体会向外人传授；但李渔还是要"以平生底里，和盘托出，并前人已传之书，亦为取长弃短，别出瑕瑜，使人知所从违，而不为诵读所误"。李渔尽量把他所寻求到的戏曲艺术的规律告诉世人，为这个世界做了一件大好事。

词采第二

曲与诗余①，同是一种文字。古今刻本中，诗余能佳而曲不能尽佳者，诗余可选而曲不可选也。诗余最短，每篇不过数十字，作者虽多，入选者不多，弃短取长，是以但见其美。曲文最长，每折必须数曲，每部必须数十折，非八斗长才，不能始终如一。微疵偶见者有之，瑕瑜并陈者有之，尚有踊跃于前懈弛于后，不得已而为狗尾貂续者亦有之②。演者观者既存此曲，只得取其所长，恕其所短，首尾并录。无一部而删去数折、止存数折，一出而抹去数曲、止存数曲之理。此戏曲不能尽佳，有为数折可取而挈带全篇，一曲可取而挈带全折，使瓦缶与金石齐鸣者③，职是故也。予谓既工此道，当如画士之传真，闺女之刺绣，一笔稍差便虑神情不似，一针偶缺即防花鸟变形。使全部传奇之曲，得似诗余选本如《花间》《草堂》诸集④，首首有可珍之句，句句有可宝之字，则不愧填词之名，无论必传，即传之千万年，亦非徼幸而得者矣。吾于古曲之中，取其全本不懈、多瑜鲜瑕者，惟《西厢》能之。《琵琶》则如汉高用兵，胜败不一，其得一胜而王者，命也，非战之力也⑤。《荆》《刘》《拜》《杀》之传，则全赖音律。文章一道，置之不论可矣。

【注释】

①诗余：词，或称长短句。

②狗尾貂续：《晋书·赵王伦传》有"奴卒厮役亦加以爵位。每朝会，貂蝉盈坐，时人为之谚曰：貂不足，狗尾续"句，典由此来。"貂蝉"乃汉代侍从官员帽上的贵重装饰物（《后汉书·舆服志下》有"武冠，一曰武弁大冠，诸武官冠之。侍中，中常侍加黄金珰，附蝉为文，貂尾为饰，谓之'赵惠文冠'"）句，以此，"貂蝉"用作达官贵人的代称；官爵多而滥，貂尾不足，以狗尾代之，称为"狗尾貂续"或"狗尾续貂"。

③瓦缶与金石齐鸣：劣与优并陈。瓦缶指劣质乐器，金石指优等乐器。《楚辞·卜居》："黄钟毁弃，瓦釜雷鸣。"

④《花间》：即《花间集》，录晚唐、五代温庭筠、韦庄等词五百余首，五代后蜀赵崇祚编。《草堂》：即《草堂诗余》，选两宋兼唐五代词，南宋何士信编。

⑤"《琵琶》"五句：汉高，汉高祖刘邦。垓下一战，大败项羽。羽曰："此天之亡我也，非战之力也。"

【评析】

　　寻常人们所称"第一""第二"……云云，一般有两个含义。一是指价值的大小、高低，地位的轻重、显卑，譬如楚汉相争项羽最盛的时候，那真是"力拔山兮气盖世"，何等英雄！"盖世"者，犹如现在孩子们常说的"盖帽儿"，不过不是对哪个人、哪件事、小范围的"盖帽儿"，而是给整个世界"盖帽儿"，即老子天下"第一"。再如，刘翔近年屡获奥运会和世界田径锦标赛110米跨栏冠军，春风得意，双手高扯五星红旗绕场跑了一周，全场欢声雷动。那时，黄皮肤的"帅哥"也"盖世"了，给全世界"盖了帽儿"了，中国小伙子天下"第一"，着实为中华民族提了一口气！再如，各个国家的元首，有的国家叫国王或皇帝（人类曾有的奴性之最后"徽章"乎），有的国家叫总

统，有的国家叫主席，不论怎么称呼，都是那个国家的"第一"。以上是就价值大小或地位显卑的意义上所说的第一、第二。

　　一是指时间的先后和程序的次第。譬如，抗日英雄吉鸿昌英勇就义时，同刑者数人，原安排他最先受刑——这是照顾他。按行刑旧例，先刑者沾

"便宜"，而后刑者"吃亏"。为什么？因为先刑者，一刀下去或一声枪响，便人事不知，过到"那边"去了；而后刑者则还要细细"品尝"一个活人如何被杀的"味道"，承受一般人不堪忍受的精神折磨。但同刑者有人胆小，吉鸿昌对刽子手说，让我最后，我送送兄弟们。这里的"第一""第二""第三"……以至"最后"，是就时间先后和程序次第而言。

李渔所谓"结构第一""词采第二""音律第三"……等等，不全是就"价值大小""地位显卑"的意义上来说的，恐怕在很大程度上是就"时间先后""程序次第"的意义而言。我更趋向于取后一种意义。因为，艺术中的各个组成因素和环节，都是不可缺少的有机成分，牵一发而动全身，少了哪一个都成不了"一桌席"。对于艺术中的各个因素，倘若按所谓"价值""意义"分出"一""二"，"高""低"，"优""劣"，我以为害多益少，甚至是有害无益。过去我们的文艺理论文章常常说内容比形式更重要，因而内容"第一"、形式"第二"。我自己也曾写文章这样说过。但现在我的观点有了改变。姑且不说把内容、形式这样分开，是否合适、能否做到——我本人取否定态度；即使能分开，难道内容的价值一定比形式高？对此，我更持否定态度。打一个比方。一个大活人，你说他眼睛更重要、还是耳朵更重要？手更重要、还是脚更重要？心脏更重要、还是肝脏更重要？不好这么比。同样，戏曲中的结构、词采、音律……等等，也不好就价值高低做类似比较。若从时间先后或程序次第来分"一""二"，那还说得过去。就价值大小、高低而言，结构重要，词采、音律……等等同样重要。切不可重结构而轻词采、音律……或重词采、音律……而轻结构。就价值而言，我宁肯多发几块金牌，让它们并列第一。

　　说到这里，我想起了明代后期临川（汤显祖）与吴江（沈璟）关于词采与音律孰轻孰重的争论。当时争得沸沸扬扬，热火朝天，震动了整个曲坛。两家针尖对麦芒，你来我往，水火不容。读者可以从他们两人以及他们的友人或同时代人的著作中找到关于这场争论的许多有趣的记述。王骥德《曲律》中曾评曰："临川之于吴江，故自冰炭。吴江守法，斤斤三尺，不欲令一字乖律，而毫锋殊拙。临川尚趣，直是横行，组织之工，几与天孙争巧，而屈曲聱牙，多令歌者龃舌。"关于吴江的"守法"（重音律之法），吕天成《曲品》曾引述沈璟的话说："宁律协而词不工，读之不成句而讴之始叶，是曲中之工巧。"沈璟自己在《二郎神套曲》中也说："宁使时人不鉴赏，无使人挠喉捩嗓。"（见沈璟《词隐先生论曲·二郎神套曲》，海峡文艺出版社 1986 年版）关于临川的"尚趣"（词采、意趣），汤显祖自己在《玉茗堂尺牍·答吕姜山》信中说："凡文以意趣神色为主，四者到时，或有丽词俊音可用，尔时能一一顾九宫四声否？如必按字摸声，即有窒滞迸拽之苦，恐不能成句矣。"在《玉茗堂尺牍·答孙俟居》信中又说："词之为词，九调四声而已哉？……弟在此自谓知曲意者，笔懒韵落，时时有之。正不妨拗折天下人嗓子，兄达者，能信此乎？"（见徐朔方笺校本《汤显祖集》，中华书局 1962 年版）好家伙！一个宁肯戏曲语言狗屁不是，也要唱起来嗓子眼儿舒服；一个宁肯把喉咙折断，也要语言"意趣神色"完美无缺。一对儿杠子头碰在一起了，各走极端。当时或稍后一些时候，有的曲论家就指出汤显祖和沈璟他们各自的偏颇。孟称舜《古今名剧合选序》就指出："沈宁庵（沈璟）专尚谐律，而汤义仍（汤显祖）专尚工辞，二者俱为偏见。"茅瑛《题牡丹亭记》中说："二者（指词采与音律——

引者）故合则并美，离则两伤。"孟、茅二公看法更为公允、辩证。

我还是那句话：都是金牌，并列第一。可以在时序上分先后（便于操作而已），不必在价值上分高低。不知读者诸君以为然否？

关于临川、吴江这场有趣的争论，日本青木正儿《中国近世戏曲史》第九章第二节（王古鲁译著，作家出版社 1958 年版）、陈多注释本《李笠翁曲话》（湖南人民出版社 1980 年版）之"释"《结构第一》中，都有比较详细和生动的介绍，可以参考。

贵显浅

曲文之词采，与诗文之词采非但不同，且要判然相反。何也？诗文之词采，贵典雅而贱粗俗，宜蕴藉而忌分明。词曲不然，话则本之街谈巷议，事则取其直说明言。凡读传奇而有令人费解，或初阅不见其佳，深思而后得其意之所在者，便非绝妙好词，不问而知为今曲，非元曲也。元人非不读书，而所制之曲，绝无一毫书本气，以其有书而不用，非当用而无书也，后人之曲则满纸皆书矣。元人非不深心，而所填之词，皆觉过于浅近，以其深而出之以浅，非借浅以文其不深也，后人之词则心口皆深矣。

无论其他，即汤若士《还魂》一剧，世以配飨元人，宜也。问其精华所在，则以《惊梦》《寻梦》二折对。予谓二折虽佳，犹是今曲，非元曲也。《惊梦》首句云："袅晴丝，吹来闲庭院，摇漾春如线。"以游丝一缕，逗起情丝，发端一语，即费如许深心，可谓惨淡经营矣。然听歌《牡丹亭》者，百人之中有一二人解出此意否？若谓制曲初心并不在此，不过因所见以起兴^①，则瞥见游丝，不妨直说，何须曲而又曲，由晴丝而说及春，由春与晴丝而悟其如线也？若云作此原有深心，则恐索解人不易得矣。索解人既不易得，又何必奏之歌筵，俾雅人俗子同闻而共见乎？

其余"停半晌，整花钿，没揣菱花，偷人半面"及"良辰美景奈何天，赏心乐事谁家院"，"遍青山，啼红了杜鹃"等语，字字俱费经营，字字皆欠明爽。此等妙语，止可作文字观，不得作传奇观。至如末幅"似虫儿般蠢动，把风情扇"

与"恨不得肉儿般团成片也,逗的个日下胭脂雨上鲜",《寻梦》曲云"明放着白日青天,猛教人抓不到梦魂前","是这答儿压黄金钏匾"……此等曲,则去元人不远矣。而予最赏心者,不专在《惊梦》《寻梦》二折,谓其心花笔蕊,散见于前后各折之中。《诊祟》曲云:"看你春归何处归②,春睡何曾睡,气丝儿,怎度的长天日?""梦去知他实实谁,病来只送得个虚虚的你。做行云,先渴倒在巫阳会③。""又不是困人天气,中酒心期,魆魆的常如醉。""承尊觑,何时何日,来看这女颜回④?"《忆女》曲云:"地老天昏,没处把老娘安顿。""你怎撇得下万里无儿白发亲。""赏春香还是你旧罗裙。"《玩真》曲云:"如愁欲语,只少口气儿呵。""叫的你喷嚏似天花唾。动凌波，盈盈欲下，不见影儿那。"此等曲，则纯乎元人，置之《百种》前后⑤，几不能辨，以其意深词浅，全无一毫书本气也。

【注释】

①起兴：作诗手法。兴，起也。清黄宗羲说："凡景物相感，以此言彼，皆谓之兴。"

②看你：冰丝馆重刻《还魂记》作"看他"。

③巫阳会：典出宋玉《高唐赋》，说楚怀王在梦中与住在巫山之阳的美女相会。

④女颜回：杜丽娘对塾师陈最良以女弟子自称。颜回，字子渊，是孔子的弟子。

⑤《百种》：即明臧懋循所编《元曲选》，已见前注。

若论填词家宜用之书，则无论经传子史以及诗赋古文，无一不当熟读，即道家佛氏、九流百工之书，下至孩童所习《千字文》《百家姓》①，无一不在所用之中。至于形之笔端，落于纸上，则宜洗濯殆尽。亦偶有用着成语之处，点出旧事之时，妙在信手拈来，无心巧合，竟似古人寻我，并非我觅古人。此等造诣，非可言传，只宜多购元曲，寝食其中，自能为其所化。而元曲之最佳者，不单在《西厢》《琵琶》二剧，而在《元人百种》之中。《百种》亦不能尽佳，十有一二可列高、王之上，其不致家弦户诵，出与二剧争雄者，以其是杂剧而非全本，多北曲而少南音，又止可被诸管弦②，不便奏之场上。今时所重，皆在彼而不在此，即欲不为纨扇之捐③，其可得乎？

【注释】

①《千字文》：古代儿童读的启蒙课本，梁周兴嗣编，拓取王羲之遗书中一千个字编为四言韵语。《百家姓》：亦是启蒙课本，北宋时编，当时皇帝姓赵，故赵姓居首。

②止可被诸管弦：意谓只能清唱，不能在舞台演出。

③纨扇之捐：纨扇在秋天被放置一旁。汉班婕妤美而能文，初为汉成帝所宠爱，后失宠，作赋及《纨扇诗》以团扇夏用秋弃自伤悼——此"纨扇之捐"由来。

【评析】

"贵显浅"是李渔对戏曲语言最先提出的要求。此款与后面的"戒浮泛""忌填塞"又是一体两面，可以参照阅读。李渔说："曲文之词采，与诗文之词采非但不同，且要判然相反。何也？诗文之词采，贵典雅而贱粗俗，宜蕴藉而忌分明。词曲不然，话则本之街谈巷议，事则取其直说明言。"这就是"显浅"。李渔的"显浅"包含着好几重意思。

其一，"显浅"是让普通观众（读书的与不读书的男女老幼）一听就懂的通俗性。"凡读传奇而有令人费解，或初阅不见其佳，深思而后得其意之所在者，便非绝妙好词"。汤显祖《牡丹亭》作为案头文字可谓"绝妙好词"，可惜许多段落太深奥、欠明爽，"止可作文字观，不得作传奇观"。

其二，"显浅"不是"粗俗"、满口脏话（如今天某些小说出口即在肚脐眼儿之下），也不是"借浅以文其不深"，而是"以其深而出之以浅"，也就是"意深"而"词浅"。"能于浅处见才，方是文章高手"。

其三，"显浅"就是"绝无一毫书本气"，"忌填塞"。无书本气不是要戏曲作家不读书，相反，无论经传子史、诗赋古文、道家佛氏、九流百工、《千字文》《百家姓》……都当读；但是，读书不是叫你掉书袋，不是"借典核以明博雅，假脂粉以见风姿，取现成以免思索"；而是必须胸中有书而笔下不见书，"至于形之笔端，落于纸上，则宜洗濯殆尽"，即使用典，亦应做到"信手拈来，无心巧合，竟似古人寻我，并非我觅古人"，令人绝无"填塞"之感。李渔论"词采"，尤其在谈"贵显浅"时，处处以"今曲"（李渔当时之戏曲）与"元曲"对比，认为元曲词采之成就极高；而"今曲"则去之甚远，连汤显祖离元曲也有相当大的距离。此乃明清曲家公论。臧懋循在《元曲选·序二》中就指出元曲"事肖其本色，境无旁溢，语无外假"，"本色"几乎成了元曲语言以至一切优秀剧作的标志。徐渭《南词叙录》中赞扬南戏时，就说"句句是本色语"，认为"曲本取于感发人心，歌之使奴童妇女皆喻，乃为得体"。王骥德《曲律》中也说"曲之始，止本色一家"。"本色"的主要含义是要求质朴无华而又准确真切、活泼生动地描绘人物场景的本来面目。李渔继承了前人关于"本色"的思想，而又加以发展，使之具体化。"贵显浅"就是"本色"的一个方面。

重机趣

"机趣"二字，填词家必不可少。机者，传奇之精神；趣者，传奇之风致。少此二物，则如泥人土马，有生形而无生气。因作者逐句凑成，遂使观场者逐段记忆，稍不留心，则看到第二曲，不记头一曲是何等情形，看到第二折，不知第三折要作何勾当。是心口徒劳，耳目俱涩，何必以此自苦，而复苦百千万亿之人哉？余澹心云：微妙语，从《楞严经》中参悟得来。故填词之中，勿使有断续痕，勿使有道学气。所谓无断续痕者，非止一出接一出，一人顶一人，务使承上接下，血脉相连，即于情事截然绝不相关之处，亦有连环细笋伏于其中①，看到后来方知其妙，如藕于未切之时，先长暗丝以待，丝于络成之后，才知作茧之精，此言机之不可少也。所谓无道学气者，非但风流跌宕之曲、花前月下之情，当以板腐为戒，即谈忠孝节义与说悲苦哀怨之情，亦当抑圣为狂，寓哭于笑，如王阳明之讲道学②，则得词中三昧矣。阳明登坛讲学，反复辨说"良知"二字，一愚人讯之曰："请问'良知'这件东西，还是白的？还是黑的？"阳明曰："也不白，也不黑，只是一点带赤的，便是良知了。"照此法填词，则离合悲欢，嘻笑怒骂，无一语一字不带机趣而行矣③。

【注释】

①其中：芥子园本作"其心"，翼圣堂本作"其中"。

②王阳明：王守仁（1472—1529），字伯安，余姚（今属浙江）人。因筑室读书于阳明洞，别号阳明子，世称阳明先生，我国古代著名的哲学家、教育家、政治家和军事家。

③行：翼圣堂本作"行"，芥子园本作"止"。

予又谓填词种子，要在性中带来，性中无此，做杀不佳。余澹心云：是汤、许真传，借此阐发笠翁之意，举业工矣①。人问：性之有无，何从辩识②？予曰：不难，观其说话行文，即知之矣。说话不迂腐，十句之中，定有一二句超脱；行文不板实，一篇之内，但有一二段空灵，此即可以填词之人也。不则另寻别计，不当以有用精神，费之无益之地。噫！"性中带来"一语，事事皆然，不独填词一节。凡作诗文书画、饮酒斗棋与百工技艺之事，无一不具夙根，无一不本天授。强而后能者，毕竟是半路出家，止可冒斋饭吃，不能成佛作祖也。

【注释】

①"余澹心云"四句：此是芥子园本眉批，而翼圣堂本略有不同，为："宋澹仙云：是汤、许真传，借此阐发，笠翁之于举业粹矣。"

②何从：翼圣堂本作"何从"，芥子园本作"何处"。

【评析】

"机趣"乃与"板腐"相对，"机趣"就是不"板腐"。什么是"板腐"？你知道老年间的穷酸秀才吗，他满脸严肃，一身死灰，不露半点笑容，犹如"泥人土马"。他书读得不少，生活懂得不多，如鲁迅小说中的孔已己，满口之乎者也，"多乎哉，不多也"，但对外在世界既不了解，也不适应。他口中一本正经说出来的话，陈腐古板，就叫"板腐"。

"机趣"乃与"八股"相对，"机趣"就是不"八股"。无论是古代八股（封建时代科举所用的八股）还是现代八股，无论土八股还是洋八股乃至党八股，都是死板的公式、俗套，无机、无趣，如毛泽东在《反对党八股》中列举党八股罪状时所说，"语言无味，像个瘪三"。

"板腐"和"八股"常常与李渔在《窥词管见》第八则中所批评的"道学气""书本气""禅和子气"结下不解之缘。

但是，道学家有的时候却又恰恰不板腐，如李渔所举王阳明之说"良知"。一愚人问："请问'良知'这件东西，还是白的？还是黑的？"王阳明答："也不白，也不黑，只是一点带赤的，便是良知了。"假如真的像这样来写戏，就绝不会板腐，而是一字一句都充满机趣。

李渔解"机趣"说："机者，传奇之精神；趣者，传奇之风致。"但如果要我来解说，我宁愿把"机"看作机智、智慧，把"趣"看作风趣、趣味、笑。如果用一句话来说，"机趣"就是：智慧的笑。

"机趣"不讨厌"滑稽"，但更亲近"幽默"。如果说它和"滑稽"只是一般的朋友，那么它和"幽默"则可以成为亲密的情人；因为"机趣"和"幽默"

都是高度智慧的结晶，而"滑稽"只具有中等智力水平。"滑稽""机趣""幽默"中都有笑；但如果说"滑稽"的笑是"三家村"中村人的笑，那么"机趣"和"幽默"的笑则是"理想国"里哲人的笑。因此，"机趣"和"幽默"的笑是比"滑稽"更高的笑，是更理性的笑、更智慧的笑、更有意味的笑、更深刻的笑。

李渔说："予又谓填词种子，要在性中带来；性中无此，做杀不佳。"此言不可不信，但切不可全信。不可不信者，艺术天赋似乎在某些人身上确实存在；不可全信者，世上又从未有过天生的艺术家。艺术才情不是父母生成的，而是社会造就的。

戒浮泛

词贵显浅之说，前已道之详矣。然一味显浅而不知分别，则将日流粗俗，求为文人之笔而不可得矣。元曲多犯此病，乃矫艰深隐晦之弊而过焉者也。极粗极俗之语，未尝不入填词，但宜从脚色起见。如在花面口中，则惟恐不粗不俗，一涉生、旦之曲，便宜斟酌其词。无论生为衣冠仕宦，旦为小姐夫人，出言吐词当有隽雅春容之度①，即使生为仆从，旦作梅香，亦须择言而发，不与净、丑同声。以生、旦有生、旦之体，净、丑有净、丑之腔故也。元人不察，多混用之。观《幽闺记》之陀满兴福②，乃小生脚色，初屈后伸之人也。其《避兵》曲云："遥观巡捕卒，都是棒和枪。"此

花面口吻，非小生曲也。均是常谈俗语，有当用于此者，有
当用于彼者。又有极粗极俗之语，止更一二字，或增减一二
字，便成绝新绝雅之文者。神而明之，只在一熟。当存其
说，以俟其人。

【注释】
①舂（chōng）容：语见《礼记·学记》，形容声调宏大响亮而又舒缓不
迫。又，韩愈《送权秀才序》中有"寂寥乎短章，舂容乎大篇"句。
②《幽闺记》：即《拜月亭记》，或作《月亭记》。

填词义理无穷，说何人，肖何人，议某事，切某事，文
章头绪之最繁者，莫填词若矣。予谓总其大纲，则不出"情
景"二字。景书所睹，情发欲言，情自中生，景由外得，二
者难易之分，判如霄壤。以情乃一人之情，说张三要像张
三，难通融于李四。景乃众人之景，写春夏尽是春夏，止
分别于秋冬。善填词者，当为所难，勿趋其易。批点传奇
者，每遇游山玩水、赏月观花等曲，见其止书所见、不及中
情者，有十分佳处，只好算得五分，以风云月露之词，工者
尽多，不从此剧始也。善咏物者，妙在即景生情。如前所云
《琵琶·赏月》四曲，同一月也，牛氏有牛氏之月，伯喈有
伯喈之月。所言者月，所寓者心。牛氏所说之月可移一句于

伯喈，伯喈所说之月可挪一字于牛氏乎？夫妻二人之语，犹不可挪移混用，况他人乎？人谓此等妙曲，工者有几，强人以所不能，是塞填词之路也。予曰：不然。作文之事，贵于专一。专则生巧，散乃入愚；专则易于奏工，散者难于责效。百工居肆，欲其专也①；众楚群咻②，喻其散也。舍情言景，不过图其省力，殊不知眼前景物繁多，当从何处说起？咏花既愁遗鸟，赋月又想兼风。若使逐件铺张，则虑事多曲少；欲以数言包括，又防事短情长。展转推敲，已费心思几许，何如只就本人生发，自有欲为之事，自有待说之情，念不旁分，妙理自出。如发科发甲之人③，窗下作文，每日止能一篇二篇，场中遂至七篇。窗下之一篇二篇未必尽好，而场中之七篇，反能尽发所长，而夺千人之帜者，以其念不旁分，舍本题之外，并无别题可做，只得走此一条路也。吾欲填词家舍景言情，非责人以难，正欲其舍难就易耳。

【注释】

①"百工居肆"二句：众多工匠聚在作坊，欲使其专心致志。化用《论语·子张》"百工居肆，以成其事"意。

②众楚群咻：《孟子·滕文公下》中说，楚大夫请齐人教儿子学齐语，一齐人傅（教导）之，众楚人咻（喧嚣）之，虽日挞而求其齐也，不可得矣。

③发科发甲：指科举考试。汉、唐取士有甲乙等科，分别授予不同官职。

明、清称科举为科甲，经科举考试得中者称科甲出身。

【评析】

此款标题虽是"戒浮泛"，所论中心却是戏曲语言的个性化。这是李渔所关注的焦点问题之一。

语言和动作是戏剧刻画人物、创造艺术美的两个最重要的手段。除了哑剧只靠动作之外，戏剧的其他种类，包括西方的话剧、歌剧，中国的戏曲等等，都离不开语言。法国18世纪"百科全书"派领袖狄德罗在《论戏剧诗》中称赞莫里哀喜剧"每个人只管说自己的话，可是所说的话符合于他的性格，刻画了他的性格"。俄国大作家高尔基20世纪30年代在《论剧本》中说，戏剧要求"每个剧中人物用自己的语言和行动来表现自己的特征"，"剧中人物之被创造出来，仅仅是依靠他们的台词，即纯粹的口语，而不是叙述的语言"，这就"必须使每个人物的台词具有严格的独特性和充分的表现力"。他批评某些戏剧的缺点"在于作者的语言的贫乏、枯燥、贫血和没有个性，一切剧中人物都说结构相同的话，单调的陈词滥调讨厌到了惊人的程度"。我国明代著名选家臧懋循在《元曲选·序二》中谈到戏曲的"当行"问题，其中就包含着如何用个性化的语言刻画人物的意思。他说："行家者，随所妆演，无不摹拟曲尽，宛若身当其处，而几忘其事之乌有；能使人快者掀髯，愤者扼腕，悲者掩泣，羡者色飞，是惟优孟衣冠，然后可与于此。故称曲上乘首曰当行。"我国现代大作家、《茶馆》作者老舍在1959年第10期《剧本》上发表《我的经验》时说，戏剧必须"借着对话写出性格来"。看来，重视戏剧语言并要求戏剧语言个性化，古今中外皆然。

李渔剧论的重要成就之一就是对戏曲语言个性化问题做了很精彩的阐述。我认为李渔论戏曲语言个性化的高明之处，不仅在于他指出戏曲语言必须个性化（所谓"说何人，肖何人，议某事，切某事"；"说张三要像张三，难通融于李四"；"生、旦有生、旦之体，净、丑有净、丑之腔"等等），而

且特别在于指出戏曲语言如何个性化。如何个性化？当然可以有多种方法，但关键的一条，是先摸透人物的"心"，才能真正准确地写出他的"言"。李渔说："言者，心之声也，欲代此一人立言，先宜代此一人立心。"这里的"心"，指人物的精神风貌，包括人物的心理、思想、情感等等一切性格特点。只有掌握他的性格特点，才能写出符合他性格特点的个性化语言；反过来，也只有通过个性化的语言，才能更好地表现出他的性格特点。这就要求戏剧家下一番苦功夫。大家知道曹禺《日出》第三幕写妓女写得活灵活现，语言是充分个性化的。要知道为了写好这些妓女，曹禺可受了不少罪。江苏文艺出版社出版的《曹禺自传》中，说到他费了好大劲，吃了好多苦，到下等妓

院体验生活。"我去了无数次这些地方，看到这些人，我真觉得可怜，假如我跟她们真诚地谈话，而非玩弄性质，她们真愿意偷偷背着老鸨告诉我她们的真心话。"这样，曹禺先掌握了她们的"心"，为她们立了"心"。

人物的"心"，是在人的生活践履中，在社会磨难下生成的。戏剧家不可不知之，作家不可不知之。我们可以国学大师吴宓为例。吴先生一岁丧母，"对生母之声音笑貌，衣服仪容，并其行事待人，毫无所知，亦绝不能想象，自引为终身之恨云"。这种遭遇使他常怀"悲天悯人之心"，对草木生灵寄予爱怜之情。《吴宓自编年谱》中记述了他的这种性情，其中一段是这样的："驾辕之骡黄而牡，则年甚老而体已衰。其尾骨之上面……露出血淋漓之肉与骨。车夫不与医治，且利用之。每当上坡、登山、过险、出泥，必须大用力之处，车夫安坐辕上，只须用右手第二、三指，在骡尾上此一块轻轻挖掘，则骡痛极……惟有更努力曳车向前急行……"这匹老骡几经折磨，终于倒地，即使"痛受鞭击"，亦不能站立，只好"放声作长鸣，自表之所苦，哀动行路"。一时或路过或休息之骡马，"约共三四十匹，一齐作哀声以和之"，"亦使宓悲感甚深"！

只有了解了人物的这种生活经历，才能掌握他的"心"，才能写出他的个性化的语言。

忌填塞

填塞之病有三：多引古事，迭用人名，直书成句。其所以致病之由亦有三：借典核以明博雅①，假脂粉以见风姿，取现成以免思索。而总此三病与致病之由之故，则在一语。

一语维何？曰：从未经人道破；一经道破，则俗语云"说破不值半文钱"，再犯此病者鲜矣。古来填词之家，未尝不引古事，未尝不用人名，未尝不书现成之句，而所引所用与所书者，则有别焉：其事不取幽深，其人不搜隐僻，其句则采街谈巷议。即有时偶涉诗书，亦系耳根听熟之语、舌端调惯之文，虽出诗书，实与街谈巷议无别者。总而言之，传奇不比文章。文章做与读书人看，故不怪其深；戏文做与读书人与不读书人同看，又与不读书之妇人、小儿同看，故贵浅不贵深。使文章之设，亦为与读书人、不读书人及妇人小儿同看，则古来圣贤所作之经传，亦只浅而不深，如今世之为小说矣。人曰：文人之作传奇与著书无别，假此以见其才也，浅则才于何见？予曰：能于浅处见才，方是文章高手。施耐庵之《水浒》^②，王实甫之《西厢》，世人尽作戏文小说看，金圣叹特标其名曰"五才子书""六才子书"者^③，其意何居？盖愤天下之小视其道，不知为古今来绝大文章，故作此等惊人语以标其目。陆梯霞云："惊人语"三字，剖出圣叹心肝。立言之意，端的如此。噫！知言哉！

【注释】

①典核：可解释为用典丰富翔实有据。典，典故。核，翔实考察而有据。

②施耐庵：《水浒》作者。大概是元末明初人。关于他的情况，迄无定论。

传清连心一红娘怯梯拘引
喻东墙古今多火风流事独
谯莺巳与张郎　拙笔

③金圣叹（1608—1661）：名
采，字若采，明亡后改名人瑞，字
圣叹。吴县（今江苏苏州）人。清
初文学家、文学批评家，评点《水
浒》《西厢》《离骚》《庄子》《史
记》、杜诗等，称其为六才子书。

【评析】

此款主旨同"贵显浅"一样，
亦是提倡戏剧语言的通俗化、群
众化。但"贵显浅"重在正面地
倡导，而"忌填塞"则从反面告
诫。所以此款一上来即直点病状
及病根："填塞之病有三：多引古
事，迭用人名，直书成句。其所
以致病之由亦有三：借典核以明
博雅，假脂粉以见风姿，取现成
以免思索。"

李渔对"词采"的要求，是
台词一定要通俗易懂，晓畅顺达，
而不可"艰深隐晦"。显然，李
渔此论是发扬了明人关于曲的语

言要"本色"的有关主张而来。然而，细细考察，李渔的"贵显浅"与明人的提倡"本色"，虽相近而又不完全相同。明人主张"本色"，当然含有要求戏剧语言通俗明白的意思在内，例如徐渭在《南词叙录》中赞扬南戏的许多作品语言"句句是本色语，无今人时文气"，批评邵文明《香囊记》传奇"以时文为南曲"，生用典故和古书语句，"终非本色"。但是，所谓"本色"还有另外的意思，即语言的质朴和描摹的恰当。王骥德在《曲律》中是把"本色"与"文词""藻绘"相对而言的，说"自《香囊记》以儒门手脚为之，遂滥觞而有文词家一体"。他还指出："夫曲以模写物情，体贴人理，所取委曲宛转，以代说词，一涉藻绘，便蔽本来。"（见《中国古典戏曲论著集成》四，第121—122页）臧懋循在《元曲选·序二》中，也要求"填词者必须人习其方言，事肖其本色"。总之，"本色"的主要含义就是要求质朴无华而又准确真切地描绘事物的本来面目。这个思想当然是好的，戏剧也应符合这个要求。

　　相比之下，李渔适应舞台表演的需要，更重视、更强调戏曲语言的通俗、易懂、晓畅、顺达。他认为曲文之词采则要"其事不取幽深，其人不搜隐僻，其句则采街谈巷议。即有时偶涉诗书，亦系耳根听熟之语、舌端调惯之文，虽出诗书，实与街谈巷议无别者"。为什么非如此不可呢？因为"传奇不比文章。文章做与读书人看，故不怪其深；戏文做与读书人与不读书人同看，又与不读书之妇人、小儿同看，故贵浅不贵深"。传奇要"借优人说法与大众齐听"，包括与那些"认字知书少"的"愚夫、愚妇"们"齐听"。因此，戏剧艺术的这种广泛的群众性，不能不要求其语言的通俗化、群众化。那些深知戏剧特点的艺术家、美学家，大都是如此主张的。西班牙的维迦就强调戏剧语言要"明白了当，舒展自如"，要"采取人们的习惯说法，而不是高级社会那种雕琢华丽抑扬顿挫的词句。不要引经据典，搜求怪僻，故作艰深"（维迦《当代写喜剧的新艺术》，《戏剧理论译文集》第 9 辑，中国戏剧出版社 1962 年版，第 9 页）。

如何做到意深词浅、晓畅如话？根本在于是否能够做到思想流畅。这就需要戏剧作家有很高的思想水平、审美功力和艺术技巧。

第一，戏剧作家必须从现实生活的群众口语和俗语中汲取营养，提炼戏剧语言。李渔之极力称赞元曲语言，就是因为元曲中的优秀作品，如《西厢记》等等，是将街谈巷议的群众口语、俗语进行提炼、加工，从而创造出自己通俗优美、词浅意深、脍炙人口的戏剧语言，充分体现了现实生活语言本身的鲜亮、活泼、生动并富有表现力的特点。

第二，李渔认为戏剧作家也应该多读书，然而多读书绝非要戏剧作家掉书袋，生吞活剥地到处引用，弄得满纸"书本气"；而是要求戏剧作家"寝食其中"，"为其所化"，变为自己语言血肉之一部分。他坚决反对"多引古事，叠用人名，直书成句"，致使传奇语言"满纸皆书"，造成填塞堆垛之病。李渔主张在读书之后，当"形之笔端，落于纸上，则宜洗濯殆尽"；即使偶用成语、旧事，"妙在信手拈来，无心巧合，竟似古人寻我，并非我觅古人"。也即如王骥德所说："用在句中，令人不觉，如禅家所谓撮盐水中，饮水乃知咸味，方是妙手。"（王骥德《曲律》，《中国古典戏曲论著集成》四，第 127 页）

李渔上述观点，直到今天也是有价值的，对提高我们的戏剧语言水平很有益处。

音律第三

　　作文之最乐者，莫如填词，其最苦者，亦莫如填词。填词之乐，详后《宾白》之第二幅，上天入地，作佛成仙，无一不随意到，较之南面百城^①，洵有过焉者矣^②。至说其苦，亦有千态万状，拟之悲伤疾痛、桎梏幽囚诸逆境，殆有甚焉者^③。请详言之。他种文字，随人长短，听我张弛，总无限定之资格。今置散体弗论，而论其分股、限字与调声叶律者。分股则帖括时文是已。先破后承，始开终结，内分八股^④，股股相对，绳墨不为不严矣；然其股法、句法，长短由人，未尝限之以数，虽严而不谓之严也。限字则四六排偶之文是已^⑤。语有一定之字，字有一定之声，对必同心^⑥，意难合掌^⑦，矩度不为不肃矣；然止限以数，未定以位，止限以声，未拘以格，上四下六可，上六下四亦未尝不可，仄平平仄可，平仄仄平亦未尝不可，虽肃而实未尝肃也。调声叶律，又兼分股限字之文，则诗中之近体是已。起句五言，则句句五言，起句七言，则句句七言，起句用某韵，则以下俱用某韵，起句第二字用平声，则下句第二字定用仄声，第三、第四又复颠倒用之，前人立法亦云苛且密矣。然起句五言，句句五言，起句七言，句句七言，便有成法可守。想入五言一路，则七言之句不来矣；起句用某韵，以下俱用某韵，起句第二字用平声，下句第二字定用仄声，则拈得平声之韵，上、去、入三声之韵皆可置之不问矣；守定平仄、仄平二语，再无变更，自一首以至千百首皆出一辙，保无朝更夕改之令，阻人适从矣。是其苛犹未甚，密犹未至也。

【注释】

①南面：古以面南而坐为尊。

②洵（xún）：诚然，实在。

③殆：大概，恐怕。

④八股：明清科举八股文有固定的格式。每篇八段：破题、承题、起讲、入手、虚比、中比、后比、大结。由虚比到大结四段，各须由两股排比对偶的文字组成，共八股。

⑤四六排偶之文：简称四六文。是一种以四、六字句排比对偶的骈体文。

⑥同心：指作文其语句依规则相对应。

⑦合掌：指作文的声律、联意重复。

　　至于填词一道，则句之长短，字之多寡，声之平、上、去、入，韵之清浊、阴阳①，皆有一定不移之格。长者短一线不能，少者增一字不得，又复忽长忽短，时少时多，令人把握不定。当平者平，用一仄字不得；当阴者阴，换一阳字不能。调得平仄成文，又虑阴阳反复；分得阴阳清楚，又与声韵乖张。令人搅断肺肠，烦苦欲绝。此等苛法，尽勾磨人。作者处此，但能布置得宜，安顿极妥，便是千幸万幸之事，尚能计其词品之低昂、文情之工拙乎？予襁褓识字，总角成篇②，于诗书六艺之文③，虽未精穷其义，然皆浅涉一过。总诸体百家而论之，觉文字之难，未有过于填词者。王左车云：数语自道其实。予童而习之，于今老矣，尚未窥见一斑。只以管窥蛙见之识，谬语同心；虚赤帜于词坛④，以待将来。作者能于此种艰难文字显出奇能，字字在声音律法之中，言言无资格拘挛之苦，如莲花生在火上⑤，仙叟弈于橘中⑥，始为盘根错节之才，八面玲珑之笔，寿名千古，衾影何惭⑦！而千古上下之题品文艺者，看到传奇一种，当易心换眼，别置典刑⑧。要知此种文字作之可怜，出之不易，其楮墨笔砚非同己物⑨，有如假自他人，耳目心思效用不能，到处为人掣肘，非若诗赋古文，容其得意疾书，不受神牵鬼制者。七分佳处，便可许作十分，若到十分，即可敌他种文字之二十分矣。予非左袒词家，实欲主持公道，如其不信，但请作者同拈一题，先作文一篇或诗一首，再作填词一曲，试其孰难孰易，谁拙谁工，即知予言之不谬矣。然难易自知，工拙必须人辨。

【注释】

①清浊、阴阳：通常，阴阳多指声调，清浊多指音韵，清声母的字为阴

调，浊声母的字为阳调。但说法不一。

②总角：古时小孩头发梳成小髻，故称儿时为总角。

③六艺：《诗》《书》《礼》《易》《乐》《春秋》称六艺；或以礼、乐、射、御、书、数为六艺。

④赤炽：原指秦汉之际韩信与赵军大战时，汉军所用的赤色旗帜。典出《史记·淮阴侯列传》。此处借用之。

⑤莲花生在火上：佛家多有火中莲花的故事，表示历险而能自在存活。

⑥仙叟弈于橘中：东晋干宝《搜神记》中故事说，某人园中大橘内有仙叟对弈。

⑦衾影何惭：用"独行不愧影，独寝不愧衾"（《宋史·蔡元定传》）意，表示无所愧疚。

⑧典刑：即范型。刑，通"型"。

⑨楮（chǔ）：纸。

　　词曲中音律之坏，坏于《南西厢》①。凡有作者，当以之为戒，不当取之为法。非止音律，文艺亦然。请详言之。填词除杂剧不论，止论全本，其文字之佳，音律之妙，未有过于《北西厢》者。自南本一出，遂变极佳者为极不佳，极妙者为极不妙。推其初意，亦有可原，不过因北本为词曲之豪，人人赞美，但可被之管弦，不便奏诸场上，但宜于弋阳、四平等俗优②，不便强施于昆调③，以系北曲而非南曲也。兹请

先言其故。北曲一折，止
隶一人④，虽有数人在场，
其曲止出一口，从无互歌
迭咏之事。弋阳、四平等
腔，字多音少，一泄而
尽，又有一人启口，数人
接腔者，名为一人，实出
众口，故演《北西厢》甚
易。昆调悠长，一字可抵
数字，每唱一曲，又必一
人始之，一人终之，无可
助一臂者，以长江大河之
全曲，而专责一人，即有
铜喉铁齿，其能胜此重任
乎？此北本虽佳，吴音不
能奏也。

【注释】

①《南西厢》：明李日华等多人都曾将杂剧《西厢记》改为传奇剧本，称为
《南西厢》（有《六十种曲》本），在曲牌上易北为南，且"增损字句以就腔"，
受到许多词曲作家批评。下面所说《北西厢》即指王实甫的杂剧《西厢记》。

②弋阳、四平：即弋阳腔、四平腔，乃当时地方戏曲声腔，粗犷清越，但不被文人重视。

③昆调：昆山腔，或称昆曲，明末清初流行于江浙一带的曲种，并传入北京及全国许多地区，产生广泛影响。今仍存在，已被联合国列为非物质文化遗产。

④隶：附属。

　　作《南西厢》者，意在补此缺陷，遂割裂其词，增添其白，易北为南，撰成此剧，亦可谓善用古人、喜传佳事者矣。然自予论之，此人之于作者，可谓功之首而罪之魁矣。所谓功之首者，非得此人，则俗优竞演，雅调无闻，作者苦心，虽传实没。所谓罪之魁者，千金狐腋，剪作鸿毛，一片精金，点成顽铁。若是者何？以其有用古之心而无其具也。今之观演此剧者，但知关目动人，词曲悦耳，亦曾细尝其味，深绎其词乎？使读书作古之人，取《西厢》南本一阅，句栉字比，未有不废卷掩鼻，而怪秽气熏人者也。若曰：词曲情文不浃①，以其就北本增删，割彼凑此，自难贴合，虽有才力无所施也。然则宾白之文，皆由己作，并未依傍原本，何以有才不用，有力不施，而为俗口鄙恶之谈，以秽听者之耳乎？且曲文之中，尽有不就原本增删，或自填一折以补原本之缺略，自撰一曲以作诸曲之过文者②，此则束缚无人，操纵由我，何以有才不用，有力不施，亦作勉强支吾之句，以混观者之目乎？使王实甫复生，看演此剧，非狂叫怒骂，索改本而付之祝融③，即痛哭流涕，对原本而悲其不幸矣。嘻！续《西厢》者之才④，去作《西厢》者，止争一间⑤，观者群加非议，谓《惊梦》以后诸曲，有如狗尾续貂。以彼之才，较之作《南西厢》者，岂特奴婢之于郎主，直帝王之视乞丐！乃今之观者，彼施责备，而此独包容，已不可解；且令家尸户祝⑥，居然配飨《琵琶》，非特实甫呼冤，且使则诚号屈矣！予生平最恶弋阳、四平等剧，见则趋而避之，但闻其搬演《西厢》，则乐观恐后。何也？以其腔调虽恶，而曲文未改，仍是完全不破之《西厢》，非改头换面、折手跛足之《西厢》也。南本则聋瞽、喑哑、驼背、折腰诸恶状，无一不备于身矣。

【注释】

①浃（jiā）：此指周全。

②过文：过渡性的文字。

③祝融：传说中的火神。

④续《西厢》者：或曰王《西厢》只有四本，第五本乃关汉卿续。此说不可靠。

⑤间：距离，差别。

⑥家尸户祝：家家户户祭拜。尸、祝，祭拜之称。尸，祭祀时代表死者受祭的人。祝，司祭礼的人。

　　此但责其文词，未究音律。从来词曲之旨，首严宫调，次及声音，次及字格。九宫十三调，南曲之门户也。小出可以不拘，其成套大曲，则分门别户，各有依归，非但彼此不可通融，次第亦难紊乱。此剧只因改北成南，遂变尽词场格局：或因前曲与前曲字句相同，后曲与后曲体段不合，遂向别宫别调随取一曲以联络之，此宫调之不能尽合也；或彼曲与此曲牌名巧凑，其中但有一二句字数不符，如其可增可减，即增减就之，否则任其多寡，以解补凑不来之厄，此字格之不能尽符也；至于平仄阴阳与逐句所叶之韵，较此二者其难十倍，诛之将不胜诛，此声音之不能尽叶也。词家所重在此三者，而三者之弊，未尝缺一，能使天下相传，久而不废，岂非咄咄怪事乎？更可异者，近日词人因其熟于梨园之口，习于观者之目，谓此曲第一当行①，可以取法，用作曲谱；所填之词，凡有不合成律者，他人执而讯之，则曰："我用《南西厢》某折作对子，如何得错！"噫！玷《西厢》名目者此人②，坏词场矩度者此人，误天下后世之苍生者，亦此人也。此等情弊，予不急为拈出，则《南西厢》之流毒，当至何年何代而已乎！

【注释】

①当行：内行，合乎要求。臧懋循《元曲选·序二》："故称曲上乘者首曰当行。"

②玷（diàn）：白玉上面的污点。此处用作动词。

　　向在都门，魏贞庵相国取崔郑合葬墓志铭示予①，命予作《北西厢》翻本，以正从前之谬。予谢不敏②，谓天下已传之书，无论是非可否，悉宜听之，不当奋其死力与较短长。较之而非，举世起而非我；即较之而是，举世亦起而非我。何也？贵远贱近，慕古薄今，天下之通情也。谁肯以千古不朽之名人，抑之使出时流下？彼文足以传世，业有明征；我力足以降人，尚无实据。以无据敌有征，其败可立见也。时龚芝麓先生亦在座③，与贞庵相国均以予言为然。向有一人欲改《北西厢》，又有一人欲续《水浒传》，同商于予。予曰："《西厢》非不可改，《水浒》非不可续，然无奈二书已传，万口交赞，其高踞词坛之座位，业如泰山之稳，磐石之固，欲遽叱之使起而让席于予，此万不可得之数也。无论所改之《西厢》，所续之《水浒》，未必可继后尘，即使高出前人数倍，吾知举世之人不约而同，皆以'续貂蛇足'

四字，为新作之定评矣。"二人唯唯而去。此予由衷之言，
向以诚人，而今不以之绳己，动数前人之过者，其意何居？
曰：存其是也。

【注释】

①魏贞庵：魏裔介（1616—1686），号贞庵，清直隶柏乡（今河北邢台）
人。清顺治进士，官至保和殿大学士。

②不敏：不聪明。多谦称。《孟子·梁惠王上》："我虽不敏，请尝试之。"

③龚芝麓：龚鼎孳（1615—1673），字孝升，号芝麓，合肥（今属安徽）
人。历官刑、兵、礼部尚书，善诗文，与李渔有交往。

放郑声者①，非仇郑声，存雅乐也；辟异端者，非仇异
端，存正道也；予之力斥《南西厢》，非仇《南西厢》，欲
存《北西厢》之本来面目也。若谓前人尽不可议，前书尽不
可毁，则杨朱、墨翟亦是前人②，郑声未必无底本，有之亦
是前书，何以古圣贤放之辟之，不遗余力哉？予又谓《北西
厢》不可改，《南西厢》则不可不翻。何也？世人喜观此剧，
非故嗜痂③，因此剧之外别无善本，欲睹崔、张旧事，舍此
无由。地乏朱砂，赤土为佳，《南西厢》之得以浪传，职是
故也。使得一人焉，起而痛反其失，别出新裁，创为南本，
师实甫之意，而不必更袭其词，祖汉卿之心，而不独仅续其

后，若与《北西厢》角胜争雄，则可谓难之又难。若止与《南西厢》赌长较短，则犹恐屑而不屑。予虽乏才，请当斯任，救饥有暇，当即拈毫。

【注释】

①放郑声：孔子认为郑声"淫"（淫靡、过分），故"放"之："乐则《韶》舞。放郑声，远佞人；郑声淫，佞人殆。"（见《论语·卫灵公》）放，逐。郑声，春秋时郑国的音乐。

②杨朱、墨翟：战国时的思想家。孟子视之为"异端"，主张"距杨、墨"。

③嗜痂：一种怪癖。南朝刘邕喜吃病人身上的疮痂，人称"嗜痂"（见《宋书·刘邕传》）。

《南西厢》翻本既不可无，予又因此及彼，而有志于《北琵琶》一剧。蔡中郎夫妇之传，既以《琵琶》得名，则"琵琶"二字乃一篇之主，而当年作者何以仅标其名，不见拈弄其实？使赵五娘描容之后，果然身背琵琶，往别张大公，弹出北曲哀声一大套，使观者听者涕泗横流，岂非《琵琶记》中一大畅事？而当年见不及此者，岂元人各有所长，工南词者不善制北曲耶？使王实甫作《琵琶》，吾知与千载后之李笠翁必有同心矣。予虽乏才，亦不敢不当斯任。向填一折付优人，补则诚原本之不逮，兹已附入四卷之末①，尚思扩为全本，以备词人采择，如其可用，谱为弦索新声。若是，则《南西厢》《北琵琶》二书可以并行。虽不敢望追踪前哲，并辔时贤，但能保与自手所填诸曲（如已经行世之前后八种，及已填未刻之内外八种）合而较之，必有浅深疏密之分矣。然著此二书，必须杜门累月，窃恐饥来驱人，势不由我。安得雨珠雨粟之天，为数十口家人筹生计乎？伤哉！贫也。

【注释】

①四卷之末：指《闲情偶寄》翼圣堂十六卷本卷四《演习部》之末，芥子园六卷本则在卷二《变旧为新》之后。

【评析】

《音律第三》包括"恪守词韵""凛遵曲谱""鱼模当分""廉监宜避""拗句难好""合韵易重""慎用上声""少填入韵""别解务头"，共计九款，主要谈传奇的音律问题。所谓"音律"者，实则含有两个内容：其一是音韵，即填词制曲的用韵（按照字的韵脚押韵）问题；其二是曲律，即填词制曲的合律（符合曲谱规定的宫调、平仄、词牌、句式）问题。这里涉及戏曲音律学的许多非常专门的学问，然而李渔以其丰富的实践经验，从应用的角度，把某些高深而又专门的学问讲得浅近易懂、便于操作，实在难得，非高手不能达此境界。

开头这段近五千言的文字是《音律第三》的长篇序言，无异于一篇总论传奇音律的学术论文，内容丰富，且很生动。李渔不无矫情地诉说着填词之"苦"。李渔所诉之"苦"，无非是说创作传奇要受音律之"法"的限制，而且强调传奇的音律之"法"比其他种类（诗、词、文、赋）更为苛刻，是一种"苛法"，因此，"最苦""莫如填词"。其实，诗、词、歌、赋，各有各的苦处和难处，岂独填词制曲？读者玩味这段文字，当体察笠翁苦心：把"填词"说得越难，就越能显出戏曲家才能之高，所谓"能于此种艰难文字显出奇能，字字在声音律法之中，言言无资格拘挛之苦，如莲花生在火上，仙叟弈于橘中，始为盘根错节之才，八面玲珑之笔"者也。

　　说到这里，使我想起现代大诗人闻一多先生关于写诗的一个著名比喻：戴着镣铐的跳舞。其实，不只写诗如此；填词、制曲、作文、画画，没有一件不是戴着镣铐跳舞。再扩而大之，人按照规则做事，没有一件不是戴着镣铐跳舞。再扩而大之，人类一切文明活动，无一不是戴着镣铐跳舞。人类诞生之前的大自然，其本身作为纯粹的"天"，没有"镣铐"，但也没有文明；一有了"人"，为了利于人类的生存和发展，便有了维护生存和发展的人为的规则，即"镣铐"，但这"镣铐"（规则）却是文明的标志。这是多么无可奈何的事情啊！有人不喜欢文明"镣铐"的制约。如庄子认为"马四足"，是"天"，没有"镣铐"；"牛穿鼻"，是"人"（即荀子所说的"伪"，即人为），加上了"镣铐"；他反对"牛穿鼻"而赞赏"马四足"，主张返璞归真，回归自然。奥地利心理学家弗洛伊德也把文明（"人"）与本能（"天"）对立起来，认为心理疾病常常是"超我"的理性（即文明的"镣铐"）对"本我"的非理性（即自然本能）的压抑、束缚的结果。西方马克思主义代表人物之一马尔库塞写了一本书叫做《爱欲与文明》，吸收而又修正了弗洛伊德的思想，提出有一部分"文明"（理性、规则、"镣铐"）并不与人的"爱欲"（非理性、原始的本能）相矛盾，文明并不必定压抑本能。但，这是将来的事，未来社会将会有一种没有压抑的文明、与本能相一致的文明诞生出来。然而迄今为止的人类，却一直是以文明规则（"镣铐"）去制约、规范、束缚自然本能，从而求得发展和进步。人类文明史，就是戴着越来越精制的镣铐跳舞、而跳得越来越自由的历史。

　　但愿人们不会误认为我是在鼓吹或赞美"奴隶思想"。我只是不想自己提着自己的头发离开地球而已。

　　古来填词制曲者，确实有戴着镣铐跳舞而跳得很自由、很美的。譬如马致远杂剧《汉宫秋》第三折这段唱词：

　　【梅花酒】……他他他，伤心辞汉主；我我我，携手上河梁。他部从入穷荒，我銮舆返咸阳。返咸阳，过宫墙；过宫墙，绕回廊；绕回廊，近椒房；近椒房，月昏黄；月昏黄，夜生凉；夜生凉，泣寒将；泣寒将，绿纱窗；绿纱窗，不思量！【收江南】呀！不思量，除是铁心肠，铁心肠，也愁泪滴千行。

　　这里的叠字和重句，用得多好！韵也压得贴切。字字铿锵，句句悦耳，而且一句紧似一句，步步紧逼，丝丝紧扣，非常真切地表现了主人公的神情。

　　还有王实甫《西厢记·哭宴》中莺莺这段唱：

　　【正宫·端正好】碧云天，黄花地，西风紧，北雁南飞。晓来谁染霜林醉？总是离人泪。

　　金圣叹《第六才子书》（金批《西厢记》）中在这段唱词后面批到："绝妙

好辞！"的确是绝妙好辞！用字，用词，音律，才性，写景，抒情……浑然天成，可谓千古绝唱。

也有戴着镣铐跳舞跳得不好的。如李渔认为李日华所改编之《南西厢》便是"玷《西厢》名目者此人，坏词场矩度者此人，误天下后世之苍生者，亦此人也"。李渔之前之后，还有陆采、徐复祚、李调元诸人，对李日华《南西厢》亦颇有微词。

但是，也有为李日华辩护者，明末《衡曲麈谈》中说："王实甫《西厢》……日华翻之为南，时论颇弗取。不知其翻变之巧，顿能洗尽北习，调协自然，笔墨中之炉冶，非人官所易及。"从历史事实看，李日华《南西厢》不但数百年来频频上演，而且屡被选本（《六十种曲》等）所收，通行于世。

这段公案之是非，清官难断，姑且置之弗论；此处我想说的是，由"南""北"对举及"南""北"翻改，倒引起我另外的两点体味，就教于诸君。

其一，南曲、北曲之差别。明清学者对此多有探索，而青木正儿《中国近世戏曲史》第十四章加以总括，颇为精彩，今录之，以飨读者。（一）北主劲切雄丽，南主清峭柔远。（二）北气易粗，南气易弱。（三）北力在弦，南力在板。（四）北字多而调促，促处见筋；南字少而调缓，缓处见眼。（五）北则辞情多而声情少，南则辞情少而声情多。（六）北宜合歌，南宜独奏。

其二，翻改或续书，大多费力不讨好。李渔那个时候有改《西厢》、续《水浒》者；今天有续《红楼》、续《围城》者。我之认为《水浒》《红楼》不可续，倒不是李渔所谓"续貂蛇足"，而是因为它不符合艺术创作的规律。艺术是创造，是"自我作古"，是"第一次"。"续"者，沿着别人走过的路走，照着别人的样子描，与艺术本性相悖。这样的人，如李渔所说，"止可冒斋饭吃，不能成佛作祖"，成不了大气候。

何不自己另外创造全新的作品？

恪守词韵

一出用一韵到底，半字不容出入，此为定格。旧曲韵杂出入无常者，因其法制未备，原无成格可守，不足怪也。既有《中原音韵》一书①，则犹畛域画定②，寸步不容越矣。常见文人制曲，一折之中，定有一二出韵之字，非曰明知故犯，以偶得好句不在韵中，而又不肯割爱，故勉强入之，以快一时之目者也。杭有才人沈孚中者③，所制《绾春园》《息宰河》二剧④，不施浮采，纯用白描，大是元人后劲。予初阅时，不忍释卷，及考其声韵，则一无定轨，不惟偶犯数字，竟以寒山、桓欢二韵，合为一处用之，又有以支思、齐微、鱼模三韵并用者，甚至以真文、庚青、侵寻三韵，不论开口闭口，同作一韵用者。长于用才而短于择术，致使佳调不传，殊可痛惜！夫作诗填词同一理也。未有沈休文诗韵以前⑤，大同小异之韵，或可叶入诗中。既有此书，即三百篇之风人复作⑥，亦当俯就范围。李白诗仙，杜甫诗圣，其才岂出沈约下？未闻以才思纵横而跃出韵外，况其他乎？设有一诗于此，言言中的，字字惊人，而以一东二冬并叶，或三

江、七阳互施，吾知司选政者，必加摈黜，岂有以才高句美
而破格收之者乎？词家绳墨，只在《谱》《韵》二书⑦，合谱
合韵，方可言才，不则八斗难克升合，五车不敌片纸，虽多
虽富，亦奚以为？

【注释】

①《中原音韵》：元代散曲作家周德清（字日湛，号挺斋，江西高安人，
1277—1365）撰，是我国出现最早的一部专谈戏曲（北曲）曲韵的论著，对后
世影响深远。

②畛（zhěn）域：界限。畛，田地里的小路。

③沈孚中：沈嵊（？—1645），字孚中，一字唵（ǎn）庵，钱塘（今浙江
杭州）人，明末戏曲作家。

④《绾春园》：传奇，有古本戏曲丛刊本。《息宰河》：传奇，存万历间且
居刊本。

⑤沈休文：沈约（441—513），字休文，南朝宋诗人，创"四声八病"之说。

⑥三百篇：《诗经》，收三百零五篇，后人称之为"三百篇"。风人：即诗
人，因《诗经》中有"国风"而来。

⑦《谱》：即沈约《四声韵谱》。《韵》：即周德清《中原音韵》。

【评析】

所谓"音律"者，实则含有两个内容：其一是音韵，即填词制曲的用韵
（按照字的韵脚押韵）问题；其二是曲律，即填词制曲的合律（符合曲谱规定

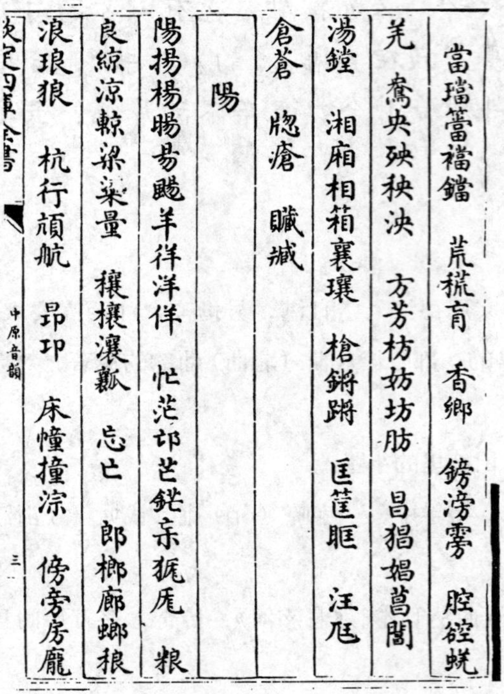
欽定四庫全書　中原音韻　三

當璫簹襠鐺　荒巟肓　香鄉　鎊滂雱　腔椌蜣
羌　鴦央殃秧泱　方芳枋妨坊肪　昌猖娼菖閶
湯鏜　湘廂相箱襄瓖　槍鏘蹡　匡筐眶　汪尫
倉蒼　牕瘡　贓臧

陽
陽揚楊暘昜颺羊徉洋佯　忙茫邙芒鋩杗牻厖　粮
良椋涼輬梁粱量　穰瓤瀼䉴　忘亡　郎榔廊螂稂
浪琅狼　杭行頏航　昂卬　床幢撞淙　傍旁房龐

的宫调、平仄、词牌、句式）问题。这里涉及戏曲音律学的许多非常专门的学问，然而李渔以其丰富的实践经验，从应用的角度，把某些高深而又专门的学问讲得浅近易懂、便于操作，实在难得，非高手不能达此境界。

《音律第三》中有五款是谈音韵的，即“恪守词韵”“鱼模当分”“廉监宜避”“合韵易重”“少用入韵”。“恪守词韵”强调制曲应依《中原音韵》用韵，他批评一些传奇作家不守规则，“一折之中，定有一二出韵之字，非曰明知故犯，以偶得好句不在韵中，而又不肯割爱，故勉强入之，以快一时之目者也”，结果，“致使佳调不传，殊可痛惜”。若仍然借用闻一多先生“戴着镣铐跳舞”的比喻，那么音韵就是一种“脚镣”。因为中国的诗词歌赋曲文押韵，极少句首或句中押韵，而主要是句末押韵，即押脚韵，故可称之为“脚镣”。戴着脚镣跳舞，是十分别扭的事。所以毛泽东在 1957 年 1 月给臧克家的信中说，“旧诗""不宜在青年中提倡，因为这种体裁束缚思想，又不易学"，"怕谬种流传，贻误青年"，这其中自然也包括旧诗的押韵太费事。但是，事情总有两面。押韵押得好，又给戏曲诗词等增加了音韵美。而且这是别的手段所取代不了的；音韵的审美效果也是别的手段所创造不出来的。试想，假若戏曲的唱词，如前面我们所举《汉宫秋》中那段《梅花酒》和《西厢记》中那段《正宫·端正好》，没有押韵，演员唱出来会是什么效果？观众听起来会是什么感受？

　　既然如此，那么还是让戏曲戴着"脚镣"跳舞吧。

　　多么"残忍"！真正的艺术家却甘愿承受这种"残忍"，甚至还有比"脚镣"更加"残忍"的，不是有的女演员为了创造角色的需要，把一头秀发剃光吗？日本电影《望乡》的女主角，不是为了创造出一个备受蹂躏的老年妓女的情状，拔掉了几颗牙齿吗？

　　有时候，艺术美真是一种"残忍"的美！

　　有时候，艺术真是一种"残忍"的事业！

　　然而，杰出的艺术家正是在这种"残忍"中创造了奇迹，取得了辉煌的成就。中国的戏曲艺术家们，包括京剧的四大名旦、评剧的筱白玉霜、豫剧的常香玉……哪一个不是通过艰苦卓绝的"残忍"磨炼才达到他们的艺术极致！台上三分钟，台下十年功。

凛遵曲谱

　　曲谱者[1]，填词之粉本，犹妇人刺绣之花样也，描一朵，刺一朵，画一叶，绣一叶，拙者不可稍减，巧者亦不能略增。然花样无定式，尽可日异月新，曲谱则愈旧愈佳，稍稍趋新，则以毫厘之差而成千里之谬。情事新奇百出，文章变化无穷，总不出谱内刊成之定格。是束缚文人而使有才不得自展者，曲谱是也；私厚词人而使有才得以独展者，亦曲谱是也。使曲无定谱，亦可日异月新，则凡属淹通文艺者，皆可填词，何元人、我辈之足重哉？"依样画葫芦"一语，竟似为填词而发。妙在依样之中，别出好歹，稍有一线之出入，则葫芦体样不圆，非近于方，则类乎扁矣。葫芦岂易画者哉！明朝三百年，善画葫芦者，止有汤临川一人，而犹有病其声韵偶乖、字句多寡之不合者。甚矣，画葫芦之难，而一定之成样不可擅改也。

【注释】

①曲谱：指规定曲子字数、句数、四声、协韵的《啸余》《九宫》等谱。

曲谱无新，曲牌名有新。盖词人好奇嗜巧，而又不得展其伎俩，无可奈何，故以二曲三曲合为一曲，熔铸成名，如【金索挂梧桐】【倾杯赏芙蓉】【倚马待风云】之类是也。此皆老于词学、文人善歌者能之，不则上调不接下调，徒受歌者揶揄。然音调虽协，亦须文理贯通，始可串离使合。如【金络索】【梧桐树】是两曲，串为一曲，而名曰【金索挂梧桐】，以金索挂树，是情理所有之事也。【倾杯序】【玉芙蓉】是两曲，串为一曲，而名曰【倾杯赏芙蓉】，倾杯酒而赏芙蓉，虽系捏成，犹口头语也。【驻马听】【一江风】【驻云飞】是三曲，串为一曲，而名曰【倚马待风云】，倚马而待风云之会，此语即入诗文中，亦自成句。凡此皆系有伦有脊之言①，虽巧而不厌其巧。竟有只顾串合，不询文义之通塞，事理之有无，生扭数字作曲名者，殊失顾名思义之体②，反不若前人不列名目，只以"犯"字加之。如本曲【江儿水】而串入二别曲，则曰【二犯江儿水】；本曲【集贤宾】而串入三别曲，则曰【三犯集贤宾】。又有以"摊破"二字概之者，如本曲【簇御林】、本曲【地锦花】而串入别曲，则曰【摊破簇御林】【摊破地锦花】之类，何等浑然，何等藏拙。更有以十数曲串为一曲而标以总名，如【六犯清音】【七贤过关】【九回肠】【十二峰】之类，更觉浑雅。予谓串旧作新，终是填词末着。只求文字好，音律正，即牌名旧杀，终觉新奇可喜。如以极新极美之名，而填以庸腐乖张之曲，谁其好之？善恶在实，不在名也。

【注释】

①有伦有脊：意思是有根有据、有模有样。《诗经·小雅·正月》："维号斯言，有伦有脊。"毛传："伦，道；脊，理也。"

②殊：很，极。

【评析】

"凛遵曲谱"等数款是谈曲律的。曲律是在长期艺术实践中形成的模式，凝聚为"曲谱"，李渔认为应严格遵循曲谱。诚如李渔所说："束缚文人而使有才不得自展者，曲谱是也；私厚词人而使有才得以独展者，亦曲谱是也。"李渔所说的还是刚才我打的那个比喻："戴着镣铐跳舞"跳得好的，就是英雄；而去掉"镣铐"，则算不得好汉。

李渔又说："曲谱者，填词之粉本，犹妇人刺绣之花样也，描一朵，刺一朵，画一叶，绣一叶，拙者不可稍减，巧者亦不能略增。""曲谱则愈旧愈佳，稍稍趋新，则以毫厘之差而成千里之谬。"这些话可能说得太绝对。

曲谱一般说应该遵循，但为了内容的需要，破"规"也是常有的事，绝对不破"规"是很难做到的事情。包括戏曲和其他艺术在内的一切事物的发展、运动，都是在"破"与"立"的辩证交替中进行的。在一定时间内，"立"起相对固定的模式也许是必要的；但事物的进一步发展必然会突破旧有的模式，这就是"破"。"破"，才有新质产生。曲谱难道就千古不变？制曲者就得世世代代"依样画葫芦"？非也。李渔自己不是说么："明朝三百年，善画葫芦者，止有汤临川一人，而犹有病其声韵偶乖、字句多寡之不合者。"李渔视此为"病"，即不正常；而我则恰恰认为是正常现象。就是说，在传奇创作中，时不时地出现"越轨"行为、突破原有模式的束缚和限制，这是正常现象。突破得多了，某种新的形式可能就会出现，于是就有了发展。而且，对突破曲谱的"越轨"行为的"规"字，还应作具体分析。什么是"规"？符合事物自然规律的，就是"规"；不符合的，就不是"规"，或称伪"规"；事物自身发展了、变化了，那"规"也要随之发展、变化，要有新"规"产生、建立起来。由此看来，"规"的标准只有一个，就是客观、自然本身。关于这个问题，也许凌濛初《南音三籁·叙》中的一段话对我们会有启发："曲有自然之音，音有自然之节，非关作者，亦非关讴者，莫知其所以然而然。通其音者可以不设宫调，解其节者可以不立文字，而学者不得不从宫调、文字入；所谓师旷之聪不废六律，与匠者之规矩埒。""知者从宫调、文字中准之，复从不设宫调、不立文字中会之，而自然之音节自出耳。夫籁者，自然之音节也。蒙庄分别之为三，要皆以自然为宗。故凡词曲，字有平仄，句有短长，调有合离，拍有缓急，其所谓宜不宜者，正以自然与不自然之异在芒忽间也。操一自然之见于胸中以律作者、讴者，当两无所逃，作者安于位置、讴者约于规程矣。"

　　一般地说，艺术是不应该有模式的，更不应该有千古不变、"愈旧愈佳"的模式。然而，中国戏曲的顽固的"程式"（包括角色行当、唱、念、做、打等等，都有自己的程式）却是个非常奇特的现象。也许这是个例外？也许人们的审美心理中还潜藏着某种"程式"因子？也许应该把这些"程式"仅仅看作完成艺术创作的常用工具，犹如耕地的犁、写字的笔、代步的车等等？然而，犁、笔、车……也是变的呀。相对稳定一段时间是可能的也是可以的，千古不变、"愈旧愈佳"则是不可能的。

　　我有一种想法：戏曲及戏曲程式是中国人在"机械时代"（人类的农业社会、工业社会）的审美产物和审美形式，它适应于"机械时代"人们的审美习惯和审美需求；于是它在"机械时代"产生了、形成了、发展了、完善了，但它也在"机械时代"停滞了；进一步，在"电子时代"（就整个世界范围来说，这是 20 世纪 50 年代起步的一个时代，而 60—70 年代它则由盛而衰）衰退了；再进一步，在"信息时代"（现在我们正向它迈进），它会不会消亡呢？也许不可避免。

　　以上所有这些问题，一两句话说不清楚，需要美学家进行专门研究，做出专门回答。

鱼模当分

　　词曲韵书，止靠《中原音韵》一种，此系北韵，非南韵也。十年之前，武林陈次升先生欲补此缺陷①，作《南词音韵》一书，工垂成而复辍，殊为可惜。予谓南韵深渺，卒难成书。填词之家即将《中原音韵》一书，就平、上、去三音之中，抽出入声字，另为一声，私置案头，亦可暂备南词之用。然此犹可缓。更有急于此者，则鱼、模一韵，断宜分别为二。鱼之与模，相去甚远，不知周德清当日何故比而同之，岂仿沈休文诗韵之例，以元、繁、孙三韵，合为十三元之一韵②，必欲于纯中示杂，以存"大音希声"之一线耶③？无论一曲数音，听到歇脚处，觉其散漫无归，即我辈置之案头，自作文字读，亦觉字句聱牙，声韵逆耳。倘有词学专家，欲其文字与声音媲美者，当令鱼自鱼而模自模，两不相混，斯为极妥。即不能全出皆分，或每曲各为一韵，如前曲用鱼，则用鱼韵到底，后曲用模，则用模韵到底，犹之一诗一韵，后不同前，亦简便可行之法也。自愚见推之，作诗用韵，亦当仿此。另钞元字一韵，区别为三，拈得十三元者，首句用元，则用元韵到底，凡涉繁、孙二韵者勿用。拈得繁、孙者亦然。出韵则犯诗家之忌，未有以用韵太严而反来指谪者也。

【注释】

①武林陈次升：武林，今浙江杭州。陈次升，清初词曲论家。梁廷枏《曲话》说："顺治末，武林陈次升作《南曲词韵》，欲与周《韵》并行，缘事中辍。"

②十三元：有人认为十三元即十三韵辙。元代周德清《中原音韵》分"东钟""江阳""支思""齐微""鱼模"……等等十九韵辙。到明末，音韵又有些变化，逐渐形成十三韵辙，文人们进行诗词曲赋的创作，大体上按十三韵辙也即李渔所说十三元押韵。但是对"十三元"之意，有不同看法，需进一步讨论。

③大音希声：字面上的意思是，大音反而听不见声音。《老子》："大音希声，大象无形，道隐无名。"

【评析】

"鱼模当分"说的是"鱼"韵与"模"韵，不能合而为一，应该断然分别为二。李渔认为周德清《中原音韵》把"鱼"与"模"合为十三元之一韵，是个失误，因为"鱼"之与"模"，相去甚远，若将二韵合而为一，"无论一曲数音，听到歇脚处，觉其散漫无归，即我辈置之案头，自作文字读，亦觉字句聱牙，声韵逆耳"。所以，李渔坚决主张"鱼"自"鱼"而"模"自"模"，两不相混，这才妥当。退一步，若不能整出戏都将"鱼""模"分得清楚，那么简便可行的办法是，每一曲各为一韵，即：假如前曲用"鱼"，则用"鱼"韵到底，后曲用"模"，则用"模"韵到底。

　　用"韵"是曲律的重要内容，但远非全部。这里再对曲律的其他方面具体讲一讲。曲律是许多因素包括音、律、宫、调、平、仄等等的有序组合模式。那么，何谓音、律、宫、调、平、仄？曲学大师吴梅先生《词学通论》论之甚详。其第四章《论音律》云："音者何？宫、商、角、徵、羽、变宫、变徵七音也。律者何？黄钟、大吕、太簇、夹钟、姑洗、中吕、蕤宾、林钟、夷则、南吕、无射、应钟之十二律也。以七音乘十二律，则得八十四音。此八十四音，不名曰音，别名曰宫调。何谓宫调？以宫音乘十二律，名曰宫。以商、角、徵、羽、变宫、变徵乘十二律，名曰调。故宫有十二，调有七十二。"其第二章《论平仄四声》中，把汉语四声平、上、

去、入，分为"两平"（阴平、阳平）、"三仄"（上、去、入）。黄九烟论曲的诗句云："三仄应须分上去，两平还要辨阴阳。"实际上，"平仄之道，仅止两途"，即四声只是平、仄而已。各种曲牌、词调，就是上述诸种因素的不同组合。

廉监宜避

侵寻、监咸、廉纤三韵①，同属闭口之音，而侵寻一韵，较之监咸、廉纤，独觉稍异。每至收音处，侵寻闭口，而其音犹带清亮，至监咸、廉纤二韵，则微有不同。此二韵者，以作急板小曲则可，若填悠扬大套之词②，则宜避之。《西厢》"不念《法华经》，不理《梁王忏》"一折用之者③，以出惠明口中，声口恰相合耳。此二韵宜避者，不止单为声音，以其一韵之中，可用者不过数字，余皆险僻艰生，备而不用者也。若惠明曲中之"揩"字、"挼"字、"燂"字、"膪"字、"馅"字、"蘸"字、"屁"字，惟惠明可用，亦惟才大如天之王实甫能用，以第二人作《西厢》，即不敢用此险韵矣。初学填词者不知，每于一折开手处，误用此韵，致累全篇无好句；又有作不终篇，弃去此韵而另作者，失计妨时。故用韵不可不择。

【注释】

①侵寻、监咸、廉纤：这三个（用今天的汉语拼音标出来是：侵 qin、寻

xun，监 jian、咸 xian，廉 lian、纤 xian）当属所谓"十三元"中的韵辙，周德清《中原音韵》称它们为闭口韵，李渔认为是险韵。尤其是监纤，应该避免使用。

②急板小曲、悠扬大套：小曲与大套都是昆曲中的曲调，前者急促短小，有板无眼或一板一眼，后者则舒缓悠长。

③"《西厢》"句：此段是《西厢记》"惠明下书"（《西厢记》第二本）中惠明的一段唱。后面所举惠明唱词中的韵脚，都是李渔所谓"监咸"险韵。"不理《梁王忏》"，上海古籍出版社 1978 年版《西厢记》作"不礼《梁皇忏》"。

【评析】

"廉监宜避"说的是"监咸""廉纤"韵脚的用法。他认为"监咸、廉纤二韵"这类"闭口韵"，在某种情况下应避免使用，即"以作急板小曲则可，若填悠扬大套之词，则宜避之"，因为这是"险僻艰生"之韵，若误用此韵，可能导致全篇无有好句；甚至做不到终篇，不得不另用他韵，所以初学作曲者应该慎用。

拗句难好

音律之难，不难于铿锵顺口之文，而难于倔强聱牙之句。铿锵顺口者，如此字声韵不合，随取一字换之，纵横顺逆，皆可成文，何难一时数曲？至于倔强聱牙之句，即不拘音律，任意挥写，尚难见才，况有清浊阴阳，及明用韵、暗用韵①，又断断不宜用韵之成格，死死限在其中乎？词名之最易填者，如【皂罗袍】【醉扶归】【解三酲】【步步娇】【园林好】【江儿水】等曲，韵脚虽多，字句虽有长短，然读者顺口，作者自能随笔。即有一二句宜作拗体，亦如诗内之古风^②，无才者处此，亦能勉力见才。至如【小桃红】【下山虎】等曲，则有最难下笔之句矣。《幽闺记》【小桃红】之中段云^③："轻轻将袖儿搛，露春纤，盏儿拈，低娇面也。"每句只三字，末字叶韵^④；而每句之第二字，又断该用平，不可犯仄。此等处，似难而尚未尽难。其【下山虎】云："大人家体面，委实多般，有眼何曾见！懒能向前，弄盏传杯，恁般腼腆。这里新人忒杀虔，待推怎地展？主婚人，不见怜，配合夫妻，事事非偶然。好恶姻缘总在天。"只须"懒能向前""待推怎地展""事非偶然"之三句，便能搅断词肠。"懒能向前""事非偶然"二句，每句四字，两平两仄，末字叶韵。"待推怎地展"一句五字，末字叶韵，五字之中，平居其一，仄居其四。此等拗句，如何措手？

【注释】

①暗用韵：一般押韵是在句末，但也有时句中押韵，即李渔所谓"暗用韵"。

②古风：形成于六朝时期、相对比较自由的一种诗体形式。如李白之《古风》（"大雅久不作"等五十九首）、《蜀道难》，杜甫之《兵车行》等等。

③《幽闺记》【小桃红】：查今汲古阁本《幽闺记》，未见此曲。

④末字：各本皆作"未句"，依文意应为"末字"。

　　南曲中此类极多，其难有十倍于此者，若逐个牌名援引，则不胜其繁，而观者厌矣；不引一二处定其难易，人又未必尽晓；兹只随拈旧诗一句，颠倒声韵以喻之。如"云淡风轻近午天"，此等句法自然容易见好，若变为"风轻云淡近午天"，则虽有好句，不夺目矣。况"风轻云淡近午天"七字之中，未必言言合律，或是阴阳相左，或是平仄尚乖，必须再易数字，始能合拍。或改为"风轻云淡午近天"，或又改为"风轻午近云淡天"，此等句法，揆之音律则或谐矣，若以文理绳之，尚得名为词曲乎？海内观者，肯曰此句为音律所限，自难求工，姑为体贴人情之善念而恕之乎？曰：不能也。既曰不能，则作者将删去此句而不作乎？抑自创一格而畅我所欲言乎？曰：亦不能也。然则攻此道者，亦甚难矣！变难成易，其道何居？曰：有一方便法门，词人或有行之者，未必尽有知之者。行之者偶然合拍，如路逢故人，出之不意，非我知其在路而往投之也。凡作倔强聱牙之句，不合自造新言，只当引用成语。成语在人口头，即稍更数字，略变声音，念来亦觉顺口。新造之句，一字聱牙，非止念不顺口，且令人不解其意。今亦随拈一二句试之。如"柴米油盐酱醋茶"，口头语也，试变为"油盐柴米酱醋茶"，或再变为"酱醋油盐柴米茶"，未有不明其义、不辨其声者。"东边日出西边雨，道是无情却有情"，口头语也，试将上句变为"日出东边西边雨"，下句变为"道是有情却无情"，亦未有不明其义、不辨其声音。若使新造之言而作此等拗句，则几与海外方言无别，必经重译而后知之矣。即取前引《幽闺》之二句，定其工拙。"懒能向前""事非偶然"二句，皆拗体也。"懒能向前"一句，系作者新构，此句便觉生涩，读不顺口；"事非偶然"一句，系家常俗语，此句便觉自然，读之溜亮。岂非用成语易工、作新句难好之验乎？予作传奇数十种，所谓"三折肱为良医"①，此折肱语也。因觅知音，尽倾肝膈。孔子云："益者三友：友直，友谅，友多闻②。"多闻，吾不敢居，谨自呼为直谅。

【注释】

①三折肱为良医：实践出真知、出技能。肱是由肘至肩的臂骨，若折断三次，自己就会得到医治的经验了。语出《左传·定公十三年》："二子将伐公，齐高彊曰：'三折肱知为良医。唯伐君为不可，民弗与也。我以伐君在此矣。三家未睦，可尽克也。克之，君将谁与？若先伐君，是使睦也。'弗听，遂伐公。国人助公，二子败，从而伐之。"

②"益者三友"四句：语见《论语·季氏》。

【评析】

"拗句难好"亦谈曲律。所谓"拗句",或称拗体,指不合平仄格律的句子。李渔认为,那些"倔强聱牙之句",因为拗口,难以达到令人满意的效果。李渔举出一些常常拗口的词牌,以自己填词的经验,传授处理之法:"凡作倔强聱牙之句,不合自造新言,只当引用成语。成语在人口头,即稍更数字,略变声音,念来亦觉顺口。"

合韵易重

句末一字之当叶者,名为韵脚。一曲之中,有几韵脚,前后各别,不可犯重。此理谁不知之?谁其犯之?所不尽知而易犯者,惟有"合前"数句。兹请先言合前之故。同一牌名而为数曲者,止于首只列名其后,在南曲则曰"前腔",在北曲则曰"幺篇",犹诗题之有其二、其三、其四也。末后数语,有前后各别者,有前后相同,不复另作,名为"合前"者。此虽词人躲懒法,然付之优人,实有二便:初学之时,少读数句新词,省费几番记忆,一便也;登场之际,前曲各人分唱,合前之曲必通场合唱,既省精神,又不寂寞,二便也。然合前之韵脚最易犯重。何也?大凡作首曲,则知查韵,用过之字不肯复用,迨做到第二、三曲,则止图省力,但做前词,不顾后语,置合前数句于度外,谓前曲已有,不必费心,而乌知此数句之韵脚在前曲则语语各别[①],

凑入此曲，焉知不有偶合者乎？

【注释】

①乌知：哪里知道。乌，何，哪里。"乌知"与后面的"焉知"（焉，怎么，哪里）相近。

　　故作前腔之曲，而有合前之句者，必将末后数句之韵脚紧记在心，不可复用；作完之后，又必再查，始能不犯此病。此就韵脚而言也。韵脚犯重，犹是小病，更有大于此者，则在词意与人不相合。何也？合前之曲既使同唱①，则此数句之词意必有同情。如生、旦、净、丑四人在场，生、旦之意如是，净、丑之意亦如是，即可谓之同情，即可使之同唱；若生、旦如是，净、丑未尽如是，则两情不一，已无同唱之理；况有生、旦如是，净、丑必不如是，则岂有相反之曲而同唱者乎？此等关窍，若不经人道破，则填词之家既顾阴阳平仄，又调角、徵、宫、商②，心绪万端，岂能复筹及此？予作是编，其于词学之精微，则万不得一，如此等粗浅之论，则可谓知无不言、言无不尽者矣。后来作者，当锡予一字③，命曰"词奴"，以其为千古词人，尝效纪纲奔走之力也④。尤展成云：笠翁真曲夫子，允宜俎豆词场。"词奴"之称，无乃过抑。

【注释】

①合前之曲既使同唱：李渔强调的是，在场的演员在"合前之曲"进行"同唱"时，众演员同唱的词意必须相同。

②角、徵、宫、商：中国古代音乐术语。宫、商、角、徵、羽，代表五声音阶中的五个音级，又指发音部位。

③锡：通"赐"。赐与。

④纪纲：统领仆隶之人，后泛指仆人。《左传·僖公二十四年》："秦伯送卫于晋三千人，实纪纲之仆。"杜预注："诸门户仆隶之事，皆秦卒共之，为之纪纲。"

【评析】

"合韵易重"讲的是"合前"的数句之韵脚容易重复，应避免之。何为"合前"？李渔解释说："同一牌名而为数曲者，止于首只列名其后，在南曲则曰'前腔'，在北曲则曰'幺篇'，犹诗题之有其二、其三、其四也。末后数语，在前后各别者，有前后相同，不复另作，名为'合前'者。"李渔还详细说明了"合前之韵"重复运用的弊病，以及避免的方法。李渔不愧制曲的行家，在这些细微处也指点得十分精到，真可谓"词奴"也。

慎用上声

平、上、去、入四声，惟上声一音最别。用之词曲，较他音独低，用之宾白，又较他音独高。填词者每用此声，最宜斟酌。此声利于幽静之词，不利于发扬之曲；即幽静之词，亦宜偶用、间用，切忌一句之中连用二三四字。盖曲到上声字，不求低而自低，不低则此字唱不出口。如十数字高而忽有一字之低，亦觉抑扬有致；若重复数字皆低，则不特无音，且无曲矣。至于发扬之曲，每到吃紧关头，即当用阴字[①]，而易以阳字尚不发调，况为上声之极细者乎？予尝谓物有雌雄，字亦有雌雄。平、去、入三声以及阴字，乃字与声之雄飞者也；上声及阳字，乃字与声之雌伏者也。此理不明，难于制曲。初学填词者，每犯抑扬倒置之病，其故何居？

正为上声之字入曲低，而入白反高耳。词人之能度曲者[②]，世间颇少。其握管捻髭之际，大约口内吟哦，皆同说话，每逢此字，即作高声；且上声之字出口最亮，入耳极清，因其高而且清，清而且亮，自然得意疾书。孰知唱曲之道与此相反，念来高者，唱出反低，此文人妙曲利于案头，而不利于场上之通病也。非笠翁为千古痴人，不分一毫人我，不留一点渣滓者，孰肯尽出家私底蕴，以博慷慨好义之虚名乎？

【注释】

①阴字：阴声字，大都尾韵为元音。后面所说阳字，即阳声字，大都尾音为辅音。

②度曲：作曲，或按曲谱唱曲。

【评析】

"慎用上声"是从"上声"字的特性出发，谈传奇创作如何慎用上声字而使曲调和谐动听。李渔深谙四声，他发现平、上、去、入四声，只有"上声"最特别：用之词曲，它比别的音低；而用之宾白，又较他音为高。传奇作家每用此声，更须斟酌。口说时，上声之字出口最亮，入耳极清；唱曲时遇到上声字，不求低而自低，不低则此字唱不出口。传奇作家必须掌握这个特性，以使曲子听起来悦耳。

少填入韵

入声韵脚，宜于北而不宜于南。以韵脚一字之音，较他字更须明亮，北曲止有三声，有平、上、去而无入，用入声字作韵脚，与用他声无异也。南曲四声俱备，遇入声之字，定宜唱作入声，稍类三音，即同北调矣。以北音唱南曲可乎？予每以入韵作南词，随口念来，皆似北调，是以知之。若填北曲，则莫妙于此，一用入声，即是天然北调。然入声韵脚，最易见才，而又最难藏拙。工于入韵，即是词坛祭酒①。以入韵之字，雅驯自然者少，粗俗倔强者多。填词老手，用惯此等字样，始能点铁成金。浅乎此者，运用不来，熔铸不出，非失之太生，则失之太鄙。但以《西厢》《琵琶》二剧较其短长。作《西厢》者，工于北调，用入韵是其所长。如《闹会》曲中"二月春雷响殿角"②，"早成就了幽期密约"，"内性儿聪明，冠世才学；扭捏着身子，百般做作"。"角"字，"约"字，"学"字，"作"字，何等雅驯！何等自然！《琵琶》工于南曲，用入韵是其所短。如《描容》曲中"两处堪悲，万愁怎摸"，愁是何物，而可摸乎？入声韵脚宜北不宜南之论，盖为初学者设，久于此道而得三昧者③，则左之右之，无不宜之矣。

【注释】

①祭酒：本是祭祀或宴席举酒祭神的人，后来指学官，即学界领袖，如六经祭酒、博士祭酒、国子祭酒等等，隋唐称国子监祭酒，即国子监的领袖，犹如现在的大学校长。

②《闹会》：《西厢记》第一本第四折，又叫《斋坛闹会》。

③三昧：佛教用语，来自梵文，也译作"三摩地""三摩提"。后用三昧

指事物之精义或秘诀。

【评析】

"少填入韵"从南北曲发音不同的比较之中，谈制南曲时入声韵如何用法才得当。李渔认为，入声韵脚，宜于北而不宜于南。但是入声韵脚，最易见才，而又最难藏拙。工于入韵，即是词坛祭酒。以入韵之字，雅驯自然者少，粗俗倔强者多。填词老手，用惯此等字样，始能点铁成金。

别解务头

填词者必讲"务头"，然"务头"二字，千古难明。《啸余谱》中载《务头》一卷，前后胪列[①]，岂止万言，究竟"务头"二字，未经说明，不知何物。止于卷尾开列诸旧曲，以为体样，言某曲中第几句是务头，其间阴阳不可混用，去上、上去等字，不可混施。若迹此求之，则除却此句之外，其平仄阴阳，皆可混用混施而不论矣。又云某句是务头，可施俊语于其上。若是，则一曲之中，止该用一俊语，其余字句皆可潦草涂鸦[②]，而不必计其工拙矣。予谓立言之人，与当权秉轴者无异[③]。政令之出，关乎从违，断断可从，而后使民从之，稍背于此者，即在当违之列。凿凿能信，始可发令，措词又须言之极明，论之极畅，使人一目了然。今单提某句为务头，谓阴阳平仄，断宜加严，俊语可施于上。此言未尝不是，其如举一废百，当从者寡，当违者众，是我欲加严，而天下之法律反从此而宽矣。况又嗫嚅其词④，吞多吐少，何所取义而称为务头，绝无一字之诠释。然则"葫芦提"三字⑤，何以服天下？吾恐狐疑者读之，愈重其狐疑，明了者观之，顿丧其明了，非立言之善策也。予谓"务头"二字，既然不得其解，只当以不解解之。曲中有务头，犹棋中有眼，有此则活，无此则死。进不可战，退不可守者，无眼之棋，死棋也；看不动情，唱不发调者，无务头之曲，死曲也。一曲有一曲之务头，一句有一句之务头。字不聱牙，音不泛调，一曲中得此一句，即使全曲皆灵；一句中得此一二字，即使全句皆健者，务头也。由此推之，则不特曲有务头，诗、词、歌、赋以及举子业，无一不有务头矣。人亦照谱按格，发舒性灵，求为一代之传书而已矣，岂得为谜语欺人者所惑，而阻塞词源，使不得顺流而下乎？

【注释】

①胪（lú）列：列举。

②涂鸦：胡乱涂写。唐卢仝《添丁诗》："忽来案上翻墨汁，涂抹诗书如老鸦。"

③秉轴：掌握轴心，比喻执政。

④嗫嚅（niè rú）：吞吞吐吐。

⑤葫芦提：糊里糊涂。乃宋元口语。

【评析】

关于"务头"之说，向来众说纷纭。据我所知，"务头"较早见于元代周德清《中原音韵》。该书《作词十法》之第七法即"务头"："要知某调、某句、某字是务头，可施俊语于其上，后注于定格各调内。"关于"务头"是什么，这里等于什么也没说；所谓"后注于定格各调内"，是指在《作词十法》的第十法"定格"中，举出四十首曲子作为例证，点出何为"务头"。其中，有的曲子某几句是"务头"，如《山坡羊·春睡》："云松螺髻，香温鸳鸯被，掩春闺一觉伤春睡。柳花飞，小琼姬，一片声雪下呈祥瑞，把团圆梦儿生唤起。谁？不做美。呸！却是你！"周德清点出"务头在第七句至尾"。有的曲子某一句是"务头"，如《醉中天》："疑是杨妃在，怎脱马嵬灾？曾与明皇捧砚来。美脸风流杀，巨奈挥毫李白，觑着娇态，洒松烟点破桃腮。"周德清评曰："第四句、末句是务头。"有的曲子某一词或一字是"务头"，如《寄生草·饮》"长醉后方何碍？不醒时有甚思？糟腌两个功名字，醅渰千古兴亡事，曲埋万丈虹霓志。不达时皆笑屈原非，但知音尽说陶潜是"中，"虹霓志""陶潜"是"务头"；《朝天子·庐山》"早霞，晚霞，妆点庐山画。仙翁何处炼丹砂？一缕白云下。客去斋余，人来茶罢。叹浮生指落花。楚家，汉家，做了渔樵话"中，"人"是"务头"。有的曲子某一字的平仄声调是"务头"，如《凭栏人·章台行》"花阵赢轮随镘生，桃扇炎凉逐世情。双郎空藏瓶，小卿一块冰"中，"妙在'小'字'上'声，务头在'上'"；《满庭芳·春晚》"知音到此，舞雩点也，修禊羲之。海棠春已无多事，雨洗胭脂。谁感慨兰亭古纸？自沉吟桃扇新词。急管催银字，哀弦玉指，忙过赏花时"中，"扇字'去'声取务头"，等等。

此后，明代程明善《啸余谱》一书的《凡例》中，也说"以平声用阴阳各当者为务头"。具体说，即"盖轻清处当用阴字，重浊处当用阳字"；王骥德《曲律》之《论务头》中认为务头是"调中最紧要句子，凡曲遇揭起其音，而宛转其调，如俗之所谓做腔处，每调或一句、或二三句，每句或一字、或二三字，即是务头"。

但是，正如李渔所批评的，单指出某句某字为"务头"，"俊语可施于上"云云，"嗫嚅其词，吞多吐少，何所取义而称为务头，绝无一字之诠释"，仍然是糊里糊涂。倒是李渔以"不解解之"的方法解说务头，更实在。务头是什么？就是"曲眼"。棋有"棋眼"，诗有"诗眼"，词有"词眼"，曲也有"曲眼"："一曲有一曲之务头，一句有一句之务头。字不聱牙，音不泛调，一曲中得此一句，即使全曲皆灵；一句中得此一二字，即使全句皆健者，务头也。"换句话说，"务头"就是曲中"警策"（陆机语）之句，句中"警策"之字；或者说是曲中发光的句子，句中发光的词或字。"山不在高，有仙则名；水不在深，有龙则灵"。务头，就是一曲或一句中的"仙"和"龙"。但是，需要特别指出的是，"务头"绝不是可以离开整体的孤零零的发光体，而是整体的一个有机组成部分。有了"务头"，可以使"全句皆健"，"全曲皆灵"。如果作为"务头"的某句、某字，可以离开"全曲"或"全句"而独自发光，那就只能是孤芳自赏，那也就不是该曲或该句的"务头"；而且，一旦离开有机整体，它自身也必然枯萎。

李渔之后，也有些曲家不同意李渔对于"务头"的解释而做出了自己的定义。例如清末民初的吴梅《顾曲麈谈》说："务头者，曲中平、上、去三声联串之处也。如七字句，则第三、第四、第五之三字，不可用同一之音；大抵阳去与阴上相连、阴上与阴平相连，或阴去与阳上相连、阳上与阴平相连亦可。每一曲中必须有三音相连之一、二语或二音（或去上、或去平、或上平，看牌名以定之）相连之一、二语，此即为务头处。"

吴梅当然是曲中大家。但他对务头的解说，我总觉得格局太小。吴梅似乎没有着眼于整体的戏曲美的创造，而是斤斤玩味于某字某词的平仄清浊。他这样一解说，务头完全变成了音律学上的一种技术术语，从操作的角度说，甚至成了一种纯粹的技术规程。一比较，单就这个问题而言，我觉得还是三百年前的李渔更高明。

包括戏曲在内的艺术活动，从根本上说乃是一种心灵的创造，情感的迸发，精神的升华，其中常常充满着灵感的袭击，无意识、非理性的捉弄。有时候，有心栽花花不活，无心插柳柳成荫。"感应之会，通塞之纪，来不可遏，去不可止"（陆机），"意静神王，佳句纵横，若不可遏，宛如神助"（皎然），"文之为物，自然灵气，惚恍而来，不思而至"（李德裕），"文章本天然，妙手偶得之"（陆游），"有时忽得惊人句，费尽心机做不成"（戴复古），"得之在俄顷，积之在平日"（袁守定），"到老始知非力取，三分人事七分天"（赵翼），等等。技巧在这里须完全化为灵气；至于机械的技术因素，几乎没有什么地位。

回来说到吴梅的主张。即使戏曲作家完全按照吴梅关于务头的"技术"要求去做了，就一定能够创造出声情并茂的作品来么？

宾白第四

自来作传奇者，止重填词，视宾白为末着①，常有《白雪》《阳春》其调②，而《巴人》《下里》其言者③，予窃怪之。原其所以轻此之故，殆有说焉。元以填词擅长，名人所作，北曲多而南曲少。北曲之介白者，每折不过数言，即抹去宾白而止阅填词，亦皆一气呵成，无有断续，似并此数言亦可略而不备者。由是观之，则初时止有填词，其介白之文，未必不系后来添设④。在元人，则以当时所重不在于此，是以轻之。后来之人，又谓元人尚在不重，我辈工此何为？遂不觉日轻一日，而竟置此道于不讲也。予则不然。尝谓曲之有白，就文字论之，则犹经文之于传注⑤；就物理论之，则如栋梁之于榱桷⑥；就人身论之，则如肢体之于血脉，非但不可相无⑦，且觉稍有不称，即因此贱彼，竟作无用观者。故知宾白一道，当与曲文等视，有最得意之曲文，即当有最得意之宾白，但使笔酣墨饱，其势自能相生。王安节曰：先生之恒情，即他人之化境。常有因得一句好白，而引起无限曲情，又有因填一首好词，而生出无穷话柄者。是文与文自相触发，我止乐观厥成⑧，无所容其思议。此系作文恒情，不得幽渺其说⑨，而作化境观也。

【注释】

①宾白：通常所说戏曲中"唱、念、做、打"之"念"，即说白。"介白"亦是。

②《白雪》《阳春》：为古代楚国的高雅歌曲。

③《巴人》《下里》：为古代楚国的流俗歌曲。已见前注。

④"其介白之文"二句：明臧懋循《元曲选·序》说，宾白或谓"演剧时伶人自为之"。

⑤传注：经文的注释解说。

⑥榱（cuī）：椽子（放在檩子上架着屋面板和瓦的木条）。桷（jué）：方形的椽子。

⑦不可相无：翼圣堂本、芥子园本作"不可相无"；有的本子作"不可相轻"，亦通。

⑧乐观厥成：高兴地视其自我完成。厥，其。

⑨幽渺其说：把它说得虚无缥缈。

【评析】

中国戏曲既是带"唱"的话剧，又是带"说"的歌剧，唱、念（说）、做、打，熔为一炉，有着十分丰富的艺术表现手段。"说"即李渔所说的"宾白"。他对"宾白"高度重视，认为"宾白一道，当与曲文等视"；而且认为，不但"唱"要讲韵律美，"说"同样也要讲韵律美。李渔还对包括宾白在内的戏曲语言提出了"文贵洁净"的要求。此外，李渔在谈戏曲语言问题时，还顺便谈到了艺术想象，并有精彩见解。

李渔当年所说的"宾白",乃与"曲文"相对。如果说"曲文"是"唱"出来的,那么"宾白"就是"说"("念")出来的。中国戏曲中"宾白"与"曲文"并现,是我们的民族特色,为西洋戏剧所无。

西洋话剧只说不唱,西洋歌剧只唱不说;中国戏曲则兼而有之,又唱又说。

在先秦时代或再前推若干世纪,我们祖先那里曾经是乐、舞、诗混沌一体的;后来才逐渐分立,各自成为独立的艺术门类。然而,事物常常是分久必合、合久必分,宋元时代正式形成的戏曲,实际上是把乐、舞、诗(再加上词和文等等)合在一起而成的艺术新品种。在这里,乐、舞、诗、词、文等并不是机械地凑合在一起,而是如化学反应那样化合在一起。戏曲,其中有乐而不是乐,其中有舞而不是舞,其中有诗而不是诗,其中有词而不是词,其中有文而不是文……它是乐、舞、诗、词、文……放在一个大熔炉里冶炼而产生的全新品种。它的名字只能叫做:戏曲。

关于"宾""白",有这样几种说法。《戒庵漫笔》曰:"两人对说曰宾,

一人自说曰白。"就是说，宾是对话，白是自白。凌濛初不同意这种说法。他在《谭曲杂札》中引了《戒庵漫笔》上面那句话后说："未必确。古戏之白，皆直截道意而已；惟《琵琶》始作四六偶句，然皆浅浅易晓。"他还说："白谓之'宾白'，盖曲为主也。"就是说，宾乃与"主"相对的"宾客"之"宾"，即曲为主，白为宾。其实，早凌濛初约六十年的徐渭也是这样主张。他在《南

词叙录》中说："唱为主，白为宾，故曰宾白，言其明白易晓也。"李渔则不同意凌濛初等人"曲"（"唱"）、"白"的主次之分，而是认为"传奇一事也，其中义理，分为三项：曲也，白也，穿插联络之关目也"，三项并重。他还说："故知宾白一道，当与曲文等视。有最得意之曲文，即当有最得意之宾白。"

李渔之前、之后的一些曲家也有与李渔意见相同或相近者。如明代王骥德《曲律·论宾白》中说，宾白"其难不下于曲"，"句子长短平仄，须调停得好，令情意婉转，音调铿锵，虽

不是曲，却要美听"。明代柳浪馆《批评玉茗堂紫钗记·总评》认为，传奇的"曲、白、介、诨"四个要素中，"词是肉，介是筋骨，白、诨是颜色。如《紫钗》者，第有肉耳，如何转动，却不是一块肉尸而何！此词家所大忌"（柳浪馆《批评玉茗堂紫钗记·总评》这段文字，见于明末柳浪馆刻本《批评玉茗堂紫钗记》卷首。柳浪馆是袁宏道在家乡公安县所建别墅，他在这里居住达六年之久。汤显祖"临川四梦"的柳浪馆刻本，有人说是袁宏道所评，亦有人说是袁于令所评。清代黄振《石榴记·凡例》："词曲譬画家之颜色，科白则勾染处也。勾染不清，不几将花之瓣、鸟之翎混而为一乎？故折中如彼此应答，前后线索转弯承接处，必挑剔得如须眉毕露，不敢稍有模棱，致多沉晦。"（《石榴记》传奇乃清代乾隆年间戏曲作家黄振所作，现存有清乾隆三十七年柴湾村舍刻本和清嘉庆四年拥书楼重刻本。其《石榴记·凡例》见于该书之首。）

李渔等人的意见是对的。对于中国的戏曲来说，曲、白、科（介）、诨，唱、念、做、打……都是戏曲美创造中不可缺少的有机环节，哪一个都不能忽视。正是从这个意义上，对李渔"宾白一道，当与曲文等视"的意见应该予以高度评价。

声务铿锵

宾白之学，首务铿锵。一句聱牙，俾听者耳中生棘；数言清亮，使观者倦处生神。世人但以"音韵"二字用之曲中，不知宾白之文，更宜调声协律。世人但知四六之句平间仄，仄间平，非可混施迭用，不知散体之文亦复如是。"平

仄仄平平仄仄，仄平平仄仄平平"二语，乃千古作文之通
诀，无一语一字可废声音者也。如上句末一字用平，则下句
末一字定宜用仄，连用二平，则声带喑哑，不能耸听。下句
末一字用仄，则接此一句之上句，其末一字定宜用平，连用
二仄，则音类咆哮，不能悦耳。此言通篇之大较，非逐句逐
字皆然也。能以作四六平仄之法，用于宾白之中，则字字铿
锵，人人乐听，有"金声掷地"之评矣①。

【注释】

①金声掷地：《晋书·孙绰传》："尝作《天台山赋》，辞致甚工，初成，以
示友人范荣期，云：'卿试掷地，当作金石声也。'"

声务铿锵之法，不出平仄、仄平二语是已。然有时连用
数平，或连用数仄，明知声欠铿锵，而限于情事，欲改平为
仄，改仄为平，而决无平声、仄声之字可代者。此则千古词
人未穷其秘，予以探骊觅珠之苦①，入万丈深潭者，既久而
后得之，以告同心。余云：泄从前未泄之秘，铿锵鼓舞，绝倒平子矣！虽
示无私，然未免可惜。字有四声，平、上、去、入是也。平
居其一，仄居其三，是上、去、入三声皆丽于仄②。而不知
上之为声，虽与去、入无异，而实可介于平仄之间，以其别
有一种声音，较之于平则略高，比之去、入则又略低。古人

造字审音，使居平仄之介，明明是一过文，由平至仄，从此始也。譬如四方声音，到处各别，吴有吴音，越有越语，相去不啻天渊，而一至接壤之处，则吴、越之音相半，吴人听之觉其同，越人听之亦不觉其异。晋、楚、燕、秦以至黔、蜀，在在皆然。此即声音之过文，犹上声介于平、去、入之间也。作宾白者，欲求声韵铿锵，而限于情事，求一可代之字而不得者，即当用此法以济其穷。余云：周挺斋以入声派入平、上、去三声，今笠翁以上声介于仄平之间，皆扼隐侯之吭而夺其帜者。如两句三句皆平，或两句三句皆仄，求一可代之字而不得，即用一上声之字介乎其间，以之代平可，以之代去、入亦可。如两句三句皆平，间一上声之字，则其声是仄，不必言矣；即两句三句皆去声、入声，而间一上声之字，则其字明明是仄而却似平，令人听之不知其为连用数仄者。此理可解而不可解，此法可传而实不当传，一传之后，则遍地金声，求一瓦缶之鸣而不可得矣。

【注释】

①探骊觅珠：骊珠，传说出自骊龙颔下的一种珍贵的珠。《庄子·列御寇》："河上有家贫恃纬萧而食者，其子没于渊，得千金之珠。其父谓其子曰：'取石来锻之。夫千金之珠，必在九重之渊，而骊龙颔下，子能得珠者，必遭其睡也。使骊龙而寤，子尚奚微之有哉？'"

②丽于：附于，属于。

【评析】

汉语汉字，真是非常奇妙的东西，它常常使外国人琢磨不透。譬如，许多美国人对中国女排战胜了美国女排这一事实的表述大惑不解："中国队大胜美国队"和"中国队大败美国队"居然是一个意思。"不管是'大胜'还是'大败'，反正是你们胜了。"至于汉语的音韵声调，更是奇妙无穷。在组合一个句子的时候，字的四声、平仄、清浊、轻重等等不同，读出来，不但意思大不相同；而且听起来或逆耳或顺耳，美感享受判然有别。字、词、句子的读音"轻重""清浊"，这在外国语言如英语、俄语中也有，没什么稀罕；但"四声""平仄"，则纯属中国特色。在"声务铿锵"中，李渔正是谈如何运用"四声""平仄"使得宾白铿锵动听。

中国古代很早就讲究音律。《左传·襄公二十九年》季札观乐，当听到《颂》时，就有"五声和，八风平，节有度，守有序"之赞。《左传·昭公二十五年》子产论礼，也谈到"为九歌、八风、七音、六律，以奉五声"。《国语·郑语》中史伯也有"和六律以聪耳"和"声一无听"之论。《吕氏春秋·仲夏纪》论"适音"谈道："何谓适？衷音之适也。何谓衷？大不出钧，重不过石，大小轻重之衷也。黄钟之宫，音之本也，清浊之衷也。衷也者，适也。以适听适则和矣。"刘向《说苑·修文》中说："言语顺，应对给，则民之耳悦矣。"陆机《文赋》说："暨音声之迭代，若五色之相宣。"范晔《狱中与甥侄书》说："性别宫商，识清浊，斯自然也。"到沈约，中国的语言音律学臻于完备，其《宋书》卷六十七列传第二十七《谢灵运》中说："夫五色相宣，八音协畅，由乎玄黄律吕，各适物宜。欲使宫、羽相变，低昂互节。若前有浮声，则后须切响。一简之内，音韵尽殊，两句之中，轻重悉异。妙达此旨，始可言文。"这对中国文学语言讲究音韵、律调、四声、平仄等奠定了基础。中国诗、词、歌、赋、戏曲等的韵律美，正是通过"四声""平仄"等创造出来的。戏曲常常讲"声情并茂"，那"声茂"，就是韵律美；而且，不但"唱"要讲韵律美，"说"（"白"）同样也要讲韵律美。京剧大师周信芳的道白之美，堪称一绝，那真是声情并茂。其情茂姑且不论；其声茂，那就是运用字音的四声、平仄、清浊、轻重、缓急、顿挫、高低、抑扬而创造出来的韵律美。你听他《宋士杰》等戏中的道白，比听唱还过瘾。

不但古典诗词戏曲讲究韵律美，而且现代诗也应该讲究韵律美。闻一多的诗之韵律，就常常令人陶醉。我的一位老师高兰教授是现代著名的朗诵诗人，他就专门研究诗朗诵中，如何通过掌握语言的发声规律，平上去入、清浊轻重，选配得当，从而创造出高低抑扬、缓急顿挫的韵律美。他不但有理论，而且有实践。抗战时，他写了许多优秀的朗诵诗，在民众中朗诵，常催人泪下。有一次他朗诵《哭亡女苏菲》，满座唏嘘，他自己也泣不成声。直到 1949 年以后，在给我们讲课时，还常常在课堂上朗诵。那真是感人至深。

语求肖似

文字之最豪宕，最风雅，作之最健人脾胃者，莫过填词一种。若无此种，几于闷杀才人，困死豪杰。予生忧患之中，处落魄之境，自幼至长，自长至老，总无一刻舒眉，惟于制曲填词之顷，非但郁藉以舒①，愠为之解②，且尝僭作两间最乐之人③，觉富贵荣华，其受用不过如此，未有真境之为所欲为，能出幻境纵横之上者。我欲做官，则顷刻之间便臻荣贵④；我欲致仕⑤，则转盼之际又入山林；我欲作人间才子，即为杜甫、李白之后身；我欲娶绝代佳人，即作王嫱、西施之元配⑥；我欲成仙作佛，则西天、蓬岛即在砚池笔架之前⑦；我欲尽孝输忠，则君治亲年，可跻尧、舜、彭篯之上⑧。非若他种文字，欲作寓言，必须远引曲譬，蕴藉包含，十分牢骚，还须留住六七分，八斗才学，止可使出二三升，稍欠和平，略施纵送，即谓失风人之旨，犯佻达之嫌⑨，求为家弦户诵者难矣。填词一家，则惟恐其蓄而不言，言之不尽。是则是矣，须知畅所欲言亦非易事。言者，心之声也⑩，欲代此一人立言，先宜代此一人立心⑪，若非梦往神游，何谓设身处地？无论立心端正者，我当设身处地，代生端正之想；即遇立心邪僻者，我亦当舍经从权⑫，暂为邪僻之思。务使心曲隐微，随口唾出，说一人，肖一人，勿使雷同，弗使浮泛，若《水浒传》之叙事，吴道子之写生⑬，斯称此道中之绝技。果能若此，即欲不传，其可得乎？

【注释】

①郁：闷。

②愠（yùn）：怒。

③僭（jiàn）：越，超过自己的本分。两间：天地之间。

④臻（zhēn）：达到。

⑤致仕：辞官。致，交还。仕，做官。《春秋公羊传·宣公元年》："退而致仕。"

⑥王嫱：即王昭君，汉元帝时美女。西施：春秋时越国美女。

⑦西天：佛祖居住之地。蓬岛：蓬莱仙岛。

⑧跻：登上。彭篯（jiān）：传说中活到800岁的长寿者，姓篯名铿，颛顼玄孙，封于彭城，故称为"彭篯"或"彭祖"。

⑨佻（tiāo）达：轻薄。

⑩言者，心之声：《吕氏春秋·淫辞》："凡言者以谕心也。"《礼记·乐记》："凡音之起，由人心生也。"扬雄《法言·问神》："故言，心声也。"

⑪宜：翼圣堂本作"宜"，芥子园本作"以"。

⑫舍经从权：舍去正经的做法而取权宜之计。

⑬吴道子：唐玄宗时著名画家，被称为画圣，阳翟（今河南禹州）人。

【评析】

标题"语求肖似"，字面意思是语言逼真，说什么像什么；而实际上这是一篇谈艺术想象的妙文。妙在哪里？妙在李渔不但能把艺术家进行创造性想象时"为所欲为""畅所欲言"的自由驰骋的状态描绘得活灵活现，而且还特别妙在李渔揭示出艺术家进行想象时必须具有自觉控制的意识，所谓"设身处地"，代人"立心"。艺术想象看似无拘无束、绝对自由，"精骛八极，心游万彻"（陆机），"思接千载"，"视通万里"（刘勰），好像艺术家在想象时完全处于一种失去理智的无意识状态；实则自由并非绝对，疯狂却又清醒，无意识中有理智在，即刘勰所谓"神居胸臆，而志气统其关键；物沿耳目，而辞令管其枢机"。艺术想象是"醉"与"醒"的统一，是"有意识"与"无意识"的融合。

艺术想象好像作家放到空中的一只风筝，人们看到那风筝伴着蓝天白云，自由自在、随意飘弋；但是，在放那只"风筝"时，始终有一根线攥在作家手里，那"线"，就是自觉的"意识"和"理智"。艺术想象正如有位作家所言，有点像"打醉拳"，亦醉亦醒，半醉半醒，醒中有醉，醉中有醒，表面醉、内里醒。全醉，会失了拳的套数，打的不是"拳"；全醒，会失掉醉拳的灵气，醉意中"打"出来的风采和出乎意料的效果丢失殆尽。李渔既看到"醉"的一面，所谓"梦往神游"；也看到"醒"的一面，即作家对"梦往神游"的有意识控制。他认为作家必须清醒地为人物"立心"："立心端正者"，要"代生端正之想"；"立心邪辟者，我亦当舍经从权，暂为邪辟之思"。

这段话使我想起俄国大作家高尔基关于艺术想象的有关论述。高尔基在《论文学技巧》一文中比较科学家与文学家之不同时说："科学工作者研究公羊时，用不着想象自己也是一头公羊，但是文学家则不然：他虽慷慨，却必须想象自己是个吝啬鬼；他虽毫无私心，却必须觉得自己是个贪婪的守财奴；他虽意志薄弱，但却必须令人信服地描写出一个意志坚强的人。"你看，这两位不同民族、不同时代的艺术家，在谈到艺术想象时，几乎连用语都一样，真所谓英雄所见略同。然而，李渔却早高尔基近三百年。

由此，我惊叹李渔的才智。

词别繁减

传奇中宾白之繁，实自予始。海内知我者与罪我者半。知我者曰：从来宾白作说话观，随口出之即是，笠翁宾白当文章做，字字俱费推敲。从来宾白只要纸上分明，不顾口中顺逆，常有观刻本极其透彻，奏之场上便觉糊涂者，岂一人之耳目，有聪明、聋聩之分乎①？因作者只顾挥毫，并未设身处地，既以口代优人，复以耳当听者，心口相维②，询其好说不好说，中听不中听，此其所以判然之故也。笠翁手则握笔，口却登场，全以身代梨园，复以神魂四绕，考其关目，试其声音，好则直书，否则搁笔，此其所以观听咸宜也。

【注释】

①聩（kuì）：聋。

②维：联系。

罪我者曰：填词既曰"填词"，即当以词为主；宾白既名"宾白"，明言白乃其宾，奈何反主作客，而犯树大于根之弊乎？笠翁曰：始作俑者①，实实为予，责之诚是也。但其敢于若是，与其不得不若是者，则均有说焉。请先白其不得不若是者。前人宾白之少，非有一定当少之成格。盖彼只以填词自任，留余地以待优人，谓引商刻羽我为政②，饰听美观彼为政③，我以约略数言，示之以意，彼自能增益成文。如今世之演《琵琶》《西厢》《荆》《刘》《拜》《杀》等曲，曲则仍之，其间宾白、科诨等事，有几处合于原本，以寥寥数言塞责者乎？且作新与演旧有别。《琵琶》《西厢》《荆》《刘》《拜》《杀》等曲，家弦户诵已久，童叟男妇皆能备悉情由，即使一句宾白不道，止唱曲文，观者亦能默会，是其宾白繁减可不问也。至于新演一剧，其间情事，观者茫然；词曲一道，止能传声，不能传情。欲观者悉其颠末，洞其幽微，单靠宾白一着。予非不图省力，亦留余地以待优人。但优人之中，智愚不等，能保其增益成文者悉如作者之意，毫无赘疣蛇足于其间乎？与其留余地以待增，不若留余地以待减，减之不当，犹存作者深心之半，犹病不服药之得中医也④。此予不得不若是之故也。

【注释】

①始作俑者：开先例者。语出《孟子·梁惠王上》："仲尼曰：'始作俑者，其无后乎！'"

②引商刻羽：指填词作曲。为政：指主持政务，负责者。

③饰听美观彼为政：是说舞台表演是演员的事儿。听与观，指观众的观赏表演。饰与美，指演员"装饰"和"美化"自己的表演，以使观众更好地观赏。

④病不服药之得中医：古成语"有病不治，恒得中医"，是说不去看病有

不看病的好处，医生有好有坏，不看病至少不会碰到坏的医生，得其中也。《汉书·艺文志》："有病不治，常德中医。"

　　至其敢于若是者，则谓千古文章，总无定格，有创始之人，即有守成不变之人；有守成不变之人，即有大仍其意，小变其形，自成一家而不顾天下非笑之人。古来文字之正变为奇、奇翻为正者，不知凡几，吾不具论，止以多寡增益之数论之。《左传》《国语》，纪事之书也，每一事不过数行，每一语不过数字，初时未病其少；迨班固之作《汉书》，司马迁之为《史记》，亦纪事之书也，遂益数行为数十百行，数字为数十百字，岂有病其过多，而废《史记》《汉书》于不读者乎？此言少之可变为多也。诗之为道，当日但有古风，古风之体，多则数十百句，少亦十数句①，初时亦未病其多；迨近体一出，则约数十百句为八句；绝句一出，又敛八句为四句，岂有病其渐少，而选诗之家止载古风，删近体绝句于不录者乎？此言多之可变为少也。总之，文字短长，视其人之笔性。笔性遒劲者，不能强之使长；笔性纵肆者，不能缩之使短。文患不能长，又患其可以不长而必欲使之长。如其能长而又使人不可删逸，则虽为宾白中之古风《史》《汉》，亦何患哉？予则乌能当此，但为糠秕之导，以俟后来居上之人。

【注释】

①十数：翼圣堂本作"十数"，芥子园本作"数十"。

予之宾白，虽有微长，然初作之时，竿头未进①，常有当俭不俭，因留余幅以俟剪裁，遂不觉流为散漫者。自今观之，皆吴下阿蒙手笔也②。如其天假以年，得于所传十种之外③，别有新词，则能保为犬夜鸡晨④，鸣乎其所当鸣，默乎其所不得不默者矣。

【注释】

①竿头未进：指未达顶点。《景德传灯录》："百尺竿头须进步，十方世界是全身。"

②吴下阿蒙：喻学习不努力，学问粗浅。据说三国时吴人吕蒙少小不喜读书，经孙权劝说才知努力，鲁肃见此状曰："吾谓大弟但有武略耳，至于今昔，学识英博，非复吴下阿蒙。"（见《三国志·吴书·吕蒙传》裴松之注引《江表传》）

③十种：李渔有《笠翁十种曲》传世。但是他自己在另外的地方说，他有前后八种传奇，约十六种之多。

④犬夜鸡晨：犬守夜，鸡报晓。

【评析】

"词别繁简"和后面的"文贵洁净"，这两款前后照应，谈宾白如何做到

"繁""简"得当；其中道理也适用于整个戏曲和一切文章的写作。我又一次惊服李渔的高明！他的许多观点拿到今天也是十分精彩的。

何为"繁"，何为"简"？这不能简单地以文字多少而论。李渔有一句话说得特别好："多而不觉其多者，多即是洁；少而尚病其多者，少亦近芜。"譬如，由"诗三百"一般四言数句之"简"，到"楚辞"，特别是屈原《离骚》一般六言、七言，数十句、数百句之"繁"；由《左传》《国语》每事数行、每语数字之"简"，到《史记》《汉书》一事数百行，洋洋千言、万言之"繁"，人们既不感到前者太"少"，也并不觉得后者太"多"，这就是它们写得都很"洁净"、精粹，话说得得当，恰到好处，没有多余的东西。如果以为话说得愈多愈好，文章写得愈长愈好，"唱沙作米""强凫变鹤"，杂芜散漫，废话连篇，如现在某些电视连续剧那样，一集的内容硬拉为两集、三集，一部连续剧非要数十集、上百集才完，那真是读者和观众的灾难！

必须学会以"意则期多，字惟求少"的标准删改文章。李渔说："每作一段，即自删一段，万不可删者始存，稍有可删者即去。""凡作传奇，当于开笔之初，以至脱稿之后，隔日一删，逾月一改，始能淘沙得金……"鲁迅和许多外国大作家也说过差不多同样的话。鲁迅主张把一切多余的字、词、句都毫不可惜地删去，并且尽量不用形容词；宁肯把小说压缩为速写，绝不肯把速写拉成小说。列夫·托尔斯泰说："应该毫不惋惜地删去一切含糊、冗长、不恰当的地方"；"紧凑常常能使叙述显得更精彩。如果读者听到的是废话，他对它就不会注意了。"契诃夫说："写作的技巧，其实并不是写作的技巧，而是……删掉写得不好的地方的技巧"；"把每篇小说都改写五次，缩短它"；"写得有才

华就是写得短。"

修改和删节的结果，就是使得每个字、每个词、每句话，都用得是地方，即李渔所谓"犬夜鸡晨，鸣乎其所当鸣，默乎其所不得不默"。有时候，说不如不说，多说不如少说。列夫·托尔斯泰说："与其说得过分，不如说得不全。"语言的锤炼工夫是一个很苦的过程。福楼拜谈到他写作的情况时这样说："转折的地方，只有八行……却费了我三天。""已经快一个月了，我在寻找那恰当的四五句话。"中国古代诗人为了锤炼语言也费尽心机："两句三年得，一吟双泪流"（贾岛），"只将五字句，用破一生心"（李频），"吟安一个字，拈断数茎须"（卢延让），"日日为诗苦，谁论春与秋"（归仁和尚）。还有那个为写诗而呕心沥血的李贺。《新唐书·李贺传》中说，李贺每天一早骑一瘦马出门，一路吟哦，得句便写在纸条上投入囊中，暮归，再补足成一首首诗。他母亲十分心疼，说："是儿要呕出心乃已耳。"

字分南北

北曲有北音之字，南曲有南音之字，如南音自呼为
"我"，呼人为"你"，北音呼人为"您"，自呼为"俺"为
"咱"之类是也。世人但知曲内宜分，乌知白随曲转，不应
两截。此一折之曲为南，则此一折之白悉用南音之字；此一
折之曲为北，则此一折之白悉用北音之字。时人传奇多有混
用者，即能间施于净、丑，不知加严于生、旦；止能分用于
男子，不知区别于妇人。以北字近于粗豪，易入刚劲之口，
南音悉多娇媚，便施窈窕之人①。殊不知声音驳杂，俗语呼
为"两头蛮"，说话且然，况登场演剧乎？此论为全套南曲、
全套北曲者言之，南北相间，如《新水令》《步步娇》之类，
则在所不拘。

【注释】

①窈窕：（女子）文静而美好。《诗经·周南·关雎》有"窈窕淑女，君子
好逑"句。

【评析】

"字分南北"一款，说的是传奇宾白与唱词，语言风格须保持一致。他特
别提到"北曲"与"南曲"，人物说话、称呼，皆不同，唱词中人物用"北曲"
语言，则宾白亦用"北曲"语言；若是"南曲"，亦如此。不能混用，否则便
成为所谓"两头蛮"。这就是艺术的统一性。

文贵洁净

白不厌多之说，前论极详，而此复言洁净。洁净者，简省之别名也。洁则忌多，减始能净，二说不无相悖乎？曰：不然。多而不觉其多者，多即是洁；少而尚病其多者，少亦近芜。予所谓多，谓不可删逸之多，非唱沙作米、强凫变鹤之多也①。作宾白者，意则期多，字惟求少，爱虽难割，嗜亦宜专。每作一段，即自删一段，万不可删者始存，稍有可削者即去。此言逐出初填之际②，全稿未脱之先，所谓慎之于始也。然我辈作文，常有人以为非，而自认作是者；又有初信为是，而后悔其非者。文章出自己手，无一非佳；诗赋论其初成，无语不妙。迨易日经时之后，取而观之，则妍媸好丑之间，非特人能辨别，我亦自解雌黄矣③。此论虽说填词，实各种诗文之通病，古今才士之恒情也。凡作传奇，当于开笔之初，以至脱稿之后，隔日一删，逾月一改，始能淘沙得金，无瑕瑜互见之失矣。此说予能言之不能行之者，则人与我中分其咎④。予终岁饥驱，杜门日少，每有所作，率多草草成篇，章名急就，非不欲删，非不欲改，无可删可改之时也。每成一剧，才落毫端，即为坊人攫去，下半犹未脱稿，上半业已灾梨⑤；非止灾梨，彼佣工之捷足者，又复灾其肺肠，灾其唇舌，遂使一成不改，终为痼疾难医⑥。声伯云：文章至此，可称无翼而飞。"曲子相公"之不能收拾，即若是也。快哉！文人古今有几? 予非不务洁净，天实使之，谓之何哉！

【注释】

①唱沙作米、强凫变鹤：以少充多、强短为长。《南史·檀道济传》载，南朝（宋）檀道济领军，唱沙作米，以示粮足；《庄子·骈拇》："长者不为有余，短者不为不足，是故凫胫虽短，续之则忧；鹤胫虽长，断之则悲。"

②出：芥子园本作"出"，有的本子作"韶"，有的作"龆"。待推敲。

③雌黄：古人校书，常用雌黄涂改文字，故雌黄有涂改推敲文字之意。

④咎（jiù）：过错。

⑤灾梨：灾及梨木，即以梨木为板刻印发表。

⑥痼疾：芥子园本作"痼疾"，有的本子作"锢疾"。

【评析】

"文贵洁净"，说的是传奇语言一定要干净简洁，不啰嗦，不拖泥带水。李渔说的好："洁净者，简省之别名也。洁则忌多，减始能净。"作者往往舍不得割爱，"常有人以为非，而自认作是者；又有初信为是，而后悔其非者。文章出自己手，无一非佳；诗赋论其初成，无语不妙"。李渔劝作者一定要克服此种心理，把所有杂芜的东西全都删去，以洁净为贵。

意取尖新

"纤巧"二字，行文之大忌也，处处皆然，而独不戒于传奇一种。传奇之为道也，愈纤愈密，愈巧愈精。词人忌在老实，"老实"二字，即纤巧之仇家敌国也。然"纤巧"二字，为文人鄙贱已久，言之似不中听，易以"尖新"二字，则似变瑕成瑜。其实尖新即是纤巧，犹之暮四朝三①，未尝稍异。同一话也，以尖新出之，则令人眉扬目展，有如闻所未闻；以老实出之，则令人意懒心灰，有如听所不必听。白有尖新之文，文有尖新之句，句有尖新之字，则列之案头，不观则已，观则欲罢不能；奏之场上，不听则已，听则求归不得。尤物足以移人②，"尖新"二字，即文中之尤物也。

【注释】

①暮四朝三：《庄子·齐物论》中讲一个人用"芧"喂猕猴，说"朝三而暮四"，众猴皆怒；说"朝四而暮三"，则众猴皆喜。只是换一个说法，实质未变。

②尤物：特美之女子。《左传·昭公二十八年》："夫有尤物，足以移人。"

【评析】

"尖新"，按李渔自己的解释，与"纤巧"意思相同，"传奇之为道也，愈纤愈密，愈巧愈精"；"尖新"，又是对"老实"而言，"词人忌在'老实'，'老实'二字，即纤巧之仇家敌国也"；其实，依李渔一贯的思想，"尖新"还有一个重要意思，即新鲜而不陈腐，生动活泼，富有表现力、吸引力和感染力。李渔之"尖新"，含有王骥德《曲律·论句法第十七》之"溜亮""轻俊""新采""芳润"等意思在内，趣味十足，令人眉扬目展。好的戏剧，不论唱词还是宾白，都应该是"机趣""尖新"的。例如老舍《茶馆》第二幕中一段台词：唐铁嘴对王利发说："我已经不抽大烟了！"王利发对此很惊讶："真的？你可要发财了！"接下去唐铁嘴的台词可谓"尖新""机趣"："我改抽'白面'啦。你看，哈德门烟又长又松，一顿就空出一大块，正好放'白面儿'。大英帝国的烟，日本的'白面儿'，两大强国侍候着我一个人，这点福气还小吗？"

少用方言

填词中方言之多，莫过于《西厢》一种，其余今词古曲，在在有之。王宓草云：石破天惊，轰雷四起。非止词曲，即《四书》之中，《孟子》一书亦有方言，天下不知而予独知之，予读《孟子》五十余年不知，而今知之，请先毕其说。儿时读"自反而缩，虽褐宽博，吾不惴焉"[①]，观朱注云："褐，贱者之服；宽博，宽大之衣。"心甚惑之。因生南方，南方衣褐者寡，间有服者，强半富贵之家，名虽褐而实则绒也。因讯蒙师，谓褐乃贵人之衣，胡云贱者之服？既云贱衣[②]，则当从约，短一尺，省一尺购办之资，少一寸，免一寸缝纫之力，胡不窄小其制而反宽大其形，是何以故？师默然不答。再询，则顾左右而言他[③]。具此狐疑，数十年未解。及近游秦塞，见其土著之民，人人衣褐，无论丝罗罕觏[④]，即见一二衣布者，亦类空谷足音。因地寒不毛，止以牧养自

活，织牛羊之毛以为衣，又皆粗而不密，其形似毯，诚哉其
为贱者之服，非若南方贵人之衣也！又见其宽则倍身，长复
扫地。即而讯之，则曰："此衣之外，不复有他，衫裳襦裤，
总以一物代之，日则披之当服，夜则拥以为衾，非宽不能周
遭其身，非长不能尽覆其足。《鲁论》'必有寝衣，长一身有
半'⑤，即是类也。"予始幡然大悟曰："太史公著书，必游名
山大川，其斯之谓欤！"盖古来圣贤多生西北，所见皆然，
故方言随口而出。朱文公南人也⑥，彼乌知之？胆大包身，始能
发此快论。然有此识，方有此胆，胆亦不易大也。故但释字义，不求甚
解，使千古疑团，至今未破，非予远游绝塞，亲觏其人，乌
知斯言之不谬哉？

【注释】

①"自反而缩"三句：语见《孟子·公孙丑上》。原文是"自反而不缩，
虽褐宽博，吾不惴焉"（杨伯峻译文：反躬自问，正义不在我，对方纵是卑贱
的人，我不去恐吓他）。不惴，不使他惧怕。

②贱衣：有的本子作"贱矣"。

③顾左右而言他：躲避正面回答问题。语见《孟子·梁惠王下》。

④觏（gòu）：遇见。

⑤《鲁论》：鲁派《论语》。"必有寝衣"二句：《论语·乡党》："必有寝衣，
长一身有半。"寝衣，即被，长度是身长的一又二分之一。

⑥朱文公：朱熹（1130—1200），字元晦，号晦庵，徽州婺源（今属江西）人。南宋理学家，宋代理学的集大成者，绍兴十八年（1148）中进士，历仕高宗、孝宗、光宗、宁宗四朝，嘉定二年（1209）诏赐遗表恩泽，谥曰文，故称朱文公。

　　由是观之，《四书》之文犹不可尽法，况《西厢》之为词曲乎？凡作传奇，不宜频用方言，令人不解。近日填词家，见花面登场悉作姑苏口吻①，遂以此为成律，每作净、丑之白，即用方言，不知此等声音，止能通于吴、越，过此以往，则听者茫然。传奇天下之书，岂仅为吴、越而设？至于他处方言，虽云入曲者少，亦视填词者所生之地。如汤若士生于江右②，即当规避江右之方言，粲花主人吴石渠生于阳羡③，即当规避阳羡之方言。盖生此一方，未免为一方所囿。有明是方言，而我不知其为方言，及入他境，对人言之而人不解，始知其为方言者。诸如此类，易地皆然。欲作传奇，不可不存桑弧蓬矢之志④。

【注释】

①姑苏：今江苏苏州姑苏区。

②江右：长江之右，指长江以西地区，古人以西为右。汤显祖是临川（今属江西）人，故称江右。

③吴石渠：名炳（1595—1645），号粲花主人，江苏阳羡（今江苏宜兴）人。明末戏曲家，著有传奇《画中人》《西园记》《情邮记》《绿牡丹》《疗妒羹》等，称为《粲花五种》。

④桑弧蓬矢之志：古代诸侯生子仪式，桑作弓蓬作箭，射向四方，象征志在四方。

【评析】

使用方言，的确是一个值得讨论的问题。李渔当年不主张使用方言，是为了戏曲能够让不同地区的观众都听得懂："凡作传奇，不宜频用方言，令人不解。近日填词家，见花面登场悉作姑苏口吻，遂以此为成律，每作净、丑之白，即用方言，不知此等声音，止能通于吴、越，过此以往，则听者茫然。传奇天下之书，岂仅为吴、越而设？"

令人感兴趣的还有李渔在这一款无意中触及了创作的一个重要问题，用我们今天的话来说就是：生活是创作的源泉。他是从对《孟子》中"褐"字如何释义悟出这个道理来的。李渔认为连博学如朱熹者，对"褐"字也未能甚解，原因何在？在于朱熹生活在南方而不了解北方的生活。李渔游历西北，见"土著之民，人人衣褐"，才知道《孟子》"自反而缩，虽褐宽博，吾不惴焉"中"褐"之真义。原来，当地土著，以此一物而总"衫裳襦裤"之用，"日则披之当服，夜则拥以为衾"，是以"宽博"。由此，李渔幡然大悟："太史公著书，必游名山大川，其斯之谓欤！"创作无诀窍，生活是基础。大约古今中外概莫能外。

时防漏孔

一部传奇之宾白，自始自终，奚啻千言万语①。多言多失，保无前是后非、有呼不应、自相矛盾之病乎？如《玉簪记》之陈妙常，道姑也，非尼僧也，其白云"姑娘在禅堂打坐"，其曲云"从今孽债染缁衣"，"禅堂""缁衣"皆尼僧字面，而用入道家，有是理乎？诸如此类者，不能枚举。总之，文字短少者易为检点，长大者难于照顾。吾于古今文字中，取其最长最大，而寻不出纤毫渗漏者，惟《水浒传》一书。设以他人为此，几同筼篱贮水，珠箔遮风，出者多而进者少，岂止三十六个漏孔而已哉！

【注释】

①奚啻（chì）：哪里止于。奚，疑问词。啻，仅仅，只有。

【评析】

智者千虑，亦难免有失。对李渔"时防漏孔"款所批评的《玉簪记》中陈妙常本道姑而用"尼僧字面"，清乾嘉间著名学者焦循（1763—1820）在《剧说》卷二中提出了不同意见："陈为尼，而《玉簪》作道姑，盖以尼为剪发，于当场为不雅，本元人郑采作道姑耳。乃其曲'从今孽债染缁衣'，又云'姑娘在禅堂打坐'，则隐寓其为尼也。笠翁视之非是。"焦循所说很有道理。这与德国学者莱辛《拉奥孔》中所说绘画、雕刻为避免视觉上过于刺激而把拉奥孔被巨蛇缠杀画面做缓和处理是同一个道理。莱辛认为，"表达物体美是绘画

的使命"，美（此处着重讲视觉上的美）是造型艺术的最高法律；而在文学中
则可以处理得更为激烈。

上海古籍出版社 2000 年版江巨荣、卢寿荣校注本《闲情偶寄》第 73 页将
此注出，很好。今作说明，兹不掠美。

科诨第五

插科打诨，填词之末技也，然欲雅俗同欢，智愚共赏，
则当全在此处留神。文字佳，情节佳，而科诨不佳①，非特
俗人怕看，即雅人韵士，亦有瞌睡之时。作传奇者，全要善
驱睡魔，睡魔一至，则后乎此者虽有《钧天》之乐、《霓裳羽
衣》之舞②，皆付之不见不闻，如对泥人作揖、土佛谈经矣。
予尝以此告优人，谓戏文好处，全在下半本。只消三两个瞌
睡，便隔断一部神情，瞌睡醒时，上文、下文已不接续，即
使抖起精神再看，只好断章取义，作零出观。若是，则科诨
非科诨，乃看戏之人参汤也。养精益神，使人不倦，全在于
此，可作小道观乎？

【注释】

①科：古代戏曲剧本指示角色动作的用语。诨：诙谐逗趣的话。

②《钧天》：神话中天上的音乐《钧天广乐》的简称。《霓裳羽衣》：唐代

著名歌舞，白居易《长恨歌》曾写及，已见前注。

【评析】

"插科打诨"说的是传奇演员在舞台表演的时候穿插进去许多引人发笑的动作和语言。这个术语来自明代高明《琵琶记·报告戏情》："休论插科打诨，也不寻宫数调，只看子孝与妻贤。"戏曲中插科打诨并非"小道"，也非易事。李渔《科诨第五》"贵自然"款中把它比作"看戏之人参汤"，乃取其"养精益神"之意。这个比喻虽不甚确切，却很有味道。科诨是什么？表面看来，就是逗乐、调笑；但是，往内里想想，其中有深意存焉。

人生有悲有喜，有哭有笑。悲和哭固然是免不了的，喜和笑也是不可缺少的。试想，如果一个人不会笑、不懂得笑，那将何等悲哀、何等乏味？会笑乃是人生的一种财富。戏剧的功能之一就是娱乐性；娱乐，就不能没有笑。戏曲中的笑（包括某部戏中的插科打诨，也包括整部喜剧），说到底也是基于人的本性。但是，它有一个最低限，那就是经过戏曲家的艺术创造，它必须是具有审美意味的、对人类无害有益的。这是戏曲

中笑的起跑线。从这里起跑，戏曲家有着无限广阔的创造天地，可以是低级的滑稽，可以是高级的幽默，可以是正剧里偶尔出现的笑谑（插科打诨），可以是整部精彩的喜剧……当然，不管是什么情况，观众期盼着的都是艺术精品，是戏曲作家和演员的"绝活"。

　　李渔在《科诨第五》的四款中所探讨的就是这个范围里的部分问题。前两款，"戒淫亵"和"忌俗恶"，是从反面对科诨提出的要求，并具体指示了克服这类恶俗的方法；戏曲的确应该避免低级下流和庸俗不堪——这个问题现在仍然是需要注意的。后两款，"重关系"和"贵自然"，是从正面对科诨提出的要求，要提倡寓意深刻和自然天成，"我本无心说笑话，谁知笑话逼人来"。他所举"简雍之说淫具"和"东方朔之笑彭祖面长"，雅俗共赏，非常有趣，的确是令人捧腹的好例子。

戒淫亵

　　戏文中花面插科，动及淫邪之事，有房中道不出口之话，公然道之戏场者。无论雅人塞耳，正士低头，惟恐恶声之污听，且防男女同观，共闻亵语，未必不开窥窃之门①，郑声宜放，正为此也。不知科诨之设，止为发笑，人间戏语尽多，何必专谈欲事？即谈欲事，亦有"善戏谑兮，不为虐兮"之法②，何必以口代笔，画出一幅春意图，始为善谈欲事者哉？人问：善谈欲事，当用何法？请言一二以概之。予曰：如说口头俗语，人尽知之者，则说半句，留半句，或说一句，留一句，令人自思。则欲事不挂齿颊，而与说出相同，此一法也。如讲最亵之话虑人触耳者，则借他事喻之，言虽在此，意实在彼，人尽了然，则欲事未入耳中，实与听见无异，此又一法也。得此二法，则无处不可类推矣。

【注释】

①窥窃：男女情爱之事。

②"善戏谑（xuè）兮"二句：善于开玩笑，不过分。语出《诗经·卫风·淇奥》："善戏谑兮，不为虐兮。"戏谑，开玩笑。虐，过分。

【评析】

"戒淫亵"和下一款"忌俗恶"，是从反面对科诨提出的要求，即戏曲应该避免低级下流和庸俗不堪。李渔认为，戏曲不能用些"脏话"和"脏事"（不堪入目的动作）来引人发笑，这实在是应该禁戒的恶习。

忌俗恶

科诨之妙，在于近俗，而所忌者，又在于太俗。不俗则类腐儒之谈，太俗即非文人之笔。吾于近剧中，取其俗而不俗者，《还魂》而外，则有《粲花五种》①，皆文人最妙之笔也。《粲花五种》之长，不仅在此，才锋笔藻，可继《还魂》，其稍逊一等者，则在气与力之间耳。《还魂》气长，《粲花》稍促；《还魂》力足，《粲花》略亏。虽然，汤若士之"四梦"②，求其气长力足者，惟《还魂》一种，其余三剧则与《粲花》并肩。使粲花主人及今犹在，奋其全力，另制一种新词，则词坛赤帜③，岂仅为若士一人所攫哉？所恨予生也晚，不及与二老同时。他日追及泉台④，定有一番倾倒，必不作妒而欲杀之状，向阎罗天子掉舌，排挤后来人也。

【注释】

①《粲花五种》：晚明戏曲家吴炳（1590—1648）所作传奇五种《画中人》《疗妒羹》《绿牡丹》《西园记》和《情邮记》，合称《粲花五种》或《粲花斋五种曲》。

②汤若士之"四梦"：汤显祖之《牡丹亭》《邯郸记》《南柯记》《紫钗记》四剧都写到梦，世称"四梦"。

③赤帜：《史记·淮阴侯列传》中韩信与赵王战，"拔赵帜立汉赤帜"，因而"赤帜"表示胜利的旗帜。

④泉台：九泉之下，坟墓。

【评析】

"忌俗恶"这一款，李渔要求科诨语言既要"近俗"，又不要"太俗"，二者之间有一个"度"。优秀的戏曲家总是能够恰如其分地掌握这个"度"，某些戏曲家的毛病则在于失"度"而流于下流和庸俗，这是科诨之忌。

重关系

"科诨"二字，不止为花面而设，通场脚色皆不可少。

生、旦有生、旦之科诨，外、末有外、末之科诨，净、丑之科诨则其分内事也。然为净、丑之科诨易，为生、旦、外、末之科诨难。雅中带俗，又于俗中见雅；活处寓板，即于板处证活。此等虽难，犹是词客优为之事。所难者，要有关系。关系维何？曰：于嘻笑诙谐之处，包含绝大文章；使忠孝节义之心，得此愈显。如老莱子之舞斑衣①，简雍之说淫具②，东方朔之笑彭祖面长③，此皆古人中之善于插科打诨者也。作传奇者，苟能取法于此，是科诨非科诨，乃引人入道之方便法门耳。

【注释】

①老莱子之舞斑衣：传说老莱子年七十，为娱双亲而着五彩斑衣、作婴儿状，戏舞于父母面前。

②简雍之说淫具：简雍是三国时刘备的谈客，据《三国志·蜀书·简雍传》，刘备拜简雍为昭德将军。时天旱禁酒，凡酿酒者处以刑罚。简雍与刘备游观，路上见一对男女，简雍对刘备说："他们要行淫，为什么不抓起来？"刘备曰："你怎么知道他们行淫？"简雍对曰："他们有行淫之具，与欲酿者同。"刘备大笑，而原谅"欲酿"者。

③东方朔之笑彭祖面长：东方朔（前154—前93），汉武帝之臣属，本姓张，字曼倩，善词赋，颇有政治才能，但汉武帝始终把他当俳优看待，不得重用。他性格诙谐，言词敏捷，滑稽多智，常在武帝前谈笑取乐。下面"贵自

然"一款中李渔所述东方朔说"人中"的笑话,《史记·滑稽列传》和《汉书·东方朔传》皆未查到,不知出于何处。

【评析】

"重关系"和下一款"贵自然",是从正面对科诨提出的要求。他所谓"重关系",是要求"于嬉笑诙谐之处,包含绝大文章;使忠孝节义之心,得此愈显",嬉笑之中含有深意。

贵自然

科诨虽不可少,然非有意为之。如必欲于某折之中,插入某科诨一段,或预设某科诨一段,插入某折之中,则是觅妓追欢,寻人卖笑,其为笑也不真,其为乐也亦甚苦矣。妙在水到渠成,天机自露。"我本无心说笑话,谁知笑话逼人来",斯为科诨之妙境耳。如前所云简雍说淫具,东方朔笑彭祖,即取二事论之。蜀先主时,天旱禁酒,有吏向一人家索出酿酒之具,论者欲置之法。雍与先主游,见男女各行道上,雍谓先主曰:"彼欲行淫,请缚之。"先主曰:"何以知其行淫?"雍曰:"各有其具,与欲酿未酿者同，是以知之。"先主大笑，而释蓄酿具者。汉武帝时，有善相者，谓人中长一寸①，寿当百岁。东方朔大笑，有司奏以不敬。帝责之，朔曰："臣非笑陛下，乃笑彭祖耳。人中一寸则百岁，彭祖岁八百，其人中不几八寸乎？人中八寸，则面几长一丈矣，是以笑之。"此二事，可谓绝妙之诙谐，戏场有此，岂非绝妙之科诨？然当时必亲见男女同行，因而说及淫具；必亲听人中一寸寿当百岁之说，始及彭祖面长，是以可笑，是以能悟人主②。如其未见未闻，突然引此为喻，则怒之不暇，笑从何来？笑既不得，悟从何有？此即贵自然、不贵勉强之明证也。吾看演《南西厢》，见法聪口中所说科诨，迂奇诞妄，不知何处生来，真令人欲逃欲呕，而观者、听者绝无厌倦之色，岂文章一道，俗则争取，雅则共弃乎？

【注释】

①人中：面部上唇正中的一个穴位。

②悟：使动用法。使……悟。

【评析】

"贵自然"，是提倡科诨要自然天成，"我本无心说笑话，谁知笑话逼人来"。他所举"简雍之说淫具"和"东方朔之笑彭祖面长"，意味深长，雅俗共赏，非常有趣，的确是令人捧腹的好例子。

格局第六

　　传奇格局，有一定而不可移者，有可仍可改，听人自为政者。开场用末①，冲场用生；开场数语，包括通篇，冲场一出，蕴酿全部，此一定不可移者。开手宜静不宜喧，终场忌冷不忌热，生、旦合为夫妇，外与老旦非充父母即作翁姑，此常格也。然遇情事变更，势难仍旧，不得不通融兑换而用之，诸如此类，皆其可仍可改，听人为政者也。近日传奇，一味趋新，无论可变者变，即断断当仍者，亦加改窜，以示新奇。予谓文字之新奇，在中藏，不在外貌，在精液，不在渣滓，犹之诗赋古文以及时艺，其中人才辈出，一人胜似一人，一作奇于一作，然止别其词华，未闻异其资格。有以古风之局而为近律者乎？有以时艺之体而作古文者乎？绳墨不改，斧斤自若，而工师之奇巧出焉。行文之道，亦若是焉。

【注释】

　　①末：元杂剧和明清传奇的角色行当，主要有生、末、净、旦、丑，还有外，末扮演中年男子，生主要扮演青年男子，外主要扮演老年男子。

【评析】

　　谈到"格局"，中国戏曲与西洋戏剧虽有某些相近的地方，但又显出自己的民族特色。一部完整的戏剧，总是有"开端""进展""高潮""结尾"等几个部分，无论中国戏曲还是西洋戏剧大致都如此。但是如何"开端"，如何"进展"，"高潮"是怎样的，"结尾"又是何种样态，中、西又有明显的不同。李渔《格局第六》中所谈五款"家门""冲场""出脚色""小收煞""大收煞"，总结的纯粹是中国戏曲的艺术经验。其中，"家门"和"冲场"，谈戏曲的"开端"；"出脚色"涉及戏曲"进展"中的问题；"小收煞"和"大收煞"谈戏曲的"结尾"。与西洋戏剧相比，不但这里所用的术语很特别，而且内涵也大相径庭。

我们不妨将二者加以对照。

西洋戏剧的所谓"开端"，是指"戏剧冲突的开端"，而不是中国人习惯上的那种"故事的开端"。开端之后随着冲突的迅速展开和进展很快就达到高潮，而高潮是冲突的顶点，也就意味着冲突的很快解决，于是跟着高潮马上就是结尾。例如古希腊著名悲剧《俄狄浦斯王》，开端是忒拜城发生大瘟疫，冲突很快展开并迅速进展，马上就要查出造成瘟疫的原因——找到杀死前国王的凶手，而找到凶手（俄狄浦斯王自己），也就是高潮，紧接着就是结尾，全剧结束，显得十分紧凑。至于故事的全过程，冲突的"前史"，如俄狄浦斯王从出生到弑父、娶母、生儿育女……则在剧情发展中通过人物之口补叙。易卜生的《玩偶之家》更是善于从收场处开幕，然后再用简短的台词说明过去的事件。全剧从开端到结尾，写了两天多一点时间，冲突展开得很迅速，高潮后也不拖泥带水。

一部西洋戏剧，其舞台时间一般都只有两三个小时，戏剧家就要让观众在这两三个小时内，看到一个戏剧冲突从开端到结尾的全过程。所以，西方戏剧家写戏，认为关键在于找到戏剧冲突，特别要抓住冲突的高潮。而高潮又总是连着结尾。找到冲突的高潮和冲突的解决（结尾），一部戏剧自然也就瓜熟蒂落。因此，西方戏剧家往往从结尾写起。美国剧论家约翰·霍华德·劳逊《戏剧与电影的剧作理论与技巧》中介绍了一些戏剧作家的写作经验谈。小仲马说："除非你已经完全想妥了最后一场的运动和对话，否则不应动笔。"伊·李果夫说："你问我怎样写戏，回答是从结尾开始。"皮·惠尔特说："在结尾处开始，再回溯到开场处，然后再动笔。"这样写出来的戏，其格局的各个环节自然连接得十分紧密。

但是，中国人的审美习惯则不同。中国人喜欢看有头有尾的故事。所以，中国戏曲作家写戏，往往着重寻找一个有趣的、有意义的故事，而不是像西方戏剧家那样着眼于冲突。中国戏曲当然不是不要冲突，而是让冲突包含在故事之中；西洋戏剧当然也不是不要故事，而是在冲突中附带展开故事。由此，中国戏曲的开场（开端）往往不是像西洋戏剧那样从戏剧冲突的开端开始，而是从整个故事的开端开始。李渔所说的"家门""冲场"，就是通过演员出场自报家门和定场诗、定场白，或"明说"或"暗射"，以引起故事的开头。中国戏曲，特别是宋元南戏和明清传奇，叙述故事总是从开天辟地讲起，而且故事情节进展较慢，开端离高潮相当远，结尾又离高潮相当远，一部传奇往往数十出，还要分上半部、下半部，整部戏演完，费时十天半月是常事，这就像中国数千年的农业社会那样漫长。

例如，李渔自己的传奇《比目鱼》，从开端到矛盾冲突展开到高潮（谭楚玉、刘藐姑二人双双殉情），演了整整十六出戏；然而达到高潮只是戏的上半部，高潮之后又敷衍出许多情节，最后才走到结尾——这下半部又是整整

十六出戏。所以，看中国戏，
性急不得，你得慢悠悠耐着
性子来，骑驴看唱本——慢
慢走来慢慢瞧。正因为中国
戏曲从开头到结尾如此漫长，
并且分上半部、下半部，所
以，在上半部之末，有一个
小结尾，"暂摄情形，略收锣
鼓，名为'小收煞'"，并且，
通过"小收煞"留下一个"悬
念""扣子"，"令人揣摩下

文"，增加吸引力。这在西洋戏剧中是根本没有的。在全剧终了，又有一个总
的大团圆的喜剧结尾，叫做"大收煞"。中国戏曲多喜剧、多喜剧结尾，而西
洋戏剧多悲剧、多悲剧结尾。

　　说到中国追求"中和"而西方讲究"对立"，又引出中国戏曲与西洋戏剧
"高潮"的差别。因追求"中和"，中国戏曲的"高潮"，往往更多地表现为矛
盾激化中情感运行的内涵式的"情感高潮"；因讲究"对立"，西洋戏剧的"高
潮"，往往更多地表现为戏剧冲突逻辑发展中外露型的"逻辑高潮"。细细考
察，中西戏剧的一系列差别，深深扎根于其各自民族文化和审美心理结构的底
层差异。

　　这是一个大题目，需要专门研究。

家门

开场数语，谓之"家门"①。虽云为字不多，然非结构已完、胸有成竹者，不能措手。即使规模已定，犹虑做到其间，势有阻挠，不得顺流而下，未免小有更张，是以此折最难下笔。如机锋锐利，一往而前，所谓信手拈来，头头是道，则从此折做起；不则姑缺首篇，以俟终场补入。犹塑佛者不即开光②，画龙者点睛有待③，非故迟之，欲俟全像告成，其身向左则目宜左视，其身向右则目宜右观，俯仰低徊，皆从身转，非可预为计也。此是词家讨便宜法，开手即以告人，使后来作者未经捉笔，先省一番无益之劳，知笠翁为此道功臣，凡其所言，皆真切可行之事，非大言欺世者比也。未说家门，先有一上场小曲，如《西江月》《蝶恋花》之类，总无成格，听人拈取。此曲向来不切本题，止是劝人对酒忘忧、逢场作戏诸套语。予谓词曲中开场一折，即古文之冒头④，时文之破题⑤，务使开门见山，不当借帽覆顶。即将本传中立言大意，包括成文，与后所说家门一词相为表里。前是暗说，后是明说，暗说似破题，明说似承题⑥，如此立格，始为有根有据之文。场中阅卷，看至第二三行而始觉其好者，即是可取可弃之文；开卷之初，能将试官眼睛一把拿住，不放转移，始为必售之技。王左车云：先生之文，篇篇若是；先生之书，部部若是。所谓现身说法者也。

【注释】

①家门：明清戏曲（如传奇）一般先以副末登场说的几句话，简述写作缘起和剧情，称为家门。

②开光：此指佛像雕塑完成后，举行仪式，开始供奉。

③画龙者点睛有待：南朝梁武帝时，画家张僧繇在金陵安乐寺画四龙，其中两龙点睛后飞走，未点睛者仍留在壁上（见唐张彦远《历代名画记》）。

④冒头：作古文时的开端、引子之类。

⑤破题：作时文（应科举试）的起首数语，点破题目。

⑥承题：作时文，第二部分承接破题而往下写，谓之承题。

　　吾愿才人举笔，尽作是观，不止填词而已也。元词开场，止有冒头数语，谓之"正名"①，又曰"楔子"②，多则四句，少则二句，似为简捷。然不登场则已，既用副末上场，脚才点地，遂尔抽身，亦觉张皇失次。增出家门一段，甚为有理。然家门之前，另有一词，今之梨园皆略去前词，只就家门说起，止图省力，埋没作者一段深心。大凡说话作文，同是一理，入手之初，不宜太远，亦正不宜太近。文章所忌者，开口骂题，便说几句闲文，才归正传，亦未尝不可，胡遽惜字如金，而作此卤莽灭裂之状也？作者万勿因其不读而作省文。至于末后四句，非止全该③，又宜别俗。元人楔子，太近老实，不足法也。

【注释】

①正名：元杂剧开首用以总括全剧的或一联或两联的对句，末句即剧名全称。

②楔子：元杂剧结构中四折之外的情节段落，或在剧首，或在剧中。李渔把正名与楔子等同，不妥。

③全该：概括完备。该，完备，兼备。

【评析】

李渔所谈"家门"和"冲场"，即戏曲的"开端"。"家门"就是通过演员出场自报家门，以引起故事的开头。李渔认为"家门"很重要，"虽云为字不多，然非结构已完、胸有成竹者，不能措手"，"此折最难下笔"，"开卷之初，能将试官眼睛一把拿住，不放转移，始为必售之技"；而且"务使开门见山，不当借帽覆顶"。

冲场

开场第二折，谓之"冲场"。冲场者，人未上而我先上也，必用一悠长引子①。引子唱完，继以诗词及四六排语，谓之"定场白"，言其未说之先，人不知所演何剧，耳目摇摇，得此数语，方知下落，始未定而今方定也。此折之一引一词，较之前折家门一曲，犹难措手。务以寥寥数言，道尽本人一腔心事，又且蕴酿全部精神，犹家门之括尽无遗也。同属包括之词，而分难易于其间者，以家门可以明说，而冲场引子及定场诗词全用暗射②，无一字可以明言故也。非特一本戏文之节目全于此处埋根，而作此一本戏文之好歹，亦即于此时定价。何也？开手笔机飞舞，墨势淋漓，有自由自得之妙，则把握在手，破竹之势已成，不忧此后不成完璧。如此时此际文情艰涩，勉强支吾，则朝气昏昏，到晚终无晴色，不如不作之为愈也。然则开手锐利者宁有几人？不几阻抑后辈，而塞填词之路乎？曰：不然。有养机使动之法在：如入手艰涩，姑置勿填，以避烦苦之势；自寻乐境，养动生机，俟襟怀略展之后，仍复拈毫，有兴即填，否则又置，如是者数四，未有不忽撞天机者。若因好句不来，遂以俚词塞责，则走入荒芜一路，求辟草昧而致文明③，不可得矣。

【注释】

①引子：人物上场所唱之曲，常为散板，唱腔悠长，故曰"悠长引子"。

②暗射：暗里点破。

③草昧（mèi）：未开化的状态。

【评析】

李渔认为，"冲场"就是人未上而我先上；人物上来，唱引子，继以定场白，把所演何剧，以数语而明其下落，为全剧定位。"冲场"往往放在第二折。"家门"与"冲场"的区别在于，前者可以明说，而后者全用暗射。李渔说，"冲场"比"家门"更难措手：它必须"以寥寥数言，道尽本人一腔心事，又且蕴酿全部精神"。

出脚色

本传中有名脚色，不宜出之太迟。如生为一家，旦为一家，生之父母随生而出，旦之父母随旦而出，以其为一部之主，余皆客也。虽不定在一出二出，然不得出四五折之后。太迟则先有他脚色上场，观者反认为主，及见后来人，势必反认为客矣。即净、丑脚色之关乎全部者，亦不宜出之太迟。善观场者，止于前数出所见，记其人之姓名；十出以后，皆是枝外生枝，节中长节，如遇行路之人，非止不问姓字，并形体面目皆可不必认矣。

【评析】

"出脚色"涉及戏曲"进展"的问题。脚色的出场是有讲究的，李渔认为一部戏的主要脚色，不宜出之太迟，不然，先有其他脚色上场，观者反认为主，及至主要脚色上场，势必反认为客了。即使其他脚色之关乎全局者，也不宜出之太迟。

小收煞

上半部之末出，暂摄情形，略收锣鼓，名为"小收煞"①。宜紧忌宽，宜热忌冷，宜作郑五歇后②，令人揣摩下文，不知此事如何结果。如做把戏者，暗藏一物于盆盎衣袖之中，做定而令人射覆③，此正做定之际，众人射覆之时也。戏法无真假，戏文无工拙，只是使人想不到、猜不着，便是好戏法、好戏文。猜破而后出之，则观者索然，作者赧然④，不如藏拙之为妙矣。

【注释】

①小收煞：传奇结构分为上下部，上部结尾告一段落，为"小收煞"。

②郑五歇后：唐人郑綮作诗多用歇后语，时称"郑五歇后体"。

③射覆：古代游戏。置物于覆器之下"令暗射之"（令人猜度）。《汉书·东方朔传》颜师古注："于覆器之下而置诸物，令暗射之，故云射覆。"

④赧（nǎn）然：难为情的样子。

【评析】

"小收煞"和"大收煞"谈戏曲的"结尾"。中国戏曲之情节进展慢，故事长，一部戏往往数十出，要分上半部、下半部，所以，在上半部之末，有一个小结尾，"暂摄情形，略收锣鼓，名为'小收煞'"。通过"小收煞"留下一个"悬念""扣子"，"令人揣摩下文"，增加吸引力。

大收煞

全本收场，名为"大收煞"。此折之难，在无包括之痕，而有团圆之趣。如一部之内，要紧脚色共有五人，其先东西南北各自分开，至此必须会合。此理谁不知之？但其会合之故，须要自然而然，水到渠成，非由车戽①。最忌无因而至，突如其来，与勉强生情，拉成一处，令观者识其有心如此，与恕其无可奈何者，皆非此道中绝技，因有包括之痕也。骨肉团聚，不过欢笑一场，以此收锣罢鼓，有何趣味？水穷山尽之处，偏宜突起波澜，或先惊而后喜，或始疑而终信，或喜极信极而反致惊疑，务使一折之中，七情俱备，始为到底不懈之笔，愈远愈大之才，所谓有团圆之趣者也。予训儿辈，尝云："场中作文，有倒骗主司入彀之法②：开卷之初，当以奇句夺目，使之一见而惊，不敢弃去，此一法也；终篇之际，当以媚语摄魂，使之执卷留连，若难遽别，此一法也。"收场一出，即勾魂摄魄之具，使人看过数日，而犹觉声音在耳、情形在目者，全亏此出撒娇，作"临去秋波那一转"也③。

【注释】

①车戽（hù）：用水车汲水。戽，汲。

②入彀（gòu）：进入射程范围之内。彀，使劲张弓。彀中，射程范围之内。

③临去秋波那一转：语见《西厢记》第一本张生初见莺莺，莺莺临走回头一望，使张生觉得收魂摄魄，唱词中有"临去秋波那一转"。

【评析】

中国戏曲在全剧终了时，有一个总的结尾，叫做"大收煞"。中国人喜欢看大团圆的结局，因此，"大收煞"如李渔所说要追求"团圆之趣"，所谓"一部之内，要紧脚色共有五人，其先东西南北各自分开，至此必须会合"。这种大团圆结局一般是一种喜剧收场，即使是悲剧，也往往硬是来一个喜剧结尾。这也许是因为中国人的心太善，看不得悲惨场面，最向往美好结局；也许与中国传统中一贯追求的"中和"境界有关。不管怎样，在这一点上，中国戏曲与西洋戏剧讲究对立斗争、喜爱悲剧又有明显不同。中国戏曲多喜剧、多喜剧结尾，而西洋戏剧多悲剧、多悲剧结尾。

填词余论

读金圣叹所评《西厢记》，能令千古才人心死。夫人作文传世，欲天下后代知之也，且欲天下后代称许而赞叹之也。殆其文成矣，其书传矣，天下后代既群然知之，复群然称许而赞叹之矣，作者之苦心，不几大慰乎哉？予曰：未甚慰也。誉人而不得其实，其去毁也几希①。但云千古传奇当推《西厢》第一，而不明言其所以为第一之故，是西施之美，不特有目者赞之，盲人亦能赞之矣。自有《西厢》以迄于今，四百余载推《西厢》为填词第一者，不知几千万人，而能历指其所以为第一之故者，独出一金圣叹。是作《西厢》者之心，四百余年未死，而今死矣。不特作《西厢》者心死，凡千古上下操觚立言者之心②，无不死矣。人患不为王实甫耳，焉知数百年后，不复有金圣叹其人哉！圣叹之评《西厢》，可谓晰毛辨发，穷幽极微③，无复有遗议于其间矣。

　　然以予论之，圣叹所评，乃文人把玩之《西厢》，非优人搬弄之《西厢》也。文字之三昧，圣叹已得之；优人搬弄之三昧，圣叹犹有待焉。如其至今不死，自撰新词几部，由浅入深，自生而熟，则又当自火其书而别出一番诠解。甚矣，此道之难言也。圣叹之评《西厢》，其长在密，其短在拘，拘即密之已甚者也。无一句一字不逆溯其源，而求命意之所在，是则密矣，然亦知作者于此有出于有心，有不必尽出于有心者乎？心之所至，笔亦至焉，是人之所能为也；若夫笔之所至，心亦至焉，则人不能尽主之矣。且有心不欲然，而笔使之然，若有鬼物主持其间者，此等文字，尚可谓之有意乎哉？文章一道，实实通神，非欺人语。千古奇文，非人为之，神为之、鬼为之也，人则鬼神所附者耳。

【注释】

①几希：很少。

②操觚（gū）：即写文章。觚，古代写字用的木板。

③极：中国文学珍本丛书本作"极"，翼圣堂本和芥子园本作"晰"。

【评析】

《填词余论》是李渔觉得话犹未尽，补充申说几点意见。在此节中，李渔一方面赞扬金圣叹，说"读金圣叹所评《西厢记》，能令千古才人心死"，"自有《西厢》以迄于今，四百余载推《西厢》为填词第一者，不知几千万人，而能历指其所以为第一之故者，独出一金圣叹"。这话并非溢美之词。金圣叹的确堪称大家。尤其是在中国特有的"评点"文字方面，他是名副其实的第一把手。金圣叹的评点，高就高在富于深刻的哲学意味。这一点远在李渔之上。你看他评《水浒》、评《西厢记》，你会看到他对人生、对社会、对自然、对宇宙、对生、对死的深刻思考。

然而，另一方面李渔也批评金圣叹，说"圣叹所评，乃文人把玩之《西厢》，非优人搬弄之《西厢》也"。这也符合实际。若论"优人搬弄"，李渔又在金圣叹之上。明至清初数百年间，在戏曲方面既懂创作又懂理论的、尤其是深知戏曲的舞台性特点的，当推李渔为第一人；李渔之后以至清末数百年间，亦鲜有过其右者。你看，李渔是这样写戏的："笠翁手则握笔，口却登场，全以身代梨园，复以神魂四绕，考其关目，试其声音，好则直书，否则搁笔，此其所以观听咸宜也。"

这使我想起徐渭《南词叙录》中所记高明（则诚）写《琵琶记》的情形："相传：则诚坐卧一小楼，三年而后成。其足按拍处，板皆为穿。"如果徐渭所说真是如此，那么高明在写戏方面的确是十分高明的。然而，我认为李渔比高明更胜一筹，更高明。高明写戏，注意了音律（以足按拍）；而李渔，不但注意音律、关目等等，而且还特别注意了"隐形演员"和"隐形观众"（姑且借用接受美学中"隐形读者"的"隐形"这个术语）。他写戏，完全把自己置身于"梨园"之中，"既以口代优人"（隐形演员），"复以耳当听者"（隐形观众），这样，作家、演员、观众三堂会审，"考其关目，试其声音"，"询其好说不好说，中听不中听"，哪有写不出"观听咸宜"的好戏来的道理呢？李渔的这个写戏理论，即使拿到今天，也是十分精到的，值得现在的戏剧作家借鉴。此外，李渔在这一节中还谈到作家"心不欲然，而笔使之然"的情形。这的确抓住了创作中常常出现的一个相当普遍的奇妙现象，亦真是作家的折肱之言。李渔所谓"心不欲然，而笔使之然"，也即艺术创作的无意识问题，三百年后弗洛伊德从心理学角度亦细论之。

演习部

选脚色、正音韵等事，载在《歌舞》项下。
男优女乐，事理相同，欲习声乐者，
两类互观，始无缺略。

选剧第一

　　填词之设，专为登场；登场之道，盖亦难言之矣。词曲佳而搬演不得其人，歌童好而教率不得其法，皆是暴殄天物。此等罪过，与裂缯毁璧等也①。方今贵戚通侯②，恶谈杂技，单重声音，可谓雅人深致，崇尚得宜者矣。所可惜者：演剧之人美，而所演之剧难称尽美；崇雅之念真，而所崇之雅未必果真。尤可怪者：最有识见之客，亦作矮人观场③，人言此本最佳，而辄随声附和，见单即点，不问情理之有无，以致牛鬼蛇神塞满氍毹之上④。极长词赋之人，偏与文章为难，明知此剧最好，但恐偶违时好，呼名即避，不顾才士之屈伸，遂使锦篇绣帙，沉埋瓴瓮之间。汤若士之《牡丹亭》《邯郸梦》得以盛传于世，吴石渠之《绿牡丹》《画中人》得以偶登于场者，皆才人侥幸之事，非文至必传之常理也。若据时优本念，则愿秦皇复出，尽火文人已刻之书，止存优伶所撰诸抄本，以备家弦户诵而后已。伤哉，文字声音之厄，遂至此乎！吾谓《春秋》之法⑤，责备贤者，当今瓦缶雷鸣，金石绝响，非歌者投胎之误，优师指路之迷⑥，皆顾曲周郎之过也。使要津之上⑦，得一二主持风雅之人，凡见此等无情之剧，或弃而不点，或演不终篇而斥之使罢，上有憎者，下必有甚焉者矣。观者求精，则演者不敢浪习，黄绢色丝之曲，外孙齑臼之词⑧，不求而自至矣。吾论演习之工而首重选剧者，诚恐剧本不佳，则主人之心血，歌者之精神，皆施于无用之地。使观者口虽赞叹，心实咨嗟⑨，何如择术务精，使人心口皆美之为得也。

【注释】

①裂缯（zēng）毁璧：撕破绸子，毁坏玉璧，形容暴殄天物。缯，古代丝绸总称。璧，玉器。传说夏桀宠妃妹喜爱听"裂缯"（撕绸子）之声。

②通侯：秦代的爵位有二十等级，其最高者为通侯。

③矮人观场：朱熹曾言："如矮子看戏相似，见人道好，他亦道好。"（《朱子语类》）

④氍毹（qú shū）：地毯，指演出的舞台。

⑤吾谓《春秋》之法：《新唐书》："《春秋》之法，常责备于贤者。"

⑥优师：优伶的老师，排演戏曲时扮演如今导演的脚色。

⑦要津之上：指身在重要岗位上的达官要员。要津，水陆要冲。

⑧"黄绢色丝"二句："绝妙好辞"的隐语。《世说新语·捷悟》："魏武尝过曹娥碑下，杨修从。碑背上见题作'黄绢幼妇，外孙齑臼'八字……修曰：'黄绢，色丝也，于字为绝。幼妇，少女也，于字为妙。外孙，女子也，于字为好。齑臼，受辛也，于字为辞（辤）。所谓绝妙好辞也。'"

⑨咨嗟：因疑惑而询问嗟叹。咨，商量于人。嗟，叹息。

【评析】

《演习部》全篇都是谈"登场之道"的，即对表演和导演的艺术经验进行总结。李渔说："登场之道，盖亦难言之矣。词曲佳而搬演不得其人，歌童好而教率不得其法，皆是暴殄天物。"即使搬演得其人、教率得其法，仍然不是演出成功的充足条件。戏剧是名副其实的综合艺术，剧本、演员、伴奏、服装、切末（道具）、灯光……都是演好戏的必要条件。而上述所有这些因素，在戏剧演出中必须组合成一个有机整体，这个组合工作，是由导演来完成的。

《选剧第一》主要论述导演之事——中国古代虽无导演之名，却有导演之实，宋代乐舞中的"执竹竿者"，南戏中的"末泥色"，元杂剧中的"教坊色长"、戏班班主，明清戏曲中的一些著名演员和李渔说的"优师"，都做着或部分做着类似于导演的工作。元陶宗仪《南村辍耕录》说："教坊色长魏、武、刘三人，鼎新编辑。"此"编辑"者，即指舞台演出的组织、设计。魏、武、刘三人，也都有各自的"绝活"："魏长于念诵，武长于筋斗，刘长于科泛。"明末著名女演员刘晖吉导排《唐明皇游月宫》，轰动一时。导演是舞台艺术的灵魂，是全部舞台行动的组织者和领导者。一部戏的成功演出，正是通过导演独创性的艺术构思，对剧本进行再创造，把舞台形象展现在观众面前。

李渔自己就充当了优师和导演的工作。他是个多面手，自己写戏，自己教戏，自己导戏，造诣高深。正是因此，李渔才能在继承前人成果的基础上，总结自己的艺术经验，对表演和导演问题提出许多至今仍令人叹服的精彩见解。《闲情偶寄》的《词曲部》再加上其他谈导演的有关部分，就是我国乃至世界戏剧史上最早的导演学理论。按照现代导演学的奠基者之一、俄国大导演斯坦尼拉夫斯基的说法，导演学的基本内容分三部分：一是跟作者一起钻研剧本，对剧本进行导演分析；二是指导演员排演；三是跟美术家、作曲家以及演出部门一起工作，把舞美、音乐、道具、灯光、服装、效果等等同演员的表演有机组合起来，成为一个完美的艺术整体。早于斯坦尼拉夫斯基二百多年，李渔对上述几项基本内容就已有相当精辟的论述，例如《选剧第一》《变调第二》谈对剧本的导演处理，《授曲第三》《教白第四》谈如何教育演员和指导排戏，《脱套第五》涉及服装、音乐（伴奏）等许多问题。尽管今天看来有些论述还嫌简略，但在当时是难能可贵的。

别古今

选剧授歌童，当自古本始。古本既熟，然后间以新词，切勿先今而后古。何也？优师教曲，每加工于旧而草草于新，以旧本人人皆习，稍有谬误，即形出短长；新本偶尔一见，即有破绽，观者、听者未必尽晓，其拙尽有可藏。且古本相传至今，历过几许名师，传有衣钵①，未当而必归于当，已精而益求其精，犹时文中"大学之道""学而时习之"诸篇②，名作如林，非敢草草动笔者也。新剧则如巧搭新题，偶有微长，则动主司之目矣。故开手学戏，必宗古本。而古本又必从《琵琶》《荆钗》《幽闺》《寻亲》等曲唱起③，盖腔板之正，未有正于此者。此曲善唱，则以后所唱之曲，腔板皆不谬矣。旧曲既熟，必须间以新词。切勿听拘士腐儒之言，谓新剧不如旧剧，一概弃而不习。

【注释】

①衣钵：原指佛教中师傅传给弟子的袈裟和钵，泛指传授下来的学术思想、技能等。

②大学之道：《大学》第一句。学而时习之：《论语》第一句。当时作时文常用之题。

③《寻亲》：《寻亲记》，又名《教子记》《周羽教子寻亲记》，明代徐渭《南词叙录》"宋元旧篇"中曾提到《教子寻亲》。

盖演古戏，如唱清曲①，只可悦知音数人之耳，不能娱满座宾朋之目。听古乐而思卧，听新乐而忘倦②。古乐不必《箫韶》，《琵琶》《幽闺》等曲即今之古乐也。但选旧剧易，选新剧难。教歌习舞之家，主人必多冗事，且恐未必知音，势必委诸门客，询之优师。门客岂尽周郎，大半以优师之耳目为耳目。而优师之中，淹通文墨者少，每见才人所作，辄思避之③，以凿枘不相入也④。故延优师者⑤，必择文理稍通之人，使阅新词，方能定其美恶。又必藉文人墨客参酌其间，两议佥同⑥，方可授之使习。此为主人多冗，不谙音乐者而言。若系风雅主盟，词坛领袖，则独断有余，何必知而故询。噫，欲使梨园风气丕变维新⑦，必得一二缙绅长者主持公道⑧，俾词之佳音必传，剧之陋者必黜，则千古才人心死，现在名流，有不以沉香刻木而祀之者乎⑨？

【注释】

①唱清曲：清唱，不用扮演。

②"听古乐"二句：《乐记》："魏文侯问于子夏曰：'吾端冕而听古乐则唯恐卧，听郑、卫之音则不知倦。'"

③辄：总是。

④以凿枘不相入：凿，圆榫。枘，方榫。故说"凿枘不相入"。《楚辞·九辩》："圆凿而方枘兮，吾固知其龃龉而难入。"

⑤延：请。

⑥佥同：一致，都同意。佥，全，都。

⑦丕（pī）变：变化很大。丕，大。

⑧缙（jìn）绅：指官宦。

⑨祀：祭祀。

【评析】

"别古今"首先从教率歌童的角度着眼，提出要选取那些经过长期磨炼、"精而益求其精"、腔板纯正的古本作为歌童学习的教材。这也是由中国戏曲特殊教育方式和长期形成的程式化特点决定的。一方面，中国古代没有戏曲学校，教戏都是通过师带徒的方式进行，老师一招一式、一字一句地教，学生也就一招一式、一字一句地学，可能还要一面教学、一面演出，因此，就必须找可靠的戏曲范本。另一方面，中国戏曲的程式化要求十分

严格，生、旦、净、末，唱、念、做、打，出场、下场，服装、切末（道具），音乐、效果等等，都有自己的"死"规定，一旦哪个地方出点差错，内行的观众就可能叫倒好。这就要求选择久经考验的"古本"作为模范。但李渔认为，旧曲既熟，必间以新词。切勿听拘士腐儒之言，谓新剧不如旧剧，一概弃而不

习。盖演古戏，如唱清曲，只可悦知音数人之耳，不能娱满座宾朋之目。听古乐而思卧，听新乐而忘倦。所以，倘若真正演出，不可弃新剧而不选。

剂冷热

今人之所尚，时优之所习，皆在"热闹"二字；冷静之词，文雅之曲，皆其深恶而痛绝者也。然戏文太冷，词曲太雅，原足令人生倦，此作者自取厌弃，非人有心置之也。然尽有外貌似冷而中藏极热，文章极雅而情事近俗者，何难稍加润色，播入管弦？乃不问短长，一概以冷落弃之，则难服才人之心矣。予谓传奇无冷热，只怕不合人情。如其离合悲欢，皆为人情所必至，能使人哭，能使人笑，能使人怒发冲冠，能使人惊魂欲绝，即使鼓板不动，场上寂然，而观者叫绝之声，反能震天动地。是以人口代鼓乐，赞叹为战争，较之满场杀伐，钲鼓雷鸣，而人心不动，反欲掩耳避喧者为何如？岂非冷中之热，胜于热中之冷；俗中之雅，逊于雅中之俗乎哉？

【评析】

"剂冷热"主要是从演出角度着眼，提出要选择那些雅俗共赏的剧目上演。在这里，李渔有一个观点是十分高明的："予谓传奇无冷热，只怕不合人情。如其离合悲欢，皆为人情所必至，能使人哭，能使人笑，能使人怒发冲冠，能使人惊魂欲绝，即使鼓板不动，场上寂然，而观者叫绝之声，反能震天动地。"所以，选择剧目不能只图"热闹"，而要注重其是否"为人情所必至"；戏曲作家则更应以这个标准要求自己的创作。现在有些戏剧、电影、电视剧作品，只顾"热闹"，不管"人情"，难道不值得深思吗？

变调第二

变调者，变古调为新调也。此事甚难，非其人不行，存此说以俟作者①。才人所撰诗赋古文，与佳人所制锦绣花样，无不随时更变。变则新，不变则腐；变则活，不变则板。至于传奇一道，尤是新人耳目之事，与玩花赏月同一致也。使今日看此花，明日复看此花，昨夜对此月，今夜复对此月，则不特我厌其旧，而花与月亦自愧其不新矣。故桃陈则李代，月满即哉生②。花月无知，亦能自变其调，矧词曲出生人之口，独不能稍变其音，而百岁登场，乃为三万六千日雷同合掌之事乎？吾每观旧剧，一则以喜，一则以惧。喜则喜其音节不乖，耳中免生芒刺③；惧则惧其情事太熟，眼角如悬赘疣。学书学画者，贵在仿佛大都④，而细微曲折之间，正不妨增减出入，若止为依样葫芦，则是以纸印纸，虽云一线不差，少天然生动之趣矣。因创二法，以告世之执郢斤者⑤。

【注释】

①俟（sì）：等待。

②月满即哉生：意思是月满就开始月缺，事物不断变化。农历每月十六日，月始缺。哉，开始，才。《尚书·周书·康诰》："惟三月，哉生魄。"

③耳：芥子园本作"而"；翼圣堂本作"耳"，是。

④大都：大略，大致，差不多，北京话"大概其"。韩愈《画记》："且命工人存其大都焉。"

⑤执郢斤者：技能高超的工匠，此指文章高手。《庄子·徐无鬼》中说，郢（楚国首都）匠运斧成风，能把人鼻子尖儿上的白粉削去，而不伤鼻子。

【评析】

"变调"者，指导演对原剧文本进行"缩长为短"和"变旧为新"的处理。李渔认为，导演可以根据当时演出环境、观众需求、时势氛围、演员条件等等诸多因素，对原来的剧本做适当调整和变化，补原来剧本之不足，堵原来剧本的漏洞，并且适应新的时代变化，适当变化旧有的语言，甚至增加新的内容，使演出更完美。

导演艺术是对原剧文本进行再创造的二度创作艺术。所谓二度创作，一是指要把剧作家用文字创造的形象（它只能通过读者的阅读在想象中呈现出来）变成可视、可听、活动着的舞台形象，即在导演领导下，以演员的表演（如戏曲舞台上的唱、念、做、打等等）为中心，调动音乐、舞美、服装、道具、灯光、效果等等各方面的艺术力量，协同作战，熔为一炉，创造出看得见、听得到、摸得着的综合性的舞台艺术形象。二是指通过导演独特的艺术构思和辛勤劳动，使这种综合性的舞台艺术形象体现出导演、演员等新的艺术创造：或者是遵循剧作家的原有思路而使原剧文本得到丰富、深化、升华；或者是对原剧文本进行部分改变，泥补纰漏、突出精粹；或者是加进原剧文本所没有的新的内容。但是无论进行怎样的导演处理，都必须尊重原作，使其更加完美；而不是损害原作，使其面目全非。

缩长为短

观场之事，宜晦不宜明。其说有二：优孟衣冠①，原非实事，妙在隐隐跃跃之间②。若于日间搬弄，则太觉分明，演者难施幻巧，十分音容，止作得五分观听，以耳目声音散而不聚故也。且人无论富贵贫贱，日间尽有当行之事，阅之未免妨工。抵暮登场，则主客心安，无妨时失事之虑，古人秉烛夜游，正为此也。然戏之好者必长，又不宜草草完事，势必阐扬志趣，摹拟神情，非达旦不能告阕③。然求其可以达旦之人，十中不得一二，非迫于来朝之有事，即限于此际之欲眠，往往半部即行，使佳话截然而止。予尝谓好戏若逢贵客，必受腰斩之刑。虽属谑言，然实事也。与其长而不终，无宁短而有尾，故作传奇付优人，必先示以可长可短之法：取其情节可省之数折，另作暗号记之，遇清闲无事之人，则增入全演，否则拔而去之。此法是人皆知，在梨园亦乐于为此。但不知减省之中，又有增益之法，使所省数折，虽去若存，而无断文截角之患者，则在秉笔之人略加之意而已。法于所删之下折，另增数语，点出中间一段情节，如云昨日某人来说某话，我如何答应之类是也；或于所删之前一折，预为吸起，如云我明日当差某人去干某事之类是也。如此，则数语可当一折，观者虽未及看，实与看过无异，此一法也。

【注释】

①优孟衣冠：《史记·滑稽列传》中说，楚相孙叔敖死后，优孟穿上孙叔敖的衣服与楚王谈话，酷似。后来，"优孟衣冠"指演员登场表演。

②隐隐跃跃：亦作"隐隐约约"。

③阕：停止，终了。

予又谓多冗之客，并此最约者亦难终场，是删与不删等耳。尝见贵介命题，止索杂单，不用全本，皆为可行即行，不受戏文牵制计也。予谓全本太长，零出太短，酌乎二者之间，当仿《元人百种》之意，而稍稍扩充之，另编十折一本，或十二折一本之新剧，以备应付忙人之用。或即将古书旧戏，用长房妙手①，缩而成之。但能沙汰得宜，一可当百，则寸金丈铁，贵贱攸分，识者重其简贵，未必不弃长取短，另开一种风气，亦未可知也。此等传奇，可以一席两本，如佳客并坐，势不低昂，皆当在命题之列者，则一后一先，皆可为政，是一举两得之法也。有暇即当属草，请以《下里》《巴人》，为《白雪》《阳春》之倡。

【注释】

①长房妙手：费长房，东汉方士，汝南（郡治在今河南上蔡西南）人。传说他从壶公入山学仙，一日之间，人见其在千里之外者数处，因称其有缩地术（见《后汉书·方术列传第七十二》）。

【评析】

"缩长为短"具体谈导演如何把原来过长的剧本缩短，以适应当时演出的需求。这里的精彩之处不仅仅在于李渔所提出的导演工作的一般原则，尤其在于三百多年前提出这些原则时所具有的戏剧心理学的眼光。在今天，戏剧心理学、观众心理学乃至一般的艺术心理学，几乎已经成为导演、演员的常识，甚至普通观众和读者也都略知一二；然而在三百多年前的清初，能从戏剧心理学、观众心理学的角度提出问题，却并非易事。要知道，心理学作为一门学科的建立，就世界范围来说，从德国的冯特算起不过一百二三十年的历史；而艺术心理学、戏剧心理学、观众心理学、读者心理学的出现，则是20世纪的事情，甚至是晚近的事情。上述学科作为西学的一部分东渐到中国，更是晚了半拍甚至一拍。而李渔则在心理学、艺术心理学、戏剧心理学、观众心理学等学科建立并介绍到中国来之前很久，就从戏剧心理学、观众心理学甚至剧场心理学的角度对中国戏曲的导演和表演提出要求。

譬如，首先，李渔注意到了日场演出和夜场演出对观众接受所造成的不同心理效果。艺术不同于其他事物，它有一种朦胧美。戏曲亦不例外，李渔认为它"妙在隐隐跃跃之间"，"观场之事，宜晦不宜明"。限于当时的灯光照明和剧场环境，日场演出，太觉分明，观众心理上不容易唤起朦胧的审美效果，此其一；其二，大白天，难施幻巧，演员表演"十分音容"，观众"止作得五分观听"，这是因为从心理学上讲，"耳目声音散而不聚故也"；其三，白天，"无论富贵贫贱，日间尽有当行之事"，观众心理上往往有"防时失事之虑"，而"抵暮登场，则主客心安"。其次，李渔体察到忙、闲两种不同的观众会有不同的观看心态。中国人的欣赏习惯是喜欢看有头有尾的故事，但一整部传奇往往太长，需演数日以至十数日才能演完。若遇到闲人，一部传奇可以数日看下去而心安理得；若是忙人，必然有头无尾，留下深深遗憾。正是考虑到这两种观众的不同心理，李渔认为应该预备两套演出方案：对清闲无事之人，可演全本；对忙人，则将情节可省者省去，"与其长而不终，无宁短而有尾"。这些思想由一个距今三百多年前的古人说出来，实在令人佩服。

变旧成新

演新剧如看时文，妙在闻所未闻，见所未见；演旧剧如看古董，妙在身生后世，眼对前朝。然而古董之可爱者，以其体质愈陈愈古，色相愈变愈奇。如铜器、玉器之在当年，不过一刮磨光莹之物耳，迨其历年既久①，刮磨者浑全无迹，光莹者斑驳成文，是以人人相宝，非宝其本质如常，宝其能新而善变也。使其不异当年，犹然是一刮磨光莹之物，则与今时旋造者无别②，何事什佰其价而购之哉③？旧剧之可珍，亦若是也。今之梨园，购得一新本，则因其新而愈新之，饰怪妆奇，不遗余力；演到旧剧，则千人一辙，万人一辙，不求稍异。观者如听蒙童背书，但赏其熟，求一换耳换目之字而不得，则是古董便为古董，却未尝易色生斑，依然是一刮磨光莹之物，我何不取旋造者观之，犹觉耳目一新，何必定为村学究，听蒙童背书之为乐哉？

【注释】

①迨（dài）：等到，达到。

②旋造：现时创造，临时创造。

③什佰其价：十倍百倍于它的价钱。

然则生斑易色，其理甚难，当用何法以处此？曰：有道焉。仍其体质，变其丰姿。如同一美人，而稍更衣饰，便足令人改观，不俟变形易貌，而始知别一神情也。体质维何？曲文与大段关目是已。丰姿维何？科诨与细微说白是已。曲文与大段关目不可改者，古人既费一片心血，自合常留天地之间，我与何仇，而必欲使之埋没？且时人是古非今，改之徒来讪笑，仍其大体，既慰作者之心，且杜时人之口。科诨与细微说白不可不变者，凡人作事，贵于见景生情，世道迁移，人心非旧，当日有当日之情态，今日有今日之情态，传奇妙在入情，即使作者至今未死，亦当与世迁移，自龃其舌，必不为胶柱鼓瑟之谈，以拂听者之耳。况古人脱稿之初，便觉其新，一经传播，演过数番，即觉听熟之言难于复听，即在当年，亦未必不自厌其繁，而思陈言之务去也。我能易以新词，透入世情三昧，虽观旧剧，如阅新篇，岂非作者功臣？使得为鸡皮三少之女①，前鱼不泣之男②，地下有灵，方颂德歌功之不暇，而忍以矫制责之哉③？但须点铁成金，勿令画虎类狗④。又须择其可增者增，当改者改，万勿故作知音，强为解事，令观者当场喷饭，而群罪作俑之人，则湖上笠翁不任咎也。此言润泽枯菹，变易陈腐之事。予尝痛改《南西厢》，如《游殿》《问斋》《逾墙》《惊梦》等科诨，及《玉簪·偷词》《幽闺·旅婚》诸宾白，付伶工搬演，以试旧新，业经词人谬赏，不以点窜为非矣。

【注释】

①鸡皮三少之女：传说春秋时陈国夏姬掌握一种技术，可以"老而复壮"，使老得鸡皮似的皮肤三次变得少女般稚嫩，故说"夏姬得道，鸡皮三少"（见宇文士及《妆台记序》）。

②前鱼不泣之男：战国时魏国宠臣龙阳君因钓鱼联想到自己可能的命运而哭泣。他想：后来钓到更大的鱼就不想要前面的鱼了，自己失宠时大概和前面钓到的鱼有一样的命运（见《战国策·魏策四》）。

③矫制：假命而改制。矫，假托。

④画虎类狗：班固《东汉观记·马援传》："效（杜）季良而不成，陷为天下轻薄子，所谓'画虎不成反类狗'也。"

尚有拾遗补缺之法，未语同人，兹请并终其说。旧本传奇，每多缺略不全之事，刺谬难解之情①。非前人故为破绽，留话柄以贻后人，若唐诗所谓"欲得周郎顾，时时误拂弦"②，乃一时照管不到，致生漏孔，所谓"至人千虑，必有一失"。此等空隙，全靠后人泥补，不得听其缺陷，而使千古无全文也。女娲氏炼石补天③，天尚可补，况其他乎？但恐不得五色石耳。姑举二事以概之。赵五娘于归两月④，即别蔡邕，是一桃夭新妇。算至公姑已死，别墓寻夫之日，不及数年，是犹然一冶容诲淫之少妇也⑤。身背琵琶，独行千里，即能自保无他，能免当时物议乎⑥？张大公重诺轻财，资其困乏，仁人也，义士也。试问衣食、名节，二者孰重？衣食不继则周之，名节所关则听之，义士仁人，曾若是乎？此等缺陷，就词人论之，几与天倾西北、地陷东南无异矣，可少补天塞地之人乎？若欲于本传之外，劈空添出一人送赵

五娘入京，与之随身作伴，妥则妥矣，犹觉伤筋动骨，太涉
更张。不想本传内现有一人，尽可用之而不用，竟似张大公
止图卸肩，不顾赵五娘之去后者。其人为谁？着送钱米助丧
之小二是也。《剪发》白云："你先回去，我少顷就着小二送
来。"则是大公非无仆从之人，何以吝而不使？予为略增数
语，补此缺略，附刻于后，以政同心⑦。此一事也。

【注释】

①刺谬：乖僻不合常情。司马迁《报任少卿书》有"今少卿乃教以推贤进
士，无乃与仆私心刺谬乎"句。刺，乖僻。

②"欲得周郎顾"二句：语见唐诗人李端《听筝》诗。

③女娲氏炼石补天：《列子·汤问》："天地亦物也，物有不足，故昔者女娲
氏炼五色石以补其阙，断鳌之足以立四极。"

④于归：出嫁。《诗经·周南·桃夭》："桃之夭夭，灼灼其华。之子于归，
宜其室家。"

⑤冶容诲淫：容貌鲜丽而易惹是非。

⑥物议：众人的批评。

⑦以政同心：梁廷枏《曲话》评论李渔此举曰："毋论其才不逮元人，即
使能之，殊觉多此一事耳。"对李渔的改本不以为然。

《明珠记》之《煎茶》①，所用为传消递息之人者，塞鸿

是也。塞鸿一男子，何以得事嫔妃？使宫禁之内，可用男子煎茶，又得密谈私语，则此事可为，何事不可为乎？此等破绽，妇人小儿皆能指出，而作者绝不经心，观者亦听其疏漏；然明眼人遇之，未尝不哑然一笑，而作无是公看者也②。若欲于本家之外，凿空构一妇人，与无双小姐从不谋面，而送进驿内煎茶，使之先通姓名，后说情事，便则便矣，犹觉生枝长节，难免赘语③。不知眼前现有一妇，理合使之而不使，非特王仙客至愚，亦觉彼妇太忍。彼妇为谁？无双自幼跟随之婢，仙客现在作妾之人，名为采苹是也。无论仙客觅人将意，计当出此，即就采苹论之，岂有主人一别数年，无由把臂，今在咫尺，不图一见，普天之下有若是之忍人乎？予亦为正此迷谬，止换宾白，不易填词，与《琵琶》改本并刊于后，以政同心，又一事也。尤展成云：予亲见笠翁家姬演此二折。使高、陆二君复生，定当绝倒。其余改本尚多，以篇帙浩繁，不能尽附。总之，凡予所改者，皆出万不得已，眼看不过，耳听不过，故为铲削不平，以归至当，非勉强出头，与前人为难者比也。凡属高明，自能谅其心曲。

【注释】

①《明珠记》：明代陆采取材于唐传奇《刘无双传》的传奇剧本。

②无是公：司马相如《子虚赋》有托名"无是公"者，即"没有此人"的

意思。

③语：有的本子作"瘤"。

　　插科打诨之语，若欲变旧为新，其难易较此奚止百倍。无论剧剧可增，出出可改，即欲隔日一新，逾月一换，亦诚易事。可惜当世贵人，家蓄名优数辈，不得一诙谐弄笔之人，为种词林萱草①，使之刻刻忘忧。若天假笠翁以年，授以黄金一斗，使得自买歌童，自编词曲，口授而身导之，则戏场关目，日日更新，毡上诙谐，时时变相。此种技艺，非特自能夸之，天下人亦共信之。然谋生不给，遑问其他？只好作贫女缝衣②，为他人助娇，看他人出阁而已矣。

【注释】

①萱草：忘忧草。

②贫女缝衣：唐秦韬玉《贫女》诗："苦恨年年压金线，为他人作嫁衣裳。"

【评析】

导演艺术是对原剧文本进行再创造的二度创作艺术。所谓二度创作，一是指要把剧作家用文字创造的形象（它只能通过读者的阅读在想象中呈现出来）变成可视、可听、活动着的舞台形象，即在导演领导下，以演员的表演（如戏曲舞台上的唱、念、做、打等等）为中心，调动音乐、舞美、服装、道具、灯光、效果等等各方面的艺术力量，协同作战，熔为一炉，创造出看得见、听得到、摸得着的综合性的舞台艺术形象。二是指通过导演独特的艺术构思和辛勤劳动，使这种综合性的舞台艺术形象体现出导演、演员等新的艺术创造：或者是遵循剧作家的原有思路而使原剧文本得到丰富、深化、升华；或者是对原剧文本进行部分改变，泥补纰漏、突出精粹；或者是加进原剧文本所没有的新的内容。但是无论进行怎样的导演处理，都必须尊重原作，使其更加完美，而不是损害原作，使其面目全非。

李渔关于对原剧文本进行导演处理的意见，与现代导演学的有关思想大体相近。他提出八字方针："仍其体质，变其丰姿。"即对原剧文本的主体如"曲文与大段关目"，不要改变，以示对原作的尊重；而对原剧文本的枝节部分如"科诨与细微说白"，则可作适当变动，以适应新的审美需要。其实，李渔所谓导演可作变动者，不只"科诨与细微说白"，还包括原作的"缺略不全之事，刺谬难解之情"，即原作的某些纰漏，不合理的情节布局和人物形象。如李渔指出《琵琶记》中赵五娘这样一个"桃夭新妇"千里独行，《明珠

记》中写一男子塞鸿为无双小姐煎茶，都不尽合理。他根据自己长期的导演
经验，对这些缺略之处进行了泥补，写出了《琵琶记·寻夫》改本和《明珠
记·煎茶》改本（实际上是导演脚本）附于《变调第二》之后，为同行如何进
行导演处理提供了一个例证和样本。李渔关于对原剧文本进行导演处理的上述
意见，有一个总的目的，即如何创造良好的舞台效果以适应观众的审美需要，
这是十分可贵的，至今仍有重要的参考价值。我国现代大导演焦菊隐在《导演
的构思》一文中曾说："戏是演给广大观众看的，检验演出效果的好坏，首先
应该是广大观众。因此，导演构思一个剧本的舞台处理，心目中永远要有广大
观众，要不断从普通观众的角度来考虑舞台上的艺术处理，检查表现手法，看
看一般的普通观众是否能接受，能欣赏。"

　　当然，关于对原剧文本进行导演处理时导演究竟有多大"权限"，仍存在
不同意见。一个明显的例子是关于电视连续剧《雷雨》对话剧《雷雨》导演处
理是否得当的争论。我的朋友中，就有两种截然相反的意见。有的认为电视剧
导演严重"越权"，撇开《雷雨》原作另行一套，是对曹禺的大不敬，导演是
失败的；有的认为电视剧导演富于创造精神，丰富了原作的艺术内涵并加以发
展，富有新意，导演是成功的。孰是孰非，有待方家高见。

附：《琵琶记·寻夫》改本

【胡捣练】（旦上）辞别去，到荒丘，只愁出路煞生受。画取真
容聊藉手，逢人将此勉哀求①。

　　鬼神之道，虽则难明；感应之理，未尝不信。奴家昨日，在山上筑坟，偶然

力乏，假寐片时。忽然梦见当山土地，带领着无数阴兵，前来助力。又亲口嘱付，着奴家改换衣装，往京寻取夫婿。及至醒来，那坟台果然筑就。可见真有神明，不是空空一梦。只得依了梦中之言，改换做道姑打扮。又编下一套凄凉北调，到途路之间，逢人弹唱，抄化些资粮糊口，也是一条生计。只是一件：我自做媳妇以来，终日与公姑厮守，如今虽死，还有个坟茔可拜；一旦撇他而去，真个是举目凄然。喜得奴家略晓丹青，只得借纸笔传神，权当个丁兰刻木，背在肩上行走，只当还与二亲相傍一般。遇着小祥忌日，也好展开祭奠，不枉做媳妇的一点孝心。有理！有理！颜料纸张，俱已备下，只是凭空摹拟，恐怕不肖神情，且待我想象起来。

【三仙桥】一从他每死后，要相逢，不能勾。除非梦里，暂时略聚首。如今该下笔了。（欲画又止介）苦要描，描不就。暗想象，教我未描先泪流。眉批：《琵琶》如此等曲，方是化工。然不多见也。（画介）描不出他苦心头，描不出他饥症候。（又想介）描不出他望孩儿的睁睁两眸。（又画介）只画得他发飕飕，和那衣衫敝垢。画完了，待我细看一看。（看介）呀！像倒极像，只是画得太苦些，全没些欢容笑口。呀！公婆，公婆，非是媳妇故意如此。休休，若画做好容颜，须不是赵五娘的姑舅。

待我悬挂起来，烧些纸钱，奠些酒饭，然后带出门去便了。（挂介）嗳！我那公公婆婆呵！媳妇只为往京寻取丈夫，撇你不下，故此图画仪容，以便随身供养。你须是有灵有感，时刻在暗里扶持。待媳妇早见你的孩儿，痛哭一场，说完了心事，然后赶到阴间，与你二人做伴便了。阿呀，我那公婆呵！

（哭介）

【前腔】非是奴寻夫远游，只怕我公婆绝后。奴见夫便回，此行安敢久？路途中，奴怎走？望公婆，相保佑！拜完了，如今收拾起身。论起理来，该先别坟茔，然后去别张大公才是。只为要托他照管坟茔，须是先别了他，然后同至坟前，把公婆的骸骨，交付与他便了。（锁门行介）只怕奴去后，冷清清，有谁来祭扫？纵使遇春秋，一陌纸钱怎有？休，休，你生是受冻馁的公婆，死做个绝祭祀的姑舅！

来此已是，大公在家么？（丑上）收拾草鞋行远路，安排包裹送娇娘。呀！五娘子来了。老员外有请！（末上）衰柳寒蝉不可闻，金风败叶正纷纷；长安古道休回首，西出阳关无故人。呀！五娘子，我正要过来送你，你却来了。（旦）因有远行，特来拜别。大公请端坐，受奴家几拜。（末）来到就是了，不劳拜罢。（旦拜，末同拜介）（旦）高厚恩难报，临岐泪满巾。（末）从今无别事，拭目待归人。（末起，旦不起介）（末）五娘子请起。呀！五娘子，你为何跪在地下不肯起来？（旦）奴家有两件大事奉求，要大公亲口许下，方敢起来。眉批：**跪求不起，方见郑重其事。**（末）孝妇所求，一定是纲常伦理之事，老夫一力担当，快些请起！（旦起介）（末）叫小二看椅子过来，与五娘子坐了讲话。（旦）告坐了。（末）五娘子，你方才说的，是那两件事？（旦）第一件，是怕奴家去后，公婆的坟茔没人照管，求大公不时看顾。每逢令节，代烧一陌纸钱。（末）这是我分内之事，自然照管，何须你嘱付？第二件呢？（旦）第二件，因奴家是个少年女子，远出寻夫，没人作伴，路上怕有嫌疑，求公公大发婆心，把小二借与奴家作伴，到京之日，即便遣人送还。这一件事，关系奴家的名节，断求慨允。（末）五娘子，这件事情，比照管坟茔还大，莫说待你拜求，方才肯许，不是个仗义之人；就是听你讲到此处，方才思念起来，把小二送你，也就不成个张广才了。眉批：**读到此处，毛骨悚然。始信作者之疏，改者断不可已。**我昨日思想，不但你只身行走，路上嫌疑；就是到了京中，与你丈夫相见，他问你在途路之中如何宿歇，你把甚么言语答应他？万一男子汉的心肠多疑少信，将你埋葬公婆的大事且不提起，反把"形迹"二字与你讲论起来，如何了得！这也还是小事。他三载不归，未必不在京中别有所娶。我想那房家小，看见前妻走到，还要无中生有，别寻说话，离间你的夫妻，何况是远远寻夫，没人作伴？若把几句恶言加你，岂不是有口难分？还有一说：你丈夫临行之日，把家中事情拜托于我，我若容你独自寻夫，有碍他终身名节，日后把甚么颜面见他？就是死到九泉，也难与你公婆相会。这个主意，我先定下多时了，已曾分付小二，着他伴你同行，不劳分付，放心前去便了。（旦起拜介）这等多谢公公！奴家告别了。（末）且慢些，再请坐下。我且问你：你既要寻夫，那路上的盘费，已曾备下了么？（旦）并不曾有。（末）既然没有，如何去得？（旦指背上琵琶介）这就是奴家的盘费。不瞒公公说，已曾编下一套凄凉北调，谱入丝弦，一路弹唱而行，讨些钱米度日。（丑）这等说来，竟是叫化了。这样生意，我做不惯。不要总承，快寻别个去罢！（末）我自有主意，不消多嘴！五娘子，你前日剪发葬亲，往街坊货卖，倒不曾问得你卖了几贯钱财，可勾用么？（旦）并无人买，全亏大公周济。（末）却又来！头发可以作髲，尚且卖不出钱财，何况是空空弹唱？万一没人与钱，你还是去的好？转来的好？流落在他乡，不来不去的好？那些长途资斧，我也曾与你备下，不劳费心。也罢，你既费精神，编成一套词曲，不可不使老朽闻之。你就唱来，待我与你发个利市。（旦）这等待奴家献丑。若有不到之处，求大公改正一二。（末）你且唱来。（旦理弦弹唱，末不住掩泪，丑不住哭介）

【北越调斗鹌鹑】静理冰弦，凝神息喘，待诉衷肠，将眉略展。怕的是听者愁听，闻声去远。虽不比杞梁妻，善哭天②，也去那哭倒长城的孟姜不远。

【紫花儿序】俺不是好云游，闲离闺阃，也不是背人伦，强抱琵琶，都则为远寻夫，苦历山川。说甚么金莲窄小，道路迤逦，鞋穿，便做到骨葬沟渠首向天，保得过面无惭腆。眉批：警句！好追随，地下姑嫜，得全名，死也无冤。

【天净沙】当初始配良缘，备饔飧，尚有余钱。只为儿夫去远，遇荒罹变，为妻庸，祸及椿萱。眉批：自咎得体。

【金蕉叶】他望赈济，心穿眼穿；俺遭抢夺，粮愚命愚。若不是遇高邻，分粮助饘，怎能勾慰亲心，将灰复燃？

【小桃红】可怜他游丝一缕命空牵，要续愁无线。俺也曾自餍糟糠备亲膳，要救余年，又谁料攀辕卧辙翻成劝？因来灶边，窥奴私咽，一声儿哭倒便归泉。

【调笑令】可怜，葬无钱！亏的是一位恩人，竟做了两次天。他助丧非强由情愿。实指望吉回凶转，因灾致祥无他变，又谁知，后运同前！

【秃厮儿】俺虽是厚面皮，无羞不腆，怎忍得累高邻，鬻产输田？只得把香云剪下自卖钱，到街坊，哭声喧，谁怜？眉批：情真语确，出之遂成至文。

【圣药王】俺待要图卸肩，赴九泉，怎忍得亲骸朽露饱飞鸢？欲待把命苟延，较后先，算来无幸可徼天，哭倒在街前。

【麻郎儿】感义士施恩不倦，二天外，又复加天。则为这好仗义的高邻忒煞贤，越显得受恩的浅深无辨。眉批：说得明，写得畅。

【么篇】徒跣，把罗裙自捻，裹黄泥，去筑坟圈。感山灵，神通昼显，又指去路，劝人赴远。

【络丝娘】因此上，顾不的鞋弓袜浅，讲不起抛头露面。手拨琵琶，原非自遣，要诉出衷肠一片。

【东原乐】暂把丧衣覆，乔将道服穿。为缺资财致使得身容变。休怪俺孝妇啼痕学杜鹃，只为多愁怨，渍染得缑麻如茜。眉批：压倒元人，全在粗中有细。

【拙鲁速】可怜俺日不停，夜不眠，饥不餐，冷不燃。当日呵，辨不出桃花人面，分不开藕瓣金莲；到如今藕丝花片，落在谁边？自对菱花，错认椿萱，止为忧煎。才信道家宽出少年。眉批："错认椿萱"，想落天际。

【尾】千愁万绪提难遍，只好绾绦中一线。听不出眼泪的休解囊，但有酸鼻的仁人，请将钞袋儿展。眉批：归到乞食，此曲才有着落。老手！老手！

（末）做也做得好，弹也弹得好，唱也唱得好，可称三绝。（出银介）这一封银子，就当润喉润笔之资，你请收下。（旦谢介）（末）小二过来。他方才弹唱的时节，我便为他声音凄楚，情节可怜，故此掉泪。你知道些甚么，也号号咷咷，哭个不了？（丑）不知甚么原故，听到其间，就不知不觉哭将起来，连我也不明白。眉批：妙在不解！解得出，便不见声音之妙。（末）这等我且问你：方才送他的银子，万一途中不勾，依旧要叫化起来，你还是情愿不情愿？（丑）情愿！情愿！（末）为甚么以前不情愿，如今忽然情愿起来？（丑想介）正是，为甚么原故，忽然改变起来？连我也不明白。（末）好，这叫做：孝心所感，铁人流泪；高僧说法，顽石点头。五娘子，你一片孝心，就从今日效验起了，此去定然遂意。我且问你：你公婆的坟茔，曾去拜别了么？（旦）还不曾去。要

琵琶記

〔胡捣练〕（旦上）辞别去到荒坵只愁出路煞生受画取真容聊藉手逢人将

此冤哀求鬼神之道难则难明或应之理求哥不信奴家昨日独自在山塝埳正睡閒忽梦一神人

白糍常山土地带领阴兵奥奴家助力却又嘱付教奴家改换衣装遥往长安寻取丈夫待梦觉来

然填塞非已完备遂遭可信非有不可信其非无二般做已靠了只得些

换衣装扮作道姑将琵琶做行孝沿街上弹幾個行孝的曲兒抄化将去只是一件我幾年閒和尚

婆斯守如何挣得一旦撇了他奴家自幼薄晓得些丹青何似想像画取公婆真容青春一路去也

似相甚傍的一般但遇小祥忌辰展開奥他烧些香纸奠些酒俵也是奴家一點孝心不免竟此書

描真容則個〔描畫介〕

〔三仙橋〕一從他每死後要相逢不能穀除非夢裏暫時略聚首要描不出他苦

就暗想像教我未描先淚流描不出他愁心頭描不出他飢症候描不出他

孩兒的睁睁兩眸只畫得他髮颼颼和那衣衫敝坵。休休，若書做好容顏須不

是趙五娘的姑舅

二一二

屈太公同行，好对着公婆当面拜托。（末）一发见得到！就请同行。叫小二，
与五娘子背了琵琶。（丑）自然。莫说琵琶，就是要带马桶，我也情愿挑着走
了。（末）五娘子，我还有几句药石之言，要分付你，和你一面行走，一面讲
罢。（旦）既有法言，便求赐教。（行介）

【斗黑】（末）伊夫婿，多应是贵官显爵。伊家去，须当审个好
恶。只怕你这般乔打扮，他怎知觉？一贵一贫，怕他将错就
错。（合）孤坟寂寞，路途滋味恶。两处堪悲，万愁怎摸！

    （末）已到坟前了。蔡大哥！蔡大嫂！你这个孝顺媳妇，待你二人，可谓生事
以礼，死葬以礼，祭之以礼，无一事不全的了！如今远出寻夫，特来拜别，
将坟墓交托于我。从今以后，我就当你媳妇，逢时化纸，遇节烧钱，你不消
虑得。只是保佑他一路平安，早与丈夫相会。他一生行孝的事情，只有你夫
妻两口，与我张广才三人知道。你夫妻死了，止剩得我一个在此，万一不能
勾见他，这孝妇一片苦心，谁人替他表白？趁我张广才未死，速速保佑他回
来。待我见他一面，把你媳妇的好处，细细对他讲一遍，我张广才这个老头
儿，就死也瞑目了。眉批：世间苦戏尽多，但悲伤语皆出本人之口，虽使听
者堕泪，未足称奇。此折之妙，妙在五娘缄口不提，张老代说，说到至情所
感，人人流涕。此千古奇观，神哉技也！唉，我那老友呵！（旦）我那公婆
呵！（同放声大哭、丑亦哭介）（末）五娘子！

【忆多娇】我承委托当领诺。这孤坟，我自看守，决不爽约。
但愿你途中身安乐。（合）举目萧索，满眼盈盈泪落。

    （旦）公婆，你媳妇如今去了！大公，奴家去了！（末）五娘子，你途间保重，

早去早回！小二，你好生伏侍五娘子，不要叫他费心。(丑)晓得！

(旦)**为寻夫婿别孤坟，**(末)**只怕儿夫不认真。**

(合)**流泪眼观流泪眼，断肠人送断肠人。**

(旦掩泪同丑先下)(末目送，作哽咽不能出声介)嗳，我、我、我明日死了，那有这等一个孝顺媳妇！可怜！可怜！(掩泪下)

【注释】

①勉：芥子园本、翼圣堂本作"勉"，《六十种曲》本等作"免"。

②哭天：翼圣堂本作"哭天"，芥子园本作"哭夫"。

《明珠记·煎茶》改本

第一折

【卜算子】(生冠带上)**未遇费长房，已缩相思地。咫尺有佳音，可惜人难寄。**

下官王仙客，叨授富平县尹。又为长乐驿缺了驿官，上司命我带管三月。近日朝廷差几员内官，带领三十名宫女，去备皇陵打扫之用，今日申牌时分，已到驿中。我想宫女三十名，焉知无双小姐不在其内？要托人探个消息，百计不能。喜得里面要取人伏侍，我把塞鸿扮做煎茶童子，送进去承值，万一遇见小姐，也好传个信儿。塞鸿那里？(丑上)蓝桥今夜好风光，天上群仙降下方。只恐云英难见面，裴航空自捣玄霜。塞鸿伺候。(生)今日送你进去煎茶，专为打探无双小姐的消息，你须要用心体访。(丑)小人理会得。(生)随着我来。(行介)你若见了小姐呵!

【玉交枝】道我因他憔悴,虽则是断机缘,心儿未灰,痴情还想成婚配。便今世,不共鸳帏,私心愿将来世期,倒不如将生换死求连理。(合)料伊行,冰心未移,料伊行,柔肠更痴。

说话之间,已到馆驿前了。(丑)管门的公公在么?(净上)走马近来辞帝阙,奉差前去扫皇陵。甚么人?到此何干?(生)带管驿事富平县尹,送煎茶人役伺候。(净)着他进来。(丑进见介)(净看怒介)这是个男子,你为甚么送他进来呢?(生)是个幼年童子。(净)看他这个模样,也不是个幼年童子了。好个不通道理的县官!就是上司官员,戴着家眷从此经过,也没有取男子服事之理,何况是皇宫内院的嫔妃,肯容男子见面?叫孩子们,快打出去,着他换妇人进来。这样不通道理,还叫他做官!(骂下)(生)这怎么处?

【前腔】精神徒费。不收留,翻加峻威,道是男儿怎入裙钗队。叹宾鸿,有翼难飞!(丑)老爷,你偌大一位县官,怕差遣妇人不动?拨几个民间妇女进去就是了,愁他怎的!(生)塞鸿,你那里知道。民间妇人尽有,只是我做官的人,怎好把心事托他?幽情怎教民妇知,说来徒使旁人议。(合前)且自回衙,少时再作道理。正是:

不如意事常八九,可与人言无二三。

第二折

【破阵子】(小旦上)故主恩情难背,思之夜夜魂飞。

奴家采苹,自从抛离故主,寄养侯门,王将军待若亲生,王解元纳为侧室,唱随之礼不缺，伉俪之情颇谐，只是思忆旧恩，放心不下。闻得朝廷拨出宫女三十名，去备皇陵打扫，如今现在驿中。万一小姐也在数内，我和他咫尺之间，不能见面，令人何以为情？仔细想来，好凄惨人也！（泪介）

【黄莺儿】从小便相依。弃中途，履祸危，经年没个音书寄。到如今呵，又不是他东我西，山遥路迷。宫门一入深无底，止不过隔层帏。身儿不近，怎免泪珠垂？

（生上）枉作千般计，空回九转肠；姻缘生割断，最狠是穹苍。（见介）（小旦）相公回来了。你着塞鸿去探消息，端的何如？为甚么面带愁容，不言不语？（生）不要说起！那守门的太监，不收男子，只要妇人。妇人尽有，都是民间之女，怎好托他代传心事，岂不闷杀我也！

【前腔】无计可施为，眼巴巴看落晖。只今宵一过，便无机会。娘子，我便为此烦恼。你为何也带愁容？看你无端皱眉，无因泪垂，莫不是愁他夺取中宫位？那里知道这婚姻事呵！绝端倪。便图来世，那好事也难期。

（小旦）奴家不为别事，只因小姐在咫尺之间，不能见面，故主之情，难于割舍，所以在此伤心。（生）原来如此，这也是人之常情。（小旦）相公，你要传消递息，既苦无人；我要见面谈心，又愁无计。我如今有个两全之法，和你商量。（生）甚么两全之法？快些讲来。（小旦）他要取妇人承值，何不把奴家送去？只说民间之妇。若还见了小姐，妇人与妇人讲话，没有甚么嫌疑，岂不比塞鸿更强十倍？（生）如此甚妙！只是把个官人娘子扮作民间之妇，未免屈了你些。（小旦）我原以侍妾起家，何屈之有？（生）这等分付门上，唤一乘小轿进来，傍晚出去，黎明进来便了。

　　　　美卿多智更多情，一计能收两泪零。

（小旦）鸡犬尚能怀故主，为人岂可负生成？

第三折

此折改白不改曲。曲照原本，不更一字。

【长相思】（旦上）念奴娇，归国遥，为忆王孙心转焦，楚江秋色饶。月儿高，烛影摇，为忆秦娥梦转迢。苦呵！汉宫春信消。

　　街鼓冬冬动戍楼，倚床无寐数更筹；可怜今夜中庭月，一样清光两地愁。奴家自到驿内，看看天色晚来。（内打二鼓介）呀，谯楼上面，已打二鼓了。独眠孤馆，展转凄其，待与姊妹们闲话消遣，怎奈他们心上无事，一个个都去睡了。教奴家独守残灯，怎生睡得去！

【二郎神】良宵杳，为愁多，睡来还觉。手揽寒衾风料峭。也罢，待我剔起银灯①，到阶除下闲步一回，以消长夜。徘徊灯侧，下阶闲步无聊。只见惨淡中庭新月小。画屏间，余香犹裹。漏声高，正三更，驿庭人静寥寥。

　　那帘儿外面，就是煎茶之所，不免去就着茶炉，饮一杯苦茗则个。正是：有水难浇心火热，无风可解泪冰寒。（暂下）（小旦持扇上）已入重围里，还愁见面遥；故人相对处，打点泪痕抛。奴家自进驿来，办眼偷瞧，不见我家小姐。（内作长叹介）（小旦）呀，如今夜深人静，为何有沉吟叹息之声？不免揭起帘儿，觑他一眼。

明珠記

〔前腔〕〔衆〕草榻竹床炊脱黍那更枕冷衾餘大家都是金屋侶萬種榮華人

怎如也向郵亭捱夜雨這磨折甚日除

孤館忽忽話夜長

明朝又是塵沙道

強舍清淚上牙床

雪暗雲黃各斷腸

第二十五齣　煎茶

〔丑上〕藍橋今夜好風光天上蓬仙降下方只恐雲英難見面裴航空自撈玄霜小人塞鴻跟隨官

人在驛中今夜内臣在此不免伺候則個〔生上〕為托青童傳信息深探月窟見姮娥塞鴻有一件

事你和商量〔丑〕官人有甚麼事〔生〕今夜宮女在此我只怕無雙小姐也在其内你與我探偵消

息〔丑〕官人又來了接庭内有三十六宮七十二院三千粉黛八百嬌娥更沒得差直教小姐到来

差了來也未可知你省得甚麼處凡事不可意料大海浮萍也有相逢之日倘或我與小姐烟緣未斷正

你休疑心〔生〕你若得甚廳應慇暗地聽小姐在内我要見他一面這顆

明珠是小姐與俺的你把與他爲信只等囘報〔丑〕您的官人請出去小人自有分曉〔生〕眼望旌

七四

【前腔】偷瞧，把朱帘轻揭，金铃声小。呀！那阶除之下，缓步行来的，好似我家小姐。欲待唤他，又恐不是。我且只当不知，坐在这里煎茶，看他出来，有何话说？（旦上）看，一缕茶烟香缭绕。呀！那个煎茶女子，好生面善。青衣执爨，分明旧识风标。悄语低声问分晓。笠翁曰：此《明珠》原曲。"风标"二字，加之采苹恰好，若照原本，是无双赞塞鸿之词矣。塞鸿而有风标，其情尚可问乎？那煎茶女子，快取茶来！（小旦）娘娘请坐，待我取来。（送茶，各看，背惊介）（旦）呀！分明是采苹的模样，他为何来在这里？（小旦）竟是我家小姐！待他唤我，我才好认他。（旦）那女子走近前来！你莫非就是采苹么？（小旦）小姐在上，妾身就是。（跪介）（旦抱哭介）（合）天那！何幸得萍水相遭！（旦）你为何来在这里？（小旦）说起话长。今夜之来，是采苹一点孝心，费尽机谋，特地来寻故主。请问小姐，老夫人好么？（旦）还喜得康健。采苹，你晓得王官人的消息么？郎年少，自分离，孤身何处飘飘？

　　（小旦）他自分散之后，贼平到京。正要来图婚配，不想我家遭此横祸，他就
　　落魄天涯。近得金吾将军题请得官，现做富平县尹，权知此驿。

【啭林莺】他宦中薄禄权倚靠，知他未遂云霄。（旦）这等说来，
他也就在此处了。既然如此，你的近况何如？随着谁人？作何勾当？（小旦）采苹
自别夫人、小姐，蒙金吾将军收为义女，就嫁与王官人，目今现在一起。（旦）哦，
你和他现在一起么？（小旦）是。（旦作醋容介）这等讲来，我倒不如你了！鹣鹩
已占枝头早，孤鸾拘锁，何日得归巢？（小旦）小姐不要多心。奴家
虽嫁王郎，议定权为侧室，虚却正夫人的座位，还待着小姐哩！（旦）这等才是。
我且问你，檀郎安否？怕相思，瘦损潘安貌。（小旦）他虽受折磨，却还志
气不衰，容颜如旧。志气好，千般折挫，风月未全消。

　　他一片苦情，恐怕小姐不知，现付明珠一颗，是小姐赠与他的，他时时藏在
　　身旁，不敢遗失。（付珠介）

【前腔】（旦）双珠依旧成对好，我两人还是蓬飘。采苹，我今夜要
约他一会，你可唤得进来么？（小旦）这个使不得。老公公在外监守，又有军士巡
更，那里唤得进来！（旦）莫非是你……（小旦）是我怎么样？哦，采苹知道了，莫
非疑我吃醋？若有此心，天不覆，地不载！小姐，利害所关，他委实进来不得。
（旦泪介）嗳！眼前欲见无由到，驿庭咫尺，翻做楚天遥。（小旦）
楚天犹小，着不得一腔烦恼。小姐有何心事，只消对采苹说知，待采苹
转对他说，也与见面一般。（旦）枉心焦，我芳情自解，怎说与伊曹！

　　待我修书一封，与你带去便了。（小旦）说得有理，快写起来，一霎时天就明

了。（旦写介）

【啄木公子】舒残茧，展兔毫，蚊脚蝇头随意扫。只怕我有万恨千愁，假饶会面难消。我有满腔愁怨，写向鸾笺怎得了？总有丹青别样巧②，毕竟衷肠事怎描？只落得泪痕交。

【前腔】书才写，灯再挑，锦袋重封花押巧。书写完了，采苹，你与我传示他，好自支持，休为我长皱眉梢。（小旦）小姐，你与他的姻缘，毕竟如何？可有出官相会的日子？（旦）为说汉宫人未老，怨粉愁香憔悴倒；寂寞园陵岁月遥，云雨隔蓝桥。

　　　明珠封在书中，叫他依旧收好。（小旦）天色已明，采苹出去了。小姐，你千万保重！若有便信，替我致意老夫人。（各哭介）（小旦）小姐保重，采苹去了。（掩泪下）（旦）呀，采苹，你竟去了！（顿足哭介）

【哭相思尾】从此两下分离音信杳，无由再见亲人了。

　　　【哭倒介】（末上）自不整衣毛，何须夜夜号？咱家一路辛苦，正要睡觉，不知那个官人啾啾唧唧，一夜哭到天明，不免到里面去看来。呀！为何哭倒在地下？（看介）原来是刘官人。刘官人起来！（摸介）呀，不好了！浑身冰冷，只有心口还热。列位官人快来！（四官女上）并无奇祸至，何事疾声呼？呀！这是刘家姐姐，为何倒在地下？（末）列位官人看好，待我去取姜汤上来。（下）（二官女）刘家姐姐，快些苏醒！（末取姜汤上）姜汤在此，快灌下去。（灌醒介）（官女）刘家姐姐，你为甚么事情，哭得这般狼狈？

【黄莺儿】（旦）只为连日受劬劳，怯风霜，心胆遥，昨宵不睡挨到晓。（末）为甚么不睡呢？（旦）思家路遥，思亲寿高，因此蓦然愁绝昏沉倒。谢多娇，相将救取，免死向荒郊。

（末）好不小心！万一有些差池，都是咱家的干系哩！

【前腔】（众）人世水中泡。受皇恩，福怎消，何须苦忆家乡好？慈帏暂抛，相逢不遥，宽心莫把闲愁恼。（内）面汤热了，请列位官人梳妆上轿。（合）曙光高，马嘶人起，梳洗上星轺。

（官女）姊妹人人笑语阗，娘行何事独忧煎？

（旦）只因命带凄惶煞，心上无愁也泪涟。

【注释】

①银灯：翼圣堂本和珍本作"残灯"，芥子园本作"银灯"。

②总有：翼圣堂本、芥子园本作"总有"；有的本子作"纵有"，亦通。

授曲第三

声音之道，幽渺难知。予作一生柳七①，交无数周郎，虽未能如曲子相公身都通显，然论其生平制作，塞满人间，亦类此君之不可收拾②。然究竟于声音之道未尝尽解，所能解者，不过词学之章句，音理之皮毛，比之观场矮人，略高寸许，人赞美而我先之，我憎丑而人和之，举世不察，遂群然许为知音。噫，音岂易知者哉？人问：既不知音，何以制曲？予曰：酿酒之家，不必尽知酒味，然秫多水少则醇酦③，曲好蘖精则香冽④，此理则易谙也；此理既谙，则杜康不难为矣⑤。造弓造矢之人，未必尽娴决拾⑥，然曲而劲者利于矢，直而锐者宜于鹄⑦，此道则易明也；既明此道，即世为弓人、矢人可矣。虽然，山民善跋，水民善涉，术疏则巧者亦拙，业久则粗者亦精；填过数十种新词，悉付优人，听其歌演，近朱者赤，近墨者黑⑧，况为朱墨所从出者乎？粗者自然拂耳，精者自能娱神，是其中菽麦亦稍辨矣。语云："耕当问奴，织当访婢⑨。"予虽不敏，亦曲中之老奴，歌中之黠婢也⑩。请述所知，以备裁择。

【注释】

①柳七：即宋代词人柳永（987?—1055?），字耆卿，初号三变；因排行七，又称柳七。祖籍河东（今属山西），后移居崇安（今属福建）。他的词当时可谓家喻户晓。

②此君之不可收拾：五代词人和凝，官至太子太保，封鲁国公，人称"曲子相公"，少时好作艳词，后悔其少作想收集销毁，终因流散太广而不可收拾。

③秫（shú）：黏高粱，有的地区泛指高粱，造酒的粮食。

④蘖（niè）：酿酒的曲。

⑤杜康：传说为酿酒鼻祖。《说文解字·巾部》："古者少康初作箕帚，秫酒。少康，杜康也。"

⑥决拾：射箭的工具，此处即指射箭。

⑦鹄（hú）：箭靶的中心。

⑧"近朱者赤"二句：语见晋傅玄《少傅箴》。

⑨"耕当问奴"二句：语见《宋书·沈庆之传》。

⑩黠（xiá）：机灵，聪明而狡猾。

【评析】

这一节是谈如何教演员唱曲的。李渔集戏曲作家、戏班班主、"优师"、导演于一身，有着丰富的艺术经验。他自称"曲中之老奴，歌中之黠婢"，凭借"作一生柳七，交无数周郎"的阅历和体验，道出常人所道不出的精彩见解。其实，不只言传身教，而且无形的熏陶也会使人受益无穷，演员在李渔这样的"优师"和导演身边长期生活，近朱者赤、近墨者黑，潜移默化，自有长进。然而，亦需演员自己刻苦磨炼，才能成为真正的表演艺术家。

明李开先《词谑》中记载了颜容刻苦练功的故事。颜容实际上是一个"下海"的票友："……乃良家子，性好为戏，每登场，务备极情态；喉音响亮，又足以助之。尝与众扮《赵氏孤儿》戏文，容为公孙杵臼，见听者无戚容，归即左手捋须，右手打其两颊尽赤，取一穿衣镜，抱一木雕孤儿，说一番，唱一番，哭一番，其孤苦感怆，真有可怜之色、难已之情。异日复为此戏，千百人哭皆失声。归，又至镜前，含笑深揖曰：'颜容，真可观矣！'"倘若没有在穿衣镜前，怀抱木雕孤儿，说一番、唱一番、哭一番的训练和如此投入的情感体验，绝不会有"千百人哭皆失声"的巨大成功。还有一个例子。明末清初的侯方域《马伶传》写南京一个名叫马锦的演员，因演《鸣凤记》中严嵩这个奸臣而不如别的演员演得好，便到京城一个相国（也是奸臣）家，为其门卒三年，

服侍相国，察其举止，聆其语言，揣摩其形态，体验其心理。三年后重新扮演严嵩这个角色，大获成功，连三年前扮演严嵩比他强的那个演员，也要拜他为师。为了演好一个角色，刻苦磨炼三年，令人钦佩！

解明曲意

唱曲宜有曲情，曲情者，曲中之情节也。解明情节，知其意之所在，则唱出口时，俨然此种神情，问者是问，答者是答，悲者黯然魂销而不致反有喜色，欢者怡然自得而不见稍有瘁容。且其声音齿颊之间，各种俱有分别，此所谓曲情是也。吾观今世学曲者，始则诵读，继则歌咏，歌咏既成而事毕矣。至于"讲解"二字，非特废而不行，亦且从无此例。有终日唱此曲，终年唱此曲，甚至一生唱此曲，而不知此曲所言何事，所指何人。口唱而心不唱，口中有曲而面上、身上无曲，此所谓无情之曲，与蒙童背书，同一勉强而非自然者也。虽腔板极正，喉舌齿牙极清，终是第二、第三等词曲，非登峰造极之技也。欲唱好曲者，必先求明师讲明曲义。师或不解，不妨转询文人，得其义而后唱。唱时以精神贯串其中，务求酷肖。若是，则同一唱也，同一曲也，其转腔换字之间，别有一种声口，举目回头之际，另是一副神情，较之时优，自然迥别。变死音为活曲，化歌者为文人，只在"能解"二字，解之时义大矣哉！

【评析】

　　这一款的主旨是要求演员在学唱一支曲子时，必须首先理解曲意，如此，才能"唱出口时，俨然此种神情，问者是问，答者是答，悲者黯然魂销而不致反有喜色，欢者怡然自得而不见稍有瘁容"。因为表演是艺术，而艺术是要逼真地传达情感，不是如木偶般机械地发声吐字。此款中令人最感兴趣的是李渔关于"死音""活曲"的见解。他认为那种不解曲意，"口唱而心不唱，口中有曲而面上、身上无曲，此所谓无情之曲"，也即"死音"；只有解明曲意，全身心地、全神贯注地演唱，才是"活曲"。这里的"死""活"二字，道出了艺术的真谛。

在我看来，艺术（审美）本来就是一种生命活动。它是人类生命的一种存在方式，是人类生命的一种活动形式。"活"是生命的显著标志；"死"则意味着生命的消失。"死音"，犹如行尸走肉，无生命可言，无美可言，自然也就无艺术可言；只有"活曲"，有生命流注其中，才美，才是真正的艺术。真正的艺术家，是把自己的生命投入艺术之中的，他的艺术就是他生命的一部分。据古德济《托尔斯泰评传》记述，俄国大作家列夫·托尔斯泰说过："只有当你每次浸下了笔，就像把一块肉浸到墨水瓶里的时候，你才应该写作。"演员的表演亦如是。清代著名小生演员徐小香有"活公瑾"之称，为什么？因为他用自己的生命去演周瑜，因而把人物演活了；即使"冠上雉尾"，也流注着生命，"观者咸觉其栩栩欲活"。现代著名武生演员盖叫天有"活武松"之称，也是因为他把自己的生命化为角色（武松）的生命。

调熟字音

调平仄，别阴阳，学歌之首务也。然世上歌童解此二事者，百不得一。不过口传心授，依样葫芦，求其师不甚谬，则习而不察，亦可以混过一生。独有必不可少之一事，较阴阳平仄为稍难，又不得因其难而忽视者，则为"出口""收音"二诀窍。世间有一字，即有一字之头，所谓出口者是也；有一字，即有一字之尾，所谓收音者是也。尾后又有余音，收煞此字，方能了局。譬如吹箫、姓萧诸"箫"字，本音为箫，其出口之字头与收音之字尾，并不是"箫"。若出口作"箫"，收音作"箫"，其中间一段正音并不是"箫"，而反为别一字之音矣。余澹心云：门外汉那得知! 且出口作"箫"，其音一泄而尽，曲之缓者，如何接得下板？故必有一字为之头，以备出口之用，有一字为之尾，以备收音之用，又有一字为余音，以备煞板之用。字头为何？"西"字是也。字尾为何？"天"字是也。尾后余音为何？"乌"字是也。字字皆然，不能枚纪①。《弦索辨讹》等书载此颇详②，阅之自得。

【注释】

①枚纪：一个一个地记下来。

②《弦索辨讹》：一部研究戏曲演唱格律的专著，明代沈宠绥著。

要知此等字头、字尾及余音，乃天造地设，自然而然，非后人扭捏而成者也，但观切字之法，即知之矣。尤展成云：妙喻!《篇海》《字汇》等书①，逐字载有注脚，以两字切成一字。其两字者，上一字即为字头，出口者也；下一字即为字尾，收音者也；但不及余音之一字耳。无此上下二字，切不出中间一字，其为天造地设可知。此理不明，如何唱曲？出口一错，即差谬到底，唱此字而讹为彼字，可使知音者听乎？故教曲必先审音。即使不能尽解，亦须讲明此义，使知字有头尾以及余音，则不敢轻易开口，每字必询，久之自能惯熟。"曲有误，周郎顾。"苟明此道，即遇最刻之周郎，亦不能拂情而左顾矣②。字头、字尾及余音，皆为慢曲而设，一字一板或一字数板者，皆不可无。其快板曲，止有正音，不及头尾。

【注释】

①《篇海》：即《四声篇海》，韵书，金代韩孝彦著。《字汇》：字书，明代梅膺祚著。

②拂：违背，拂逆。左顾：小看，卑视。

缓音长曲之字，若无头尾，非止不合韵，唱者亦大费精神，但看青衿赞礼之法①，即知之矣。"拜""兴"二字皆属长音。"拜"字出口以至收音，必俟其人揖毕而跪，跪毕而拜，为时甚久。若止唱一"拜"字到底，则其音一泄而尽，不当歇而不得不歇，失傧相之体矣②。得其窍者，以"不""爱"二字代之。"不"乃"拜"之头，"爱"乃"拜"之尾，中间恰好是一"拜"字。尤展成云：又是妙喻！以一字而延数晷③，则气力不足；分为三字，即有余矣。"兴"字亦然，以"希""因"二字代之。赞礼且然，况于唱曲？婉譬曲喻，以至于此，总出一片苦心。审乐诸公，定须怜我。字头、字尾及余音，皆须隐而不现，使听者闻之，但有其音，并无其字，始称善用头尾者；一有字迹，则沾泥带水，有不如无矣。

【注释】

①青衿赞礼之法：指典礼时司仪的发音方法。青衿，青领的衣服，学子所服，后青衿泛指读书人，《诗经·郑风·子衿》有"青青子衿"句。赞礼，典礼的司仪。

②傧相：接待宾客之人。《周礼·司仪》："掌九仪之宾客摈（傧）相之礼。"

③晷：日影，引申为时光。

【评析】

"调熟字音"和下一款"字忌模糊"是专讲演员表演时的发声吐字的技巧的。李渔可谓真精通音律者也。他摸透了汉字的发声规律，并且非常贴切地运用于戏曲演员的演唱之中。当然，李渔之前也有人对此提出过很好的见解，明代沈宠绥《度曲须知》就谈到字的发音可以有"头、腹、尾"三个成分，例如"箫"字的"头"是"西"，"腹"是"鏖"，"尾"是"呜"。唱"箫"字时，要把上述三个成分唱出来，不过，"尾音十居五六，腹音十有二三，若字头之音，则十且不能及一"。李渔吸收、继承了沈氏的思想，提出曲文每个字的演唱要注意"出口"（"字头"）、"收音"（"字尾"）、"余音"（"尾后"）。如唱"箫"字时，"出口"是"西"，"收音"是"天"，"余音"是"乌"。熟悉演唱的人一比较就会知道，李渔所提出的"出口""收音""余音"的演唱发声方法，比沈宠绥的方法，观众听起来更清晰。因为，沈氏的"尾""腹""头"的时间比例不尽合理。

字忌模糊

学唱之人，勿论巧拙，只看有口无口；听曲之人，慢讲精粗，先问有字无字[①]。字从口出，有字即有口。如出口不分明，有字若无字，是说话有口，唱曲无口，与哑人何异哉？哑人亦能唱曲，听其呼号之声即可见矣。常有唱完一曲，听者止闻其声，辨不出一字者，令人闷杀。此非唱曲之料，选材者任其咎，非本优之罪也。舌本生成，似难强造，然于开口学曲之初，先能净其齿颊，使出口之际，字字分明，然后使工腔板，此回天大力，无异点铁成金，然百中遇一，不能多也。

【注释】

①有口无口、有字无字：是说唱曲要字正腔圆、字音清晰。

【评析】

"字忌模糊"一款，李渔提出"有口""无口"的问题，是说演员演唱时出口要分明，吐字要清楚，要字正腔圆。这使我想起当年周总理对北京人民艺术剧院演员提出的要求："你们的台词要让观众听清楚。"据人艺著名演员刁光覃回忆，周总理对某些演员语言基本功差、声音不响亮、吐字不清楚，是不满意的，他要演员注意台词不清而影响演出效果的问题。今天的演员，不论是话剧演员还是戏曲演员，都应该借鉴李渔的思想，提高自己的演出水平。

曲严分合

同场之曲①，定宜同场，独唱之曲，还须独唱，词意分明，不可犯也。常有数人登场，每人一只之曲，而众口同声以出之者，在授曲之人，原有浅深二意：浅者虑其冷静，故以发越见长②；深者示不参差，欲以翕如见好③。尝见《琵琶·赏月》一折，自"长空万里"以至"几处寒衣织未成"，俱作合唱之曲，谛听其声，如出一口，无高低断续之痕者，虽曰良工心苦，然作者深心，于兹埋没。此折之妙，全在共对月光，各谈心事，曲既分唱，身段即可分做，是清淡之内原有波澜。若混作同场，则无所见其情，亦无可施其态矣。惟"峭寒生"二曲可以同唱，首四曲定该分唱，况有"合前"数句振起神情，原不虑其太冷。他剧类此者甚多，举一可以概百。戏场之曲，虽属一人而可以同唱者，惟《行路》《出师》等剧，不问词理异同，皆可使众声合一。场面似闹，曲声亦宜闹，静之则相反矣。

【注释】

①同场之曲：指合唱、齐唱。

②发越：发声宏亮。

③翕（xī）如：声音柔顺。翕，和顺，协调。

【评析】

"曲严分合"说的是优师与导演在授曲的时候，一定要叫演员明了合唱的曲子与独唱的曲子的分别，明了它们都有各自的特点和寓意，才能在表演中准确表达艺术内涵。

舞台艺术作为综合性的艺术，其综合性的好坏就表现在舞台上的各个成分是否配合默契。李渔在以下三款中提到了合唱与独唱的"分合"，戏场锣鼓的协调，丝、竹、肉（演唱与伴奏）的一致等等，强调综合性艺术默契配合。成功的导演，应该像一个优秀的钢琴家，十个指头左移右挪、按下抬上、此起彼伏、相得益彰，把各个音符组合成一支美妙的乐曲。如果一个指头按的不是地方、或者拍节不对，都是对有机整体的破坏。然而，将舞台上所有这些因素都配合有致，的确不太容易。

锣鼓忌杂

戏场锣鼓，筋节所关，当敲不敲，不当敲而敲，与宜重

而轻，宜轻反重者，均足令戏文减价。此中亦具至理，非老
于优孟者不知。最忌在要紧关头，忽然打断。如说白未了之
际，曲调初起之时，横敲乱打，盖却声音，使听白者少听数
句，以致前后情事不连，审音者未闻起调，不知以后所唱何
曲。打断曲文，罪犹可恕，抹杀宾白，情理难容。予观场每
见此等，故为揭出。又有一出戏文将了，止余数句宾白未
完，而此未完之数句，又系关键所在，乃戏房锣鼓早已催促
收场，使说与不说同者，殊可痛恨。故疾徐轻重之间，不可
不急讲也。场上之人将要说白，见锣鼓未歇，宜少停以待
之，不则过难专委，曲白锣鼓，均分其咎矣。

【评析】

　　这一款谈演出中锣鼓与其他关节的协调问题。李渔批评了戏场锣鼓"当敲
不敲，不当敲而敲"，"宜重而轻，宜轻反重"，锣鼓"盖却声音"，"戏房吹合之
声，皆高于场上之曲"的毛病，说此中"亦具至理，非老于优孟者不知"，足
见一场演出作为综合艺术，无论哪个环节都是重要的，都必须各尽其职，才能
完美无缺。

吹合宜低

　　丝、竹、肉三音①，向皆孤行独立，未有合用之者，合
之自近年始。三籁齐鸣②，天人合一，亦金声玉振之遗意

也③，未尝不佳；但须以肉为主，而丝、竹副之，使不出自然者，亦渐近自然，始有主行客随之妙。迩来戏房吹合之声，皆高于场上之曲，反以丝、竹为主，而曲声和之，是座客非为听歌而来，乃听鼓乐而至矣。从来名优教曲，总使声与乐齐，箫笛高一字，曲亦高一字，箫笛低一字，曲亦低一字。然相同之中，即有高低轻重之别，以其教曲之初，即以箫笛代口，引之使唱，原系声随箫笛，非以箫笛随声，习久成性，一到场上，不知不觉而以曲随箫笛矣。正之当用何法？曰：家常理曲，不用吹合，止于场上用之，则有吹合亦唱，无吹合亦唱，不靠吹合为主。譬之小儿学行，终日倚墙靠壁，舍此不能举步，一旦去其墙壁，偏使独行，行过一次两次，则虽见墙壁而不靠矣。以予见论之，和箫和笛之时，当比曲低一字，曲声高于吹合，则丝竹之声亦变为肉，寻其附和之痕而不得矣。正音之法，有过此者乎？然此法不宜概行，当视唱曲之人之本领。如一班之中，有一二喉音最亮者，以此法行之，其余中人以下之材，俱照常格。倘不分高下，一例举行，则良法不终，而怪予立言之误矣。

【注释】

①丝：弦乐。竹：管乐。肉：人唱。

②三籁（lài）：按庄子《齐物论》的说法，是天籁、地籁、人籁。此处指

丝、竹、肉三种声音。籁，指从孔穴中发出的声音。

　　③金声玉振：《孟子·万章下》："孔子之谓集大成。集大成也者，金声而玉振之也。"

　　吹合之声，场上可少，教曲学唱之时，必不可少，以其能代师口，而司熔铸变化之权也。何则？不用箫笛，止凭口授，则师唱一遍，徒亦唱一遍，师住口而徒亦住口，聪慧者数遍即熟，资质稍钝者，非数十百遍不能，以师徒之间无一转相授受之人也。自有此物，只须师教数遍，齿牙稍利，即有箫笛引之。随箫随笛之际，若曰无师，则轻重疾徐之间，原有法脉准绳，引人归于胜地；若曰有师，则师口并无一字，已将此曲交付其徒。先则人随箫笛，后则箫笛随人，是金蝉脱壳之法也。"庾公之斯，学射于尹公之他；尹公之他，学射于我。"①箫笛二物，即曲中之尹公他也。但庾公之斯与子濯孺子，昔未见面，而今同在一堂耳。若是，则吹合之力讵可少哉②？予恐此书一出，好事者过听予言，谬视箫笛为可弃，故复补论及此。

　　【注释】

　　①"庾公之斯"四句：语见《孟子·离娄下》，说三个人（庾公之斯、尹公之他、子濯孺子）递相学习："庾公之斯，学射于尹公之他；尹公之他，学射

于我。"此处"我"指子濯孺子。这里有这样一个故事：子濯孺子受郑派遣攻卫，卫使庾公之斯追之，子濯孺子有病，心想必死无疑；后得知追者乃是向他的徒弟尹公之他学射的庾公之斯，便放下心来——"夫尹公之他，端人也，其取友必端矣。"庾公之斯果然念师徒之谊不杀子濯孺子。

②讵（jù）：岂。

【评析】

在"吹合宜低"款中，李渔着重说的是"丝、竹、肉"即弦乐、管乐、人唱三者如何配合。他提出的原则是："须以肉为主，而丝、竹副之，使不出自然者，亦渐近自然，始有主行客随之妙。"李渔还谈到优师教演员唱曲的方法。这里又使我想起李开先《词谑》中所写优师周全授徒的情形：徐州人周全，善唱南北词……曾授二徒：一徐锁，一王明，皆宛人也，亦能传其妙。人每有从之者，先令唱一两曲，其声属宫属商，则就其近似者而教之。教必以昏夜，师徒对坐，点一炷香，师执之，高举则声随之高，香住则声住，低亦如是。盖唱词惟在抑扬中节，非香，则用口说，一心听说，一心唱词，未免相夺；若以目视香，词则心口相应也。在当时的条件下，周全可谓一个善于因材施教，而且方法巧妙的戏曲教师；即使在今天，亦可入优秀之列。

教白第四

教习歌舞之家，演习声容之辈，咸谓唱曲难，说白易。宾白熟念即是，曲文念熟而后唱，唱必数十遍而始熟，是唱曲与说白之工，难易判如霄壤。时论皆然，予独怪其非是。唱曲难而易，说白易而难，知其难者始易，视为易者必难。盖词曲中之高低抑扬，缓急顿挫，皆有一定不移之格，谱载分明，师传严切，习之既惯，自然不出范围。至宾白中之高低抑扬，缓急顿挫，则无腔板可按、谱籍可查，止靠曲师口授；而曲师入门之初，亦系暗中摸索，彼既无传于人，何从转授于我？讹以传讹，此说白之理，日晦一日而人不知。人既不知，无怪乎念熟即以为是，而且以为易也。吾观梨园之中，善唱曲者十中必有二三，工说白者百中仅可一二。此一二人之工说白，若非本人自通文理，则其所传之师，乃一读书明理之人也。故曲师不可不择。教者通文识字，则学者之受益，东君之省力①，非止一端。苟得其人，必破优伶之格以待之，不则鹤困鸡群，与侪众无异②，孰肯抑而就之乎？然于此中索全人，颇不易得。不如仍苦立言者，再费几升心血，创为成格以示人。自制曲选词，以至登场演习，无一不作功臣，庶于为人为彻之义，无少缺陷。虽然，成格即设，亦止可为通文达理者道，不识字者闻之，未有不喷饭胡卢③，而怪迂人之多事者也。

【注释】

①东君：主人。

②侪（chái）：同类的人。

③喷饭：苏东坡《筼筜谷偃竹记》中说，他寄诗给文与可，文与可夫妇收到时恰好在吃饭，阅后大笑，喷饭满桌。胡卢：《孔丛子·抗志》有"卫君乃胡卢大笑"句，胡卢乃笑声也。

【评析】

宾白（亦称念白、说白）易乎？非也。听李渔在《教白第四》的"高低抑扬""缓急顿挫"两款中谈念白的奥妙和教习的秘诀，的确大长见识。本以为唱曲难、念白易，却原来念白比唱曲更难。为什么？因为唱曲有曲谱可依，而念白则无腔板可按，全凭实践体验、暗中摸索。难怪梨园行中"善唱曲者十中必有二三，工说白者百中仅可一二"。

高低抑扬

宾白虽系常谈，其中悉具至理，请以寻常讲话喻之。明理人讲话，一句可当十句，不明理人讲话，十句抵不过一句，以其不中肯綮也①。宾白虽系编就之言，说之不得法，其不中肯綮等也。犹之倩人传语②，教之使说，亦与念白相同，善传者以之成事，不善传者以之偾事③，即此理也。此理甚难亦甚易，得其孔窍则易，不得孔窍则难。此等孔窍，天下人不知，予独知之。天下人即能知之，不能言之，而予复能言之。请揭出以示歌者。白有高低抑扬。何者当高而扬？何者当低而抑？曰：若唱曲然。曲文之中，有正字，有衬字。每遇正字，必声高而气长；若遇衬字，则声低气短而疾忙带过。此分别主客之法也。说白之中，亦有正字，亦有衬字，其理同，则其法亦同。一段有一段之主客，一句有一句之主客。主高而扬，客低而抑，此至当不易之理，即最简极便之法也。

【注释】

①肯綮（qìng）：筋骨结合的地方，比喻事物的关键。

②倩：请。

③偾（fèn）事：坏事。《礼记·大学》："此谓一言偾事，一人定国。"

凡人说话、其理亦然。譬如呼人取茶取酒，其声云："取茶来！""取酒来！"此二句既为茶酒而发，则"茶""酒"二字为正字，其声必高而长，"取"字"来"字为衬字，其音必低而短。再取旧曲中宾白一段论之。《琵琶·分别》白云："云情雨意，虽可抛两月之夫妻；雪鬓霜鬟，竟不念八旬之父母！功名之念一起，甘旨之心顿忘①，是何道理？"首四句之中，前二句是客，宜略轻而稍快，后二句是主，宜略重而稍迟。"功名""甘旨"二句亦然。此句中之主客也。"虽可抛""竟不念"六个字，较之"两月夫妻""八旬父母"，虽非衬字，却与衬字相同，其为轻快，又当稍别。至于"夫妻""父母"之上二"之"字，又为衬中之衬，其为轻快，更宜倍之。是白皆然，此字中之主客也。常见不解事梨园，每于四六句中之"之"字，与上下正文同其轻重疾徐，是谓菽麦不辨，尚可谓之能说白乎？此等皆言宾白，盖场上所说之话也。

【注释】
①甘旨之心：孝敬奉养父母之心。

　　至于上场诗、定场白，以及长篇大幅叙事之文，定宜高低相错，缓急得宜，切勿作一片高声，或一派细语，俗言"水平调"是也。上场诗四句之中，三句皆高而缓，一句宜低而快。低而快者，大率宜在第三句，至第四句之高而缓，较首二句更宜倍之。如《浣纱记》定场诗云①："少小豪雄侠气闻，飘零仗剑学从军。何年事了拂衣去，归卧荆南梦泽云。""少小"二句宜高而缓，不待言矣。"何年"一句必须轻轻带过，若与前二句相同，则煞尾一句不求低而自低矣。末句一低，则懈而无势，况其下接着通名道姓之语。如"下官姓范名蠡，字少伯"，"下官"二字例应稍低，若末句低而接者又低，则神气索然不振矣。故第三句之稍低而快，势有不得不然者。此理此法，谁能穷究至此？然不如此，则是寻常应付之戏，非孤标特出之戏也。高低抑扬之法，尽乎此矣。

【注释】

①《浣纱记》：明代梁伯龙所著传奇，叙西施与范蠡故事。梁辰鱼，字伯龙，号少白，昆山（今属江苏）人。明嘉靖年间戏曲家。

优师既明此理，则授徒之际，又有一简便可行之法，索性取而予之：但于点脚本时，将宜高宜长之字用朱笔圈之，凡类衬字者不圈。至于衬中之衬，与当急急赶下、断断不宜沾滞者，亦用朱笔抹以细纹，如流水状，使一一皆能识认。则于念剧之初，便有高低抑扬，不俟登场摹拟。尤展成云：方便法门。然太便宜此辈。如此教曲，有不妙绝天下，而使百千万亿之人赞美者，吾不信也。

【评析】

念白必须念出高低抑扬、缓急顿挫，要"高低相错，缓急得宜"。李渔在"高低抑扬"一款中，根据自己长期的实践经验，总结出念白的一些要领，譬如，一句念白，要分出"正""衬"，"主""客"，"主"高而扬，"客"低而抑。他说："曲文之中，有正字，有衬字。每遇正字，必声高而气长；若遇衬字，则声低气短而疾忙带过。此分别主客之法也。说白之中，亦有正字，亦有衬字，其理同，则其法亦同。一段有一段之主客，一句有一句之主客。主高而扬，客低而抑。"李渔还以"取酒来"三字为例，具体说明如何念才能念出"高低抑扬"的效果来，真是具体而微。

缓急顿挫

缓急顿挫之法，较之高低抑扬，其理愈精，非数言可了。然了之必须数言，辩者愈繁，则听者愈惑，终身不能解矣。优师点脚本授歌童，不过一句一点，求其点不刺谬，一句还一句，不致断者联而联者断，亦云幸矣，尚能询及其他？即以脚本授文人，倩其画文断句，亦不过每句一点，无他法也。而不知场上说白，尽有当断处不断，反至不当断处而忽断；当联处不联，忽至不当联处而反联者。此之谓缓急顿挫。此中微渺，但可意会，不可言传；但能口授，不能以笔舌喻者。不能言而强之使言，只有一法：大约两句三句而止言一事者，当一气赶下，中间断句处勿太迟缓；或一句止言一事，而下句又言别事，或同一事而另分一意者，则当稍断，不可竟连下句。是亦简便可行之法也。此言其粗，非论其精；此言其略，未及其详。精详之理，则终不可言也。当断当联之处，亦照前法，分别于脚本之中，当断处用朱笔一画，使至此稍顿，余俱连读，则无缓急相左之患矣。妇人之态，不可明言，宾白中之缓急顿挫，亦不可明言，是二事一致。轻盈袅娜，妇人身上之态也；缓急顿挫，优人口中之态也。予欲使优人之口，变为美人之身，故为讲究至此。欲为戏场尤物者，请从事予言，不则仍其故步。

【评析】

在"缓急得宜"一款中，李渔也根据自己长期的实践经验，总结出一些要领，譬如，一段念白，要找出"断""连"的地方，当断则断，应连即连。大约两三句话只说一事，当一气赶下；若言两事，则当稍断，不可竟连。此中奥妙，往往止可意会，难以言传。现代的诗朗诵也借鉴了戏曲念白的许多经验。我的一位老师、著名朗诵诗人高兰教授讲诗朗诵时，就要求朗诵者学习戏曲演员念白时抑扬、顿挫的方法和换气的要领。他指出若几句诗表达一个意思时，要一气赶下，速度应稍快；若强调某一句诗，则它的前一句应稍低，念到这一句时声音提高，自然就突现出来。他还强调朗诵时一定要根据诗情，朗诵出波澜，朗诵出层次，不可平铺直叙。有时声音低，听起来印象反而深；若一味高声大嗓、激昂慷慨，甚至手舞足蹈，则反而淹没了该强调之处，费力不讨好。他举过一个例子。抗战时在武汉，有人朗诵鲁迅的《狂人日记》，一路高亢，且手势不断，精彩处反而表现不出来。事后，他对朗诵者说，你不像朗诵《狂人日记》，倒像狂人朗诵《日记》。现代京剧念白继承古典戏曲优秀传统，有的演员达到炉火纯青的地步。如周信芳在《四进士》中扮演的小吏宋士杰，在公堂上与赃官的唇枪舌剑，大段念白精妙绝伦，堪称绝"唱"。俗话说，说的比唱的还好听。周先生的这段"说"，的确比"唱"的好听。

脱套第五

　　戏场恶套，情事多端，不能枚纪。以极鄙极俗之关目，一人作之，千万人效之，以致一定不移，守为成格，殊可怪也。西子捧心，尚不可效，况效东施之颦乎？且戏场关目，全在出奇变相，令人不能悬拟。若人人如是，事事皆然，则彼未演出而我先知之，忧者不觉其可忧，苦者不觉其为苦，即能令人发笑，亦笑其雷同他剧，不出范围，非有新奇莫测之可喜也。扫除恶习，拔去眼钉，亦高人造福之一事耳。

【评析】

　　《脱套第五》讲涤除表演上的恶习。李渔举出"衣冠恶习""声音恶习""语言恶习""科诨恶习"等数种，分别以四款述之。李渔对当时戏曲舞台上的某些鄙俗表现和低劣风气痛加针砭。这实际上是纠正恶劣的低俗的舞台台风、树立积极的健康的舞台台风的问题。今天仍有借鉴意义。

衣冠恶习

记予幼时观场，凡遇秀才赶考及谒见当涂贵人①，所衣之服，皆青素圆领，未有着蓝衫者，三十年来始见此服。近则蓝衫与青衫并用，即以之别君子、小人。凡以正生、小生及外末脚色而为君子者，照旧衣青圆领，惟以净、丑脚色而为小人者，则着蓝衫。此例始于何人，殊不可解。夫青衿，朝廷之名器也②。以贤愚而论，则为圣人之徒者始得衣之；以贵贱而论，则备缙绅之选者始得衣之。名宦大贤尽于此出，何所见而为小人之服，必使净、丑衣之？此戏场恶习所当首革者也。或仍照旧例，止用青衫而不设蓝衫。若照新例，则君子、小人互用，万勿独归花面，而令士子蒙羞也。

余澹心云：余向有此三疑，今得笠翁喝破，若披雾而睹天矣。然此物误人不浅，即以花面着之，亦不为过，但恐着青衫者未必尽君子耳。

【注释】

①当涂贵人：即权要之人。《韩非子·孤愤》："当涂之人擅事要，则外内为之用矣。"

②"夫青衿"二句：青衿，青色交领的长衫。古代学子和明清秀才的常服。名器，《左传·成公二年》："唯器与名，不可以假人。"古人将表示等级的称号和表示礼制的钟、鼎以及车服等器物叫做名器。

　　近来歌舞之衣，可谓穷奢极侈。富贵娱情之物，不得不然，似难责以俭朴。但有不可解者：妇人之服，贵在轻柔，而近日舞衣，其坚硬有如盔甲。云肩大而且厚①，面夹两层之外，又以销金锦缎围之。其下体前后二幅，名曰"遮羞"者，必以硬布裱骨而为之，此战场所用之物，名为"纸甲"者是也，歌台舞榭之上，胡为乎来哉？易以轻软之衣，使得随身环绕，似不容已。至于衣上所绣之物，止宜两种，勿及其他。上体凤鸟，下体云霞，此为定制。盖"霓裳羽衣"四字，业有成宪，非若点缀他衣，可以浑施色相者也。予非能创新，但能复古。

【注释】

　　①云肩：妇人的一种衣饰，披在肩上。

　　方巾与有带飘巾①，同为儒者之服。飘巾儒雅风流，方巾老成持重，以之分别老少，可称得宜。近日梨园，每遇穷愁患难之士，即戴方巾，不知何所取义？至纱帽巾之有飘带者，制原不佳，戴于粗豪公子之首，果觉相称。至于软翅纱帽，极美观瞻，曩时《张生逾墙》等剧往往用之，近皆除去，亦不得其解。

【注释】

①方巾、有带飘巾：均为明代儒者（秀才等）所戴的软帽。

【评析】

衣冠方面，李渔特别拈出"妇人之服，贵在轻柔，而近日舞衣，其坚硬有如盔甲"加以批评。其他，如对"云肩"之大且厚、"遮羞"之硬且坚、方巾与有带飘巾之乱施等等的批评，也都很有道理。

声音恶习

花面口中，声音宜杂。如作各处乡语，及一切可憎可厌之声，无非为发笑计耳，然亦必须有故而然。如所演之剧，人系吴人，则作吴音，人系越人，则作越音，此从人起见者也。如演剧之地在吴则作吴音，在越则作越音，此从地起见者也。可怪近日之梨园，无论在南在北，在西在东，亦无论剧中之人生于何地，长于何方，凡系花面脚色，即作吴音，岂吴人尽属花面乎？此与净、丑着蓝衫，同一覆盆之事也①。使范文正、韩襄毅诸公有灵②，闻此声，观此剧，未有不抱恨九原，而思痛革其弊者也。今三吴缙绅之居要路

者③，欲易此俗，不过启吻之劳；从未有计及此者，度量优
容，真不可及。且梨园尽属吴人，凡事皆能自顾，独此一
着，不惟不自争气，偏欲故形其丑，岂非天下古今一绝大怪
事乎？且三吴之音，止能通于三吴，出境言之，人多不解，
求其发笑，而反使听者茫然，亦失计甚矣。吾请为词场易
之④：花面声音，亦如生、旦、外、末，悉作官音，止以话
头蕜笑，不必故作方言。即作方言，亦随地转。如在杭州，
即学杭人之话，在徽州，即学徽人之话，使妇人小儿皆能识
辨。识者多，则笑者众矣。

【注释】

①覆盆：盆子盖着，不透阳光，喻不白之冤。司马迁《报任少卿书》有
"仆以为覆盆何以望天"句。

②范文正：范仲淹（989—1052），吴县（今江苏苏州）人。死后谥文正。
北宋政治家、文学家。韩襄毅：韩雍（1422—1478），亦吴县（今江苏苏州）
人。明代正统、成化间大臣，死后谥襄毅。

③三吴：宋代税安礼《历代地理指掌图》称苏州、湖州、常州为三吴。

④请：翼圣堂本作"请"，芥子园本作"故"。

【评析】

关于声音恶习，李渔批评的是"凡系花面脚色，即作吴音"的怪现象。李
渔主张，人物的发声要符合其脚色特点，为性格的塑造服务，倘若仅仅为了取

笑而人为地让所有"花面脚色"都作"吴音"，那便与创造性格的宗旨背道而驰了。

语言恶习

白中有"呀"字，惊骇之声也。如意中并无此事，而猝然遇之，一向未见其人，而偶尔逢之，则用此字开口，以示异也。近日梨园不明此义，凡见一人，凡遇一事，不论意中意外，久逢乍逢，即用此字开口，甚有差人请客而客至，亦以"呀"字为接见之声者[①]，此等迷谬，尚可言乎？故为揭出，使知斟酌用之。

【注释】

①声者：翼圣堂本作"声者"，芥子园本作"声音"。

戏场惯用者，又有"且住"二字。此二字有两种用法。一则相反之事，用作过文，如正说此事，忽然想及彼事，彼事与此事势难并行，才想及而未曾出口，先以此二字截断前言，"且住"者，住此说以听彼说也。一则心上犹豫，假此以待沉吟，如此说自以为善，恐未尽善，务期必妥，当于是处寻非，故以此代心口相商，"且住"者，稍迟以待，不可竟行之意也。而今之梨园，不问是非好歹，开口说话，即用此二字作助语词，常有一段宾白之中，连说数十个"且住"者，此皆不详字义之故。一经点破，犯此病者鲜矣。

　　上场引子下场诗，此一出戏文之首尾。尾后不可增尾，犹头上不可加头也。可怪近时新例，下场诗念毕，仍不落台，定增几句淡话，以极紧凑之文，翻成极宽缓之局。此义何居？令人不解。曲有尾声及下场诗者，以曲音散漫，不得几句紧腔，如何截得板住？白文冗杂，不得几句约语，如何结得话成？若使结过之后，又复说起，何如不收竟下之为愈乎？且首尾一理，诗后既可添话，则何不于引子之先，亦加几句说白，说完而后唱乎？此积习之最无理、最可厌者，急宜改革，然又不可尽革。如两人三人在场，二人先下，一人说话未了，必宜稍停以尽其说，此谓"吊场"，原系古格。然须万不得已，少此数句，必添以后一出戏文，或少此数句，即埋没从前说话之意者，方可如此。（亦有下场不及更衣者，故借此为缓兵计。）是龙足，非蛇足也。然只可偶一为之，若出出皆然，则是是貂皆可续矣，何世间狗尾之多乎？

【评析】

　　人物的语言，特别是宾白，也必须符合其性格特点，不能随便乱用。倘若如李渔所批评的，不管什么场合、不管何等人物，动不动就是"呀""且住"，或者废话连篇，尾后增尾，头上加头，岂不既损害人物性格，又让观众觉得俗不可耐？

科诨恶习

插科打诨处，陋习更多，革之将不胜革，且见过即忘，不能悉记，略举数则而已。如两人相殴，一胜一败，有人来劝，必使被殴者走脱，而误打劝解之人，《连环·掷戟》之董卓是也①。主人偷香窃玉，馆童吃醋拈酸，谓寻新不如守旧，说毕必以臀相向，如《玉簪》之进安、《西厢》之琴童是也②。戏中串戏，殊觉可厌，而优人惯增此种，其腔必效弋阳，《幽闺·旷野奇逢》之酒保是也。

【注释】

①《连环》：《连环记》，演汉末王允用貂蝉使连环计离间董卓、吕布故事，明代王济著。

②《玉簪》：《玉簪记》，演陈妙常故事，明代高濂著。

【评析】

科诨方面，陋习更多，如李渔所举出的：两人相殴，必使被殴者走脱，而误打劝解之人；主人偷香窃玉，馆童吃醋拈酸，说毕必以臀相向。这些，既俗套，又下作，应该革除。

声容部

习技第四

文艺

学技必先学文。非曰先难后易，正欲先易而后难也。天下万事万物，尽有开门之锁钥。锁钥维何？"文理"二字是也。寻常锁钥，一钥止开一锁，一锁止管一门；而"文理"二字之为锁钥，其所管者不止千门万户。盖合天上地下，万国九州，其大至于无外，其小至于无内，一切当行当学之事，无不握其枢纽，而司其出入者也。此论之发，不独为妇人女子，通天下之士农工贾，三教九流①，百工技艺，皆当作如是观。以许大世界，摄入"文理"二字之中，可谓约矣，不知二字之中，又分宾主。凡学文者，非为学文，但欲明此理也。此理既明，则文字又属敲门之砖，可以废而不用矣。天下技艺无穷，其源头止出一理。明理之人学技，与不明理之人学技，其难易判若天渊。然不读书不识字，何由明理？故学技必先学文。然女子所学之文，无事求全责备，识得一字，有一字之用，多多益善，少亦未尝不善；事事能精，一事自可愈精。予尝谓土木匠工，但有能识字记帐者，其所造之房屋器皿，定与拙匠不同，且有事半功倍之益。人初不信，后择数人验之，果如予言。粗技若此，精者可知。甚矣，字之不可不识，理之不可不明也。

【注释】

①三教九流：三教，通常指儒、道、释。九流，通常指儒家、道家、阴阳家、法家、名家、墨家、纵横家、杂家、农家。

　　妇人读书习字，所难只在入门。入门之后，其聪明必过于男子，以男子念纷，而妇人心一故也。导之入门，贵在情窦未开之际，开则志念稍分，不似从前之专一。然买姬置妾，多在三五、二八之年①，娶而不御，使作蒙童求我者，宁有几人？如必俟情窦未开，是终身无可授之人矣。惟在循循善诱，勿阻其机，"扑作教刑"一语②，非为女徒而设也。先令识字，字识而后教之以书。识字不贵多，每日仅可数字，取其笔画最少，眼前易见者训之。由易而难，由少而多，日积月累，则一年半载以后，不令读书而自解寻章觅句矣。乘其爱看之时，急觅传奇之有情节、小说之无破绽者，听其翻阅，则书非书也，不怒不威而引人登堂入室之明师也③。其故维何？以传奇、小说所载之言，尽是常谈俗语，妇人阅之，若逢故物。譬如一句之中，共有十字，此女已识者七，未识者三，顺口念去，自然不差。是因已识之七字，可悟未识之三字，则此三字也者，非我教之，传奇、小说教之也。由此而机锋相触，自能曲喻旁通。再得男子善为开导，使之由浅而深，则共枕论文，较之登坛讲艺，其为时雨之化，难易奚止十倍哉？十人之中，拔其一二最聪慧者，日与谈诗，使之渐通声律，但有说话铿锵，无重复聱牙之字者，即作诗能文之料也。苏夫人说："春夜月胜于秋夜月，秋夜月令人惨凄，春夜月令人和悦。"④此非作诗，随口所说之话也。东坡因其出口合律，许以能诗，传为佳话。此即说话铿锵，无重复聱牙，可以作诗之明验也。其余女子，未必人人若是，但能书义稍通，则任学诸般技艺，皆是锁钥到手，不忧阻隔之人矣。

【注释】

①三五、二八之年：十五岁、十六岁。

②扑作教刑：语见《尚书·虞书·舜典》。扑是一种刑杖，作为责罚学生的教刑。

③登堂入室：《汉书·艺文志》："是以扬子悔之曰，诗人之赋丽以则，辞人之赋丽以淫。如孔氏之门人用赋也，则贾谊登堂、相如入室矣，如其不用何？"

④"苏夫人"四句：苏夫人指苏东坡之王夫人。赵令畤《侯鲭录》卷四说："元祐七年正月，东坡先生在汝阴州，堂前梅花大开，月色鲜霁……王夫人曰：'春月色胜如秋月色，秋月色令人凄惨，春月色令人和悦……'先生大喜曰：'吾不知子能诗耶，此真诗家语耳。'"

妇人读书习字，无论学成之后受益无穷，即其初学之时，先有裨于观者：只须案摊书本，手捏柔毫，坐于绿翠箔之下，便是一幅画图。班姬续史之容，谢庭咏雪之态①，不过如是，何必睹其题咏，较其工拙，而后有闺秀同房之乐哉？噫，此等画图，人间不少，无奈身处其地，皆作寻常事物观，殊可惜耳。

【注释】

①"班姬续史"二句：班昭，一名班姬，班固的妹妹，班固死后，她续写《汉书》。谢庭咏雪是说谢道韫，东晋才女，谢安的侄女，以柳絮喻雪，世称"咏絮才"，见《世说新语·言语》。

欲令女子学诗，必先使之多读，多读而能口不离诗，以之作话，则其诗意诗情，自能随机触露，而为天籁自鸣矣。至其聪明之所发，思路之由开，则全在所读之诗之工拙，选诗与读者，务在善迎其机。然则选者维何？曰：在"平易尖颖"四字。平易者，使之易明且易学；尖颖者，妇人之聪明，大约在纤巧一路，读尖颖之诗，如逢故我，则喜而愿学，所谓迎其机也。所选之诗，莫妙于晚唐及宋人，初、中、盛三唐，皆所不取；至汉、魏、晋之诗，皆秘勿与见，见即阻塞机锋，终身不敢学矣。此予边见，高明者阅之，势必哑然一笑。然予才浅识隘，仅足为女子之师，至高峻词坛，则生平未到，无怪乎立论之卑也。

女子之善歌者，若通文义，皆可教作诗余。盖长短句法，日日见于词曲之中，入者既多，出者自易，较作诗之功为尤捷也。曲体最长，每一套必须数曲，非力赡者不能。诗余短而易竟，如《长相思》《浣溪沙》《如梦令》《蝶恋花》之类，每首不过一二十字，作之可逗灵机。但观诗余选本，多闺秀女郎之作，为其词理易明，口吻易肖故也。然诗余既熟，即可由短而长，扩为词曲，其势亦易。果能如是，听其自制自歌，则是名士佳人合而为一，千古来韵事韵人，未有出于此者。吾恐上界神仙，自鄙其乐，咸欲谪向人寰而就之矣。余澹心云：世有享此福者，只宜多叫笠翁！此论前人未道，实实创自笠翁，有由此而得妙境者，切勿忘其所本。

以闺秀自命者，书、画、琴、棋四艺，均不可少。然学之须分缓急，必不可已者先之，其余资性能兼，不妨次第并举，不则一技擅长，才女之名著矣。琴列丝竹，别有分门，书则前说已备。善教由人，善习由己，其工拙浅深，不可强也。画乃闺中末技，学不学听之。至手谈一节①，则断不容已，教之使学，其利于人己者，非止一端。妇人无事，必生他想，得此遣日，则妄念不生，一也；女子群居，争端易酿，以手代舌，是喧者寂之，二也；男女对坐，静必思淫，鼓瑟鼓琴之暇，焚香啜茗之余，不设一番功课，则静极思动，其两不相下之势，不在几案之前，即居床第之上矣。一涉手谈，则诸想皆落度外，缓兵降火之法，莫善于此。但与妇人对垒，无事角胜争雄，宁饶数子而输彼一筹，则有喜无嗔，笑容可掬；若有心使败，非止当下难堪，且阻后来弈兴矣。纤指拈棋，踌躇不下，静观此态，尽勾消魂。必欲胜之，恐天地间无此忍人也。双陆、投壶诸技②，皆在可缓。骨牌赌胜，亦可消闲，且易知易学，似不可已。

【注释】

①手谈：下围棋。《世说新语·巧艺》："支公以围棋为手谈。"

②双陆：古代游戏，因局如棋盘，左右各有六路，故名。投壶：古代游戏，以盛酒的壶口作为目标，以矢投入。

【评析】

《声容部》之主要内容是谈女子修容、化妆的，但其《习技第四》之"文艺""丝竹""歌舞"三款，涉及戏曲教育的许多重要问题，如演员的选拔、教育、修养等等，因此可视为李渔戏曲美学的组成部分。

　　"文艺"这一款是讲通过识字、学文、知理，提高女子的文化素养的问题。人是文化的动物。文化是人之所以为人的基本标志。世界上的现象无非分为两类：自然的，文化的。用《庄子·秋水》中的话来说，即"天"（自然）与"人"（文化）。何为天？何为人？《庄子·秋水》中说："牛马四足，是谓天；络马首，穿牛鼻，是谓人。"就是说，天就是事物的自然（天然）状态，像牛与马本来就长着四只足；而人，则是指人为、人化，像络住马头、穿着牛鼻，以便于人驾驭它们。简单地说，天即自然，人即文化。《荀子·礼运》中说："性者，本始材朴也；伪者，文理隆盛也。无性则伪之无所加，无伪则性不能自美。"这里的"性"，就是事物本来的样子，即自然；这里的"伪"，就是人为，就是人的思维、学理、行为、活动、创造，即文化。假如没有"性"，没有自然，人的活动就没有对象，没有依托；假如没有"伪"，没有文化，自然就永远是死的自然，没有生气、没有美。荀子主张"化性而起伪"，即通过人的活动变革自然而使之成为文化。人类的历史就是"化伪而起性"的历史，就是自然的人化的历史，也就是文化史。

　　文化并非如庄子所说是要不得的，是坏事；相反，是人之为人的必不可缺的根本素质，是好事。倘若没有文化，"前人类"就永远成不了人，它就永远停留在茹毛饮血的动物阶段；人类也就根本不会存在。因此，人是聪明还是愚钝，高雅还是粗俗，美还是丑，善还是恶，等等，不决定于自然，而决定于文化。文化素质的高低，是后天的学习和培养的过程，是自我修养和锻炼的过程。李渔正是讲的这个道理。他认为，"文理"就像开门的锁钥。不过它不只管一门一锁，而是"合天上地下，万国九州，其大至于无外，其小至于无内，一切当行当学之事，无不握其枢纽，而司其出入者也"。所以，李渔提出"学技必先学文"，而"学文"，是为了"明理"，只有明理，天下事才能事事精通，而且一通百通。

丝竹

丝竹之音，推琴为首。古乐相传至今，其已变而未尽变者，独此一种，余皆末世之音也。妇人学此，可以变化性情，欲置温柔乡，不可无此陶熔之具。然此种声音，学之最难，听之亦最不易。凡令姬妾学此者，当先自问其能弹与否。主人知音，始可令琴瑟在御，不则弹者铿然，听者茫然，强束官骸以俟其阕①，是非悦耳之音，乃苦人之具也，习之何为？尤展成云：弹琴对文君，春风吹鬓影。应让相如独步。凡人买姬置妾，总为自娱。己所悦者，导之使习；己所不悦，戒令勿为，是真能自娱者也。尝见富贵之人，听惯弋阳、四平等腔②，极嫌昆调之冷，然因世人雅重昆调，强令歌童习之，每听一曲，攒眉许久，座客亦代为苦难，此皆不善自娱者也。予谓人之性情，各有所嗜，亦各有所厌，即使嗜之不当，厌之不宜，亦不妨自攻其谬③。自攻其谬，则不谬矣。予生平有三癖，皆世人共好而我独不好者：一为果中之橄榄，一为馔中之海参，一为衣中之茧绸。此三物者，人以食

我，我亦食之；人以衣我，我亦衣之；然未尝自沽而食，自
购而衣，因不知其精美之所在也。谚云："村人吃橄榄，不
知回味。"予真海内之村人也。因论习琴，而谬谈至此，诚
为饶舌。

【注释】

①强束官骸以俟其阕：强打精神听，熬着等它结束。阕，结束，终了。

②弋阳、四平等腔：弋阳腔，江西弋阳的戏剧曲调，起源于元末明初。四
平腔，由弋阳腔演变而成，流传于安徽徽州一带。

③不妨自攻其谬：不妨致力于自己错爱的东西。

　　人问：主人善琴，始可令姬妾学琴，然则教歌舞者，亦
必主人善歌善舞而后教乎？须眉丈夫之工此者，有几人乎？
曰：不然。歌舞难精而易晓，闻其声音之婉转，睹见体态之
轻盈，不必知音，始能领略，座中席上，主客皆然，所谓雅
俗共赏者是也。琴音易响而难明，非身习者不知，惟善弹者
能听。伯牙不遇子期，相如不得文君①，尽日挥弦，总成虚
鼓。吾观今世之为琴，善弹者多，能听者少；延名师、教美
妾者尽多，果能以此行乐，不愧文君、相如之名者绝少。务
实不务名，此予立言之意也。余澹心云：足补嵇康《琴赋》之所不足，
昌黎《琴操》之所未言。若使主人善操，则当舍诸技而专务丝桐。

"妻子好合，如鼓瑟琴②。""窈窕淑女，琴瑟友之③。"琴瑟非他，胶漆男女，而使之合一；联络情意，而使之不分者也。花前月下，美景良辰，值水阁之生凉，遇绣窗之无事，或夫唱而妻和，或女操而男听，或两声齐发，韵不参差，无论身当其境者俨若神仙，即画成一幅合操图，亦足令观者消魂，而知音男妇之生妒也。

【注释】

①"伯牙不遇子期"二句：俞伯牙善弹琴，锺子期知音，锺子期死后，俞伯牙终身不复鼓琴（见《吕氏春秋·本味》）；司马相如爱慕卓文君，以琴动其心，两人私奔（见《史记·司马相如列传》）。

②"妻子好合"二句：语见《诗经·小雅·常棣》，是说夫妻关系像弹琴鼓瑟一样和谐。

③"窈窕淑女"二句：语见《诗经·周南·关雎》，是说文静美好的女子，弹琴鼓瑟使她高兴。

丝音自蕉桐而外①，女子宜学者，又

有琵琶、弦索、提琴之三种。琵琶极妙，惜今时不尚，善弹者少，然弦索之音，实足以代之。弦索之形较琵琶为瘦小，与女郎之纤体最宜。近日教习家，其于声音之道，能不大谬于宫商者，首推弦索，时曲次之，戏曲又次之。予向有"场内无文，场上无曲"之说，非过论也。止为初学之时，便以取舍得失为心，虑其调高和寡，止求为《下里》《巴人》，不愿作《阳春》《白雪》，故造到五七分即止耳。提琴较之弦索，形愈小而声愈清，度清曲者必不可少。提琴之音，即绝少美人之音也。舂容柔媚，婉转断续，无一不肖。即使清曲不度，止令善歌二人，一吹洞箫，一拽提琴，暗谱悠扬之曲，使隔花间柳者听之，俨然一绝代佳人，不觉动怜香惜玉之思也。丝音之最易学者，莫过于提琴，事半功倍，悦耳娱神。吾不能不德创始之人，令若辈尸而祝之也②。

【注释】

①蕉桐：即焦桐，琴。《后汉书·蔡邕传》："吴人有烧桐以爨者，邕闻火烈之声，知其良木，因请而截为琴，果有美音，而其尾犹焦，故时人名曰'焦尾琴'焉。"

②尸、祝：本指古代祭祀时对神主掌祝的人，引申为祭祀和崇拜。

竹音之宜于闺阁者，惟洞箫一种。笛可暂而不可常。至笙、管二物，则与诸乐并陈，不得已而偶然一弄，非绣窗所应有也。盖妇人奏技，与男子不同，男子所重在声，妇人所重在容。吹笙搦管之时，声则可听，而容不耐看，以其气塞而腮胀也，花容月貌为之改观，是以不应使习。妇人吹箫，非止容颜不改，且能愈增娇媚。何也？按风作调，玉笋为之愈尖；簇口为声，朱唇因而越小。画美人者，常作吹箫图，以其易于见好也。或箫或笛，如使二女并吹，其为声也倍清，其为态也更显，焚香啜茗而领略之，皆能使身不在人间世也。吹箫品笛之人，臂上不可无钏。钏又勿使太宽，宽则藏于袖中，不得见矣。

【评析】

"丝竹"者，弦乐与管乐也。李渔认为"丝竹"可以使女子变化情性，陶熔情操。关于"丝"，李渔提到琴、瑟、琵琶、弦索、提琴（非现在所谓西方之提琴）等等，他认为最宜于女子学习的是弦索和提琴；关于"竹"，李渔提到箫、笛、笙等等，他认为最宜于女子学习的是箫。中国古代的琴瑟之乐，乃是文人墨客陶冶性情的雅乐，极富雅趣，就像他们赋诗作画一样。因此，人们总是把琴、棋、书、画并称。古代的知识分子（士大夫阶层），常常达则兼济天下、穷则独善其身。他们平时讲究修身养性，自我完善，而丝竹之乐就成为他们以娱乐的形式进行修身养性的手段。中国古典音乐从总体上说是一种潺潺流水式的、平和的、温文尔雅的、充满着中庸之道的音乐，是更多地带着某种女人气质的柔性音乐、阴性音乐，是像春风吹到人身上似的音乐，是像细雨打到人头上似的音乐，是像中秋节银色月光洒满大地似的音乐，是像处女微笑似的音乐，是像寡妇夜哭似的音乐。讲究中和是它的突出特点。《春江花月夜》《梅花三弄》，以及流传至今的广东音乐等等，都是如此。而像《十面埋伏》那样激烈的乐曲，则较少。

相比较而言，西方古典音乐从总体上说是一种大江大河急流澎湃式的、激烈的、充满矛盾的音乐，是更多地带着某种男人气质的刚性音乐、阳性音乐，是像狂风吹折大树似的音乐，是像暴雨冲刷大地似的音乐，是像阿尔卑斯山那样白雪皑皑、雄浑强健的音乐，是像骑士骑马挎剑似的音乐，是像西班牙斗牛士般的音乐。强调冲突是它的突出特点。贝多芬的《英雄交响曲》及其他交响曲是它的代表性风格。即使是舞曲，也常常让人听出里面带有骑士的脚步。西方音乐由于感情的激昂和激烈，矛盾冲突的尖锐，音乐家的生命耗费过大，因而音乐家往往是短命的。而中国音乐，由于追求平和、中庸，通过音乐而修身养性进而益寿延年，如同通过绘画、书法修身养性一样，因而很少听说中国古代的音乐家像西方音乐家那样短寿。

歌舞

《演习部》已载者，一语不赘。彼系泛论优伶，此则单言女乐。然教习声乐者，不论男女，二册皆当细阅。昔人教女子以歌舞，非教歌舞，习声容也。欲其声音婉转，则必使之学歌；学歌既成，则随口发声，皆有燕语莺啼之致，不必歌

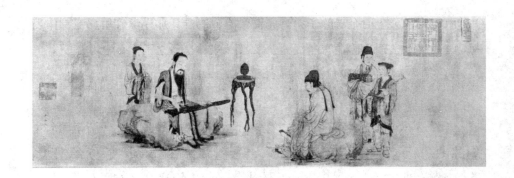

　　而歌在其中矣。欲其体态轻盈，则必使之学舞；学舞既熟，则回身举步，悉带柳翻花笑之容，不必舞而舞在其中矣。古人立法，常有事在此而意在彼者。如良弓之子先学为箕，良冶之子先学为裘①。妇人之学歌舞，即弓、冶之学箕、裘也。后人不知，尽以"声容"二字属之歌舞，是歌外不复有声，而征容必须试舞，凡为女子者，即有飞燕之轻盈、夷光之妩媚②，舍作乐无所见长。然则一日之中，其为清歌妙舞者有几时哉？若使"声容"二字，单为歌舞而设，则其教习声容，犹在可疏可密之间。若知歌舞二事，原为声容而设，则其讲究歌舞，有不可苟且塞责者矣。但观歌舞不精，则其贴近主人之身，而为嵌雨尤云之事者，其无娇音媚态可知也。

【注释】

　　①"如良弓之子"二句：意思是说，善造弓箭者的子弟，先要像做弓那样

学着做簸箕；善于冶金者的子弟，先要像冶金造器具那样学着用皮毛制作裘
袍。语见《礼记·学记》："良冶之子，必学为裘；良弓之子，必学为箕。"

　　②飞燕：赵飞燕，汉成帝的皇后。

　　"丝不如竹，竹不如肉①。"此声乐中三昧语，谓其渐近
自然也。予又谓男音之为肉，造到极精处，止可与丝竹比
肩，犹是肉中之丝，肉中之竹也。何以知之？但观人赞男音
之美者，非曰"其细如丝"，则曰"其清如竹"，是可概见。
至若妇人之音，则纯乎其为肉矣。语云："词出佳人口。"予
曰：不必佳人，凡女子之善歌者，无论妍媸美恶②，其声音
皆迥别男人。貌不扬而声扬者有之，未有面目可观而声音不
足听者也。但须教之有方，导之有术，因材而施，无拂其天
然之性而已矣。歌舞二字，不止谓登场演剧，然登场演剧一
事，为今世所极尚，请先言其同好者。

【注释】
①"丝不如竹"二句：语见《左传·襄公二十六年》。
②妍媸（chī）：美丑。

　　一曰取材。取材维何？优人所谓"配脚色"是已。喉
音清越而气长者，正生、小生之料也；喉音娇婉而气足

者，正旦、贴旦之料也，稍次则充老旦；喉音清亮而稍带质朴者，外、末之料也；喉音悲壮而略近噍杀者①，大净之料也。至于丑与副净，则不论喉音，只取性情之活泼、口齿之便捷而已。然此等脚色，似易实难。男优之不易得者二旦，女优之不易得者净、丑。不善配脚色者，每以下选充之，殊不知妇人体态不难于庄重妖娆，而难于魁奇洒脱，苟得其人，即使面貌娉婷，喉音清腕，可居生、旦之位者，亦当屈抑而为之。盖女优之净、丑，不比男优仅有花面之名，而无抹粉涂胭之实②，虽涉诙谐谑浪，犹之名士风流。若使梅香之面貌胜于小姐，奴仆之词曲过于官人，则观者、听者倍加怜惜，必不以其所处之位卑，而遂卑其才与貌也。

【注释】

①噍（jiào）杀：声音苍凉、急促、忧戚。《礼记·乐记》："其哀心感者，其声噍以杀。"

②胭：芥子园本作"烟"，中国文学珍本丛书本作"胭"。

二曰正音。正音维何？察其所生之地，禁为乡土之言，使归《中原音韵》之正者是已。乡音一转而即合昆调者，惟姑苏一郡。一郡之中，又止取长、吴二邑①，余皆稍逊，以其与他郡接壤，即带他郡之音故也。即如梁溪境内之民，去吴门不过数十里，使之学歌，有终身不能改变之字，如呼酒钟为"酒宗"之类是也。近地且然，况愈远而愈别者乎？然不知远者易改，近者难改；词语判然、声音迥别者易改，词语声音大同小异者难改。譬如楚人往粤，越人来吴，两地声音判如霄壤，或此呼而彼不应，或彼说而此不言，势必大费精神，改唇易舌，求为同声相应而后已。止因自任为难，故转觉其易也。至入附近之地，彼所言者，我亦能言，不过出口收音之稍别，改与不改，无甚关系，往往因仍苟且②，以度一生。止因自视为易，故转觉其难也。正音之道，无论异同远近，总当视易为难。

【注释】

①长、吴：长洲、吴县，皆在今江苏苏州。

②因仍：沿袭。

选女乐者，必自吴门是已。然尤物之生，未尝择地，燕姬赵女、越妇秦娥见于载籍者，不一而足。"惟楚有材，惟晋用之①。"此言晋人善用，非曰惟楚能生材也。予游遍域中，觉四方声音，凡在二八上下之年者，无不可改，惟八闽、江右二省，新安、武林二郡②，较他处为稍难耳。正音有法，当择其一韵之中，字字皆别，而所别之韵，又字字相同者，取其吃紧一二字，出全副精神以正之。正得一二字转，则破竹之势已成，凡属此一韵中相同之字，皆不正而自转矣。请言一二以概之。九州以内，择其乡音最劲、舌本最强者而言，则莫过于秦、晋二地。不知秦、晋之音，皆有一定不移之成格。秦音无东钟，晋音无真文；秦音呼东钟为真文，晋音呼真文为东钟。此予身入其地，习处其人，细细体认而得之者。秦人呼中庸之中为"肫"，通达之通为"吞"，东南西北之东为"敦"，青红紫绿之红为"魂"，凡属东钟一韵者，字字皆然，无一合于本韵，无一不涉真文。岂非秦音无东钟，秦音呼东钟为真文之实据乎？我能取此韵中一二字，朝训夕诂，导之改易，一字能变，则字字皆变矣。晋音较秦音稍杂，不能处处相同，然凡属真文一韵之字，其音皆仿佛东钟，如呼子孙之孙为"松"，昆腔之昆为"空"之类是也。即有不尽然者，亦在依稀仿佛之间。正之亦如前法，则用力少而成功多。是使无东钟而有东钟，无真文而有真文，两韵之音，各归其本位矣。

【注释】

①"惟楚有材"二句：意指此地的人才，别处用之。语出《左传·襄公二十六年》："虽楚有材，晋实用之。"

②"惟八闽"二句：八闽，指福建。江右，指江西。新安，即徽州，或说指休宁、祁门等地。武林，指杭州。

　　秦、晋且然，况其他乎？大约北音多平而少入，多阴而少阳。吴音之便于学歌者，止以阴阳平仄不甚谬耳。然学歌之家，尽有度曲一生，不知阴阳平仄为何物者，是与蠹鱼日在书中，未尝识字等也。予谓教人学歌，当从此始。平仄阴阳既谙，使之学曲，可省大半工夫。正音改字之论，不止为学歌而设，凡有生于一方，而不屑为一方之士者，皆当用此法以掉其舌。至于身在青云，有率吏临民之责者，更宜洗涤方音，讲求韵学，务使开口出言，人人可晓。常有官说话而吏不知，民辩冤而官不解，以致误施鞭扑、倒用劝惩者。声音之能误人，岂浅鲜哉！

　　正音改字，切忌务多。聪明者每日不过十余字，资质钝者渐减。每正一字，必令于寻常说话之中，尽皆变易，不定在读曲念白时。若止在曲中正字，他处听其自然，则但于眼下依从，非久复成故物，盖借词曲以变声音，非假声音以善词曲也。

　　三曰习态。态自天生，非关学力，前论声容，已备悉其事矣。而此复言习态，抑何自相矛盾乎？曰：不然。彼说闺中，此言场上。闺中之态，全出自然。场上之态，不得不由勉强，虽由勉强，却又类乎自然，此演习之功之不可少也。
生有生态，旦有旦态，外、末有外、末之态，净、丑有净、
丑之态，此理人人皆晓；又与男优相同，可置弗论，但论女
优之态而已。男优妆旦，势必加以扭捏，不扭捏不足以肖妇
人；女优妆旦，妙在自然，切忌造作，一经造作，又类男优
矣。人谓妇人扮妇人，焉有造作之理，此语属赘。不知妇人
登场，定有一种矜持之态；自视为矜持，人视则为造作矣。
须令于演剧之际，只作家内想，勿作场上观，始能免于矜持
造作之病。此言旦脚之态也。然女态之难，不难于旦，而
难于生；不难于生，而难于外、末、净、丑；又不难于外、
末、净、丑之坐卧欢娱，而难于外、末、净、丑之行走哭
泣。总因脚小而不能跨大步，面娇而不肯妆瘁容故也。然妆
龙像龙，妆虎像虎，妆此一物，而使人笑其不似，是求荣得
辱，反不若设身处地，酷肖神情，使人赞美之为愈矣。至于
美妇扮生，较女妆更为绰约。潘安、卫玠①，不能复见其生
时，借此辈权为小像，无论场上生姿，曲中耀目，即于花前
月下偶作此形，与之坐谈对弈，啜茗焚香，虽歌舞之余文，
实温柔乡之异趣也。

【注释】

①潘安、卫玠（jiè）：古代之美男子。潘安，本名岳，晋文学家。少出洛

阳道，妇人遇之者，连手萦绕，投之以果，满载而归。卫玠，字叔宝，晋名士，书法家，据说与其同游者，感觉似明珠在侧，朗然照人。

【评析】

此款一开始，李渔就明确讲，"教歌舞"是"习声容"的一种手段："欲其声音婉转，则必使之学歌；学歌既成，则随口发声，皆有燕语莺啼之致，不必歌而歌在其中矣。"学舞也如是："欲其体态轻盈，则必使之学舞；学舞既熟，则回身举步，悉带柳翻花笑之容，不必舞而舞在其中矣。"李渔此处说的主要是从男权主义立场出发如何调教和培养姬妾的问题，在这里必须以"习声容"为目的，以便于将来她们"贴近主人之身"时有"娇音媚态"，伺候得主人舒舒服服。

对李渔的某些腐朽观念，必须批判。在这个世界上，女人是男人的人生伴侣，是朋友，是妻子，是母亲，是女儿，是爱的对象，是尊敬的对象；而绝不是奴隶，绝不是奴役的对象。有人说，女人是男人的一半，这话也对；但反过来，男人也是女人的一半。离开了女人，男人就不是完整的人；同样，离开了男人，女人也不是完整的人。只有男人、女人合在一起，才是一个完整的人，一个真正的人。男人是半边天，女人也是半边天，男人、女人合起来，才共同撑起一个完整的天，才共同构成一个真正的天。

今天，虽然男权主义的残余还存在，但女人和男人的关系，比起李渔那时当然已经有很大不同。

今天，歌舞在人们心目中的位置也与李渔眼中的"歌舞"很不相同；至少，它不再是李渔所谓姬妾习声容的一种手段。

　　说到对"歌舞"的看法，或许需要多费几句口舌。我认为，无论是"生活歌舞"还是"艺术歌舞"，都是人的一种生存方式，一种生活形式。"生活歌舞"，譬如少数民族兄弟的"跳月"，丰收时载歌载舞，婚礼上的歌舞，放羊时唱山歌，出嫁时唱哭嫁歌，等等，都是人的生活的一部分，自然可以看作人的一种生存方式、一种生活形式，自娱的同时也在娱人；"艺术歌舞"，譬如杨丽萍的舞蹈、刘秉义的歌唱，所有演员们的歌舞，它们都是表演在舞台上的，同时也是人的生活的一部分——既是演员个人生活的一部分，也是观众生活的一部分，是人们的一种生活形式，一种生存方式。演员们表演歌舞，既娱人，也自娱。对于一个真正的表演艺术家来说，歌舞是他（她）生命的一部分，生活的一部分；而观众欣赏艺术家的表演，实际上也把歌舞当作自己审美生活的一部分。在这里，歌舞本身可以说已经成为了目的。

　　当然，从整个社会的角度来说，歌舞也可以说是手段。不管是晚会上的交谊舞，还是露天的广场舞，不管是音乐厅的艺术家表演，还是郊游时三五好友的载歌载舞，都可以是，也应该是提高人的文化素质，陶冶人的情性、情操，提高全民的文明程度，使我们的民族成为一个更文明的民族的一种手段。

　　顺便说几句，现在的家长们对孩子的培养，譬如花钱请教师教孩子学歌舞、学钢琴、学提琴等等，有两种情况：一是真想让孩子将来成为歌唱家、演员、钢琴家、提琴手；一是只想提高孩子的素质和修养，而不一定以音乐、歌舞为职业。我更赞成后一种。有的家长，违反孩子的天性，天天强拧着耳朵逼孩子学歌、学舞、学琴，牺牲了孩子的童年欢乐，实在有点儿残酷。您说是吗？

李渔还是三句话不离本行,一说到歌舞,很快又转回到"登场演剧"上去了。对于李渔这个戏曲家来说,教习歌舞根本是为了登场演剧。就此,他从三个方面谈到了如何教习演员。一曰"取材",即因材施教,根据演员的自然条件来决定对他(她)的培养方向——是旦、是生、是净、是末;二曰"正音",即纠正演员不规范的方言土音;三曰"习态",即培养演员的舞台做派。这三个方面,李渔都谈出了很有见地的意见。我最感兴趣的是第二点,而且我的兴奋点还不是在教习演员的问题上,是什么?是语言学问题,更具体说,是语音学问题,是方言问题。我们中国社会科学院有一个语言研究所,那里有专门研究语音问题的专家,特别是研究方言的专家,他们常常到各地作方言调查;我的母校山东大学有几位老师也专作方言研究,上世纪五六十年代我上学的时候,他们还领学生各处去进行方言调查,并且写了文章在学报上发表。

而李渔谈"正音",正是对方言问题提出了很有学术价值的意见。因为李渔走南闯北,见多识广,对各地的方言都有接触,而有的方言,他还能深入其"骨髓"，把握得十分准确，不逊于现代的方言专家。譬如，对秦晋两地方言的特点，李渔就说得特别到位，令今人也不得不叹服。他说："秦音无东钟，晋音无真文；秦音呼东钟为真文，晋音呼真文为东钟。"用现在的专业术语来说，秦音中没有 eng（亨的韵母）、ing（英）、ueng（翁）、ong（轰的韵母）、iong（雍）等韵，当遇到这些韵的时候一律读成 en（恩）、in（音）、uen（文）、un（晕）等韵。相反，晋音中没有 en（恩）、in（音）、uen（文）、un（晕）等韵，当遇到这些韵的时候，一律读成 eng（亨的韵母）、ing（英）、ueng（翁）、ong（轰的韵母）、iong（雍）等韵。李渔举例说，秦人呼"中"为"肿"，呼"红"为"魂"；而晋人则呼"孙"为"松"，呼"昆"为"空"。我对秦、晋两地的人有所接触，感受同李渔完全一样。比较一下他们的发音，你会感到李渔说的真是到家了！三百年前的李渔有如此精到的见解，真了不起！

中国地广人多、方言各异的状况，李渔认为极不利于交往，对政治、文化（当时还没有谈到经济）的发展非常不利。他提出应该统一语音，说："至于身在青云，有率吏临民之责者，更宜洗涤方音，讲求韵学，务使开口出言，人人可晓。常有官说话而吏不知，民辨冤而官不解，以致误施鞭扑、倒用劝惩者。声音之误人，岂浅鲜哉！"

由李渔的意见，也可以见到今天的推广普通话是多么必要和重要啊！